LE DESTIN DE L'OURS

Dario Correnti

LE DESTIN DE L'OURS

ROMAN

Traduit de l'italien
par Marianne Faurobert

Albin Michel

Ce livre est une fiction. Personnages et lieux sont imaginés par l'auteur. Toute ressemblance avec des faits, des lieux et des personnes, vivantes ou disparues, est tout à fait fortuite.

Édition originale parue sous le titre :
IL DESTINO DELL'ORSO
chez Mondadori Libri S.p.A. en 2019

Publié avec l'accord de The Italian Literary Agency

PREMIÈRE PARTIE

JUILLET

17 juillet

« C'est hors de question, répond Besana.

– Écoute, Marco, tu ne peux pas me dire non à chaque fois, insiste le rédacteur en chef, un papier de trois mille signes, allez !

– Mais quel intérêt de parler de ça ? Qu'est-ce que tu veux que j'écrive à propos d'un type bouffé par un ours ? Tu veux un tour d'horizon de Herzog à Iñárritu en passant par Annaud ? Demande donc à l'un de vos écrivaillons, ils sont toujours partants pour l'ouvrir, ceux-là, il suffit d'allonger la monnaie. Pas la peine de venir m'emmerder avec ça !

– Marco, tu es sous contrat. Il faut bien que tu nous fasses un papier de temps en temps.

– Depuis que j'ai pris ma retraite, vous me refilez systématiquement les trucs dont personne ne veut. Tiens, dans l'ordre : le gars qui s'est vautré en wingsuit, l'interview de la femme qui dit avoir été inséminée à son insu et les arnaques sentimentales sur Facebook. Alors forcément, je refuse, Roberto : fais donc ton examen de conscience.

– Écoute, je te demande ça comme une faveur. Le directeur y tient beaucoup, il le connaissait.

– L'ours ? »

Roberto éclate de rire : Besana a beau le faire tourner en bourrique, il l'aime bien quand même.

« Ce que tu peux être con. La victime est un industriel de renom, Achille D'Ambrosio.

– Un familier des banqueroutes, oui !

– Certes, mais évite de rappeler ce détail, s'il te plaît. Il vient de se faire dépecer tout vif. On a retrouvé sa tête à un kilomètre de son corps.

– Putain, la vache, commente Besana. Mais excuse-moi, ça s'est passé où ? Au Canada ?

– Non, en Suisse. Dans le canton des Grisons, en pleine forêt.

– C'est bon, je vais jeter un coup d'œil aux dépêches.

– Merci ! »

Le rédacteur en chef pousse un soupir de soulagement.

« Mais c'est la dernière fois que je me tape la terrine du chef. Ne me propose plus jamais de conneries de ce genre.

– Promis, répond Roberto. On se voit ce soir, à la fête. Tu viens, hein ?

– Je ne te raconte pas comme ça me fait envie. Limite, je préfère l'ours.

– Mais toute la rédaction sera là.

– Justement.

– Piatti va te pourrir, si tu ne l'accompagnes pas, tu sais ça ?

– Elle m'a déjà appelé trois fois, aujourd'hui. »

En jurant, Marco allume son ordinateur. Les faits se sont déroulés près du col de l'Ofen, au-dessus de Zernez. D'Ambrosio disparaît et le soir, constatant qu'il n'est pas rentré à son hôtel, ses amis donnent l'alerte. Mais aucun n'est en mesure de dire où il est allé exactement, tout ce qu'ils savent, c'est qu'il voulait photographier les bouquetins du parc national. Les hélicoptères rouges de la Garde aérienne de sauvetage décollent, des équipes accompagnées de chiens se lancent à sa recherche. Mais la zone est trop vaste. C'est un garde forestier qui, le lendemain matin, retrouve son corps par hasard, en inspectant les bois du côté du Piz Daint. L'ours était équipé d'un collier satellitaire défectueux qui n'émettait plus de signaux depuis des mois. On le savait dans les parages parce qu'il a déjà attaqué un ou deux veaux, autant de brebis, plus un âne à Val Müstair.

La dépêche entre dans les détails et Besana commence à perdre patience. M18, le principal suspect, est un mâle de cent quatre-vingt-neuf kilos au pelage tirant sur le fauve surnommé « Fulvio », il est le frère de M13 et le fils de KJ7, une ourse du Trentin, où il est né en 2011.

« Niveau d'études ? Orientation sexuelle ? grogne Besana en caressant le museau de son chien, posé sur sa cuisse. Voilà que je dois écrire la biographie d'un plantigrade, maintenant. Ne me regarde pas comme ça, Beck's. Ce n'est pas une mauvaise nouvelle pour toi, tu sais ? Un de ces jours, un grand reporter à la retraite écrira peut-être la tienne. »

Beck's remue la queue. Et dire que quand Ilaria le lui a offert, il n'en voulait pas. « Ramène-le au chenil », qu'il disait. Il a vraiment bien fait de lui donner un nom de bière, il ne l'a que depuis quelques mois et déjà, il ne peut plus se passer de lui.

Beck's a été retrouvé dans un carton, au fond d'une benne à ordures. À présent, il arrive au mollet de Besana. C'est un croisement de yorkshire, de teckel et de bâtards divers. Sa longue queue, héritée d'on ne sait qui, est disproportionnée. Il a les pattes courtes et le museau racé, bien que de race indéfinie. Et quand on le caresse, il grogne de joie.

Besana reprend sa lecture. D'après les premières rumeurs, l'homme aurait d'abord fait un malaise, il n'aurait été agressé par l'animal que pendant la nuit. C'est une zone blanche, il n'a donc pas pu prévenir les secours. Son corps a été traîné sur un kilomètre, loin de sa tête et de son sac à dos, puis recouvert de feuilles, en prévision d'une consommation ultérieure. Il était encore en vie au moment de l'attaque de l'ours.

17 juillet

Besana enfile la dernière chemise élégante qu'il possède. Impossible de fermer le col. Ça le fait râler. Il a sans doute encore grossi, mais il préfère accuser sa machine à laver qui a dû la faire rétrécir à l'essorage. Puisque c'est comme ça, il se passera de cravate, et tant pis si le dîner a lieu dans un quartier chic de Milan. Rien à cirer. Il n'a aucune envie d'y aller, mais c'est pour la sortie du livre du directeur, difficile d'y couper.

Tandis qu'il étale la mousse à raser sur ses joues, on sonne à la porte. Il n'est que six heures, mais Ilaria est déjà là. Beck's aboie comme un forcené, puis il se jette sur elle pour lui lécher le visage.

« Beck's, arrête ! crie-t-elle. Tu vas déchirer ma jupe. »

Besana l'examine.

« Qu'est-ce que c'est que cette tenue, Morpion ?

– Quoi ? Tu n'aimes pas ?

– Tu ressembles à un fauteuil provençal.

– Merci, Marco. Déjà que je suis gavée d'anxiolytiques, il me manquait juste un peu de soutien moral. »

Ilaria suit Besana jusqu'à la salle de bains pour lui tenir compagnie pendant qu'il finit de se raser. Pressant, Beck's lui apporte un bout de cordage tout baveux pour qu'elle le lui lance dans le couloir.

« J'ai appris à me raser en regardant *L'Assassinat de Trotsky*, dit Besana en passant le rasoir sur sa joue gauche. Dans ce film, avant de tuer, Delon se rase, et jusqu'à ce que je le voie faire, je n'avais rien compris à la façon dont on attaque le dessous du menton. Ce fut une révélation. »

Ilaria éclate de rire.

« Alors tu t'apprêtes à commettre un crime ?

– Oh, il y aura sans doute quelques personnes que je buterais volontiers, à ce dîner.

– À la rédaction, on m'a dit qu'un papier de toi sortirait demain, sur quel sujet ?

– Laisse tomber, marmonne Besana. Merde, je me suis coupé.

– Je vois que tu es de bonne humeur.

– Je voudrais t'y voir, moi, après une journée passée à écrire l'histoire d'un gars dépecé vif par un ours.

– Ah, le banqueroutier !

– Je n'ai même pas le droit de mentionner ça : c'était un pote du directeur. »

Ilaria n'arrête pas de regarder sa montre.

« Dépêche-toi, on va être en retard.

– Mais il est à peine six heures !

– Il faudra trouver une place pour se garer, et c'est toute une affaire, dans ce quartier.

– Tu as entendu parler de l'autopartage, Piatti ? Ils louent des Smart, ça se gare dans un sac à main. C'est toi qui conduis ?

– J'ai raté mon permis, dit Ilaria en baissant les yeux.

– Encore ?

– À chaque fois, je m'énerve et c'est la catastrophe. Aujourd'hui, j'ai cassé un rétroviseur. Quand j'ai entendu le choc, j'ai compris que c'était fichu.

– Il va bien falloir que tu le réussisses. Je ne vais pas te servir de chauffeur toute ma vie.

– Je sais, je sais. Je vais changer d'auto-école. Ma réputation est faite, dans celle-ci. »

Besana enfile son veston bleu, il transpire déjà.

« Je suis prêt, dit-il.

– Il te manque un bouton, lui fait remarquer Ilaria.

– Tant pis. De toute façon, je ne peux pas le fermer. »

17 juillet

« Il y a deux choses dont personne ne devrait *jamais* voir l'élaboration : les saucisses et les journaux », déclare Besana à son voisin en remplissant son assiette de veau à la sauce au thon.

Ilaria est assise toute seule dans un coin, un verre à la main. Elle n'a pas l'habitude des dîners mondains ni des conversations de salon. Une fois ses collègues salués, toute sa verve s'est enfuie.

« La place est libre ? lui demande une dame.

– Oui, asseyez-vous, je vous en prie, répond poliment Ilaria.

– Je suis sûre de vous avoir déjà vue quelque part, dit la dame. Chez les Ceci ?

– Je ne connais pas les Ceci, dit Piatti en haussant les épaules.

– Chez Lilli, peut-être ?

– Non, désolée. »

C'est une sexagénaire à l'allure un poil trop juvénile, de ce jeunisme socialement toléré : lunettes de couleur vive et une paire de cuissardes vernies au talon agressif.

« Je m'appelle Marta », dit-elle en lui tendant une main chargée de bagues.

La pièce commence à se remplir. Mal à l'aise, Ilaria se sent obligée de dire quelque chose.

« Vous travaillez dans quel domaine ?

– Je suis fermière », répond la dame.

Mais autour d'elles, tout le monde rit, comme si c'était une plaisanterie.

« Marta est une artiste, intervient une blonde qu'un excès d'injections de vitamines a rendue presque translucide.

– Ah oui ?

– Je fais des sculptures en cire, précise Marta.

– Comme Medardo Rosso ? »

Ce nom n'évoque rien à Marta.

« De toute façon, tout ce que je fais, moi, est différent », répond-elle.

Toute petite déjà, lui raconte-t-elle, elle avait le sentiment d'être une artiste. Ils étaient quatre frères et sœurs, tous des enfants modèles, sauf elle qui grimpait sur les toits et souffrait de dyslexie. Comme elle était gauchère, on l'a contrariée, bien sûr, et ce fut un traumatisme terrible. Elle lisait à l'envers, de droite à gauche.

« Et la découverte des photocopieuses, avec ces feuilles qui se renversent, m'a amenée à prendre conscience de mon don. »

Elle explique avoir étudié la physique parce qu'elle était fascinée par les ondes électromagnétiques et par le spiritisme.

« Je n'ai jamais obtenu mon diplôme, mais j'ai beaucoup appris durant ces années-là. La théorie de la gravitation explique tout des fantômes. »

Ilaria hoche la tête.

« Enfin, à présent, je fais de l'agriculture biodynamique. La villa familiale est entourée d'un grand parc, j'y cultive surtout des myrtilles. »

Elle sort son téléphone portable et lui montre des photos de son âne, Sir Simon.

« Comme le fantôme de Canterville », précise-t-elle.

Puis elle passe à celles de sa poule favorite, baptisée Bérénice en hommage au spectre du portique d'Octavie. Parmi les images qui défilent, Ilaria entrevoit quelques bouilles de bambins, ses petits-enfants sans doute, mais concentrée sur son gallinacé, Marta ne s'y attarde pas. Soudain elle s'arrête et, pensive, fixe la photo d'un ours. Elle l'agrandit avec ses doigts.

« Et lui, c'est Fulvio, dit-elle.

– Vous avez aussi un ours ?

– Non, j'ai choisi cette photo comme fond d'écran. Pauvre bête, ils veulent l'abattre. Mais ce n'est pas lui qui a tué cet homme.

– Vous parlez de l'industriel qui est mort en Suisse ?

– Je connaissais bien Achille. Sa mort m'a bouleversée, naturellement. Mais cet ours n'y est pour rien, c'est une épouvantable erreur judiciaire. »

À cet instant, Besana apparaît et, d'un sourire, Ilaria l'appelle.

« Mon confrère s'occupe justement de cette affaire, dit-elle.

– Vraiment ? »

Aussitôt, Marta agrippe Marco par le bras.

« Écoutez-moi, il est innocent ! Cet ours est innocent ! » Elle jette des regards inquiets à la ronde. « Ce n'est pas le bon moment pour en parler, il y a trop de monde ici et nous ne pouvons faire confiance à personne. Mais vous êtes journaliste, et il faut que vous le sachiez. Si vous voulez, je passe vous voir demain à la rédaction et je vous raconte tout. »

Besana acquiesce et tente de se dégager, mais Marta ne le lâche pas. Elle tend le cou et approche les lèvres de son oreille.

« Achille a été *empoisonné, comme tous les autres* », murmure-t-elle en le fixant, les yeux remplis de terreur.

17 juillet

« Corrado ! Tu étais là, toi aussi ? Je ne t'avais pas vu. »

Dans l'escalier, en quittant la fête, Besana tombe sur un confrère, Frangi, qui, après trente ans à la rubrique économique, a pris sa retraite comme lui, mais continue à écrire des billets d'humeur en une. Il s'est un peu empâté mais il reste impeccable dans son complet bleu.

« Bah, il y avait pas mal de monde, répond Frangi en l'embrassant. Si on allait se boire une petite grappa au bar du coin, comme au bon vieux temps ? »

« La mort de son ami D'Ambrosio n'a pas l'air de le chagriner beaucoup, *ton* directeur, lui fait remarquer Marco, une fois qu'ils sont assis.

– Oh, "ami", c'est un peu exagéré. Il l'a invité quelques fois sur son yacht.

– Tout de même assez ami pour me demander de ne pas mentionner que c'est un spécialiste des banqueroutes.

– Il a raison, répond Frangi. Si tu avais écrit ça, tu écopais d'une plainte à tous les coups. Il a seulement été condamné en première instance pour détournement de fonds, et il a gagné en appel. »

Besana repose son verre vide sur la table d'un geste rageur.

« J'aurais pu écrire "en faillite" à la place, c'est la même chose. Il a peut-être évité la taule, mais ses employés sont dans le pétrin.

– C'est une affaire compliquée, tente d'expliquer son confrère en rajustant sa cravate. Il avait acheté une entreprise de sécurité il y a une vingtaine d'années et il en était le président. La boîte n'allait pas fort, les fourgons blindés qu'elle était censée surveiller avaient été braqués si souvent que les assurances n'étaient plus disposées à payer. Les dettes s'accumulaient, les banques s'impatientaient. Pendant ce temps-là, dans le coffre de l'entreprise, les dépôts en espèces continuaient à fondre. On l'a accusé de s'être servi, et d'avoir dépensé des millions d'euros en s'achetant des voitures de collection, des hors-bords, des vélos de course et même, tiens-toi bien, des trancheuses à jambon.

– Et ce n'est pas vrai ?

– Va savoir, je suis jurisprudent, je ne me prononce jamais avant la sentence définitive et cette fois, il n'y en aura pas.

– L'ours s'en est chargé, de la sentence définitive.

– Tu ne changeras jamais, Marco.

– Bah, ça m'a fait plaisir de te voir, Corrado, dit Besana en se levant. Ce soir, c'est moi qui régale. Bonne nuit. »

Tout en cherchant une voiture sur son téléphone, un peu grisé par l'alcool, Marco repense à Corrado, et à leurs destins si différents. Ils ont débuté ensemble, comme stagiaires. Tous les soirs, vers minuit, ils apportaient les épreuves aux directeurs adjoints avant d'aller boire des coups, ils ont même eu une fiancée en commun. Et voyez-le aujourd'hui, Corrado, tiré à quatre épingles malgré les années, régulièrement invité sur les plateaux télé pour parler économie. Mieux vaut se consacrer à la Bourse et à la finance qu'aux faits divers, c'est clair.

L'un fraie avec des banquiers, des industriels et des politiques, il fréquente les cercles influents. L'autre continue, à son âge, à hanter les commissariats et à tartiner des histoires de femmes démembrées ou de banqueroutiers dépecés. Tiens, son ex-directeur, par exemple. Accusé d'avoir gonflé les ventes en inventant des abonnés fantômes et en imprimant des exemplaires qui finissaient direct à la décharge, il n'en est pas moins devenu administrateur délégué d'un gros établissement public. Voilà à quoi sert de nager parmi les huiles : quand tu plonges, une main descend du ciel pour te ramener à la surface. Surtout si tu as de jolis dossiers dans tes tiroirs, grâce auxquels tu peux faire pression. Si tu es un loup solitaire, en revanche, qui bosse jour et nuit tête baissée, on te laisse couler sans pitié. « Quel couillon je fais. » Il prononce ces mots à voix haute. Un couple se retourne sur lui et secoue la tête en riant.

17 juillet

Ilaria verrouille la porte de la salle de bains et examine les lieux. C'est presque aussi grand que chez elle. Il y a même un fauteuil, pour qui souhaite faire une pause entre la douche et la baignoire. Douche avec hammam incorporé et baignoire à hydromassage, format piscine. Deux lavabos sur un interminable plan en marbre semé de quelques flacons de parfum. On se croirait dans une serre, avec toutes ces plantes. Ou bien dans un salon, avec cet énorme lustre en cristal. Ilaria admire les serviettes, enroulées comme à l'hôtel, quelqu'un doit se charger de les remettre en place entre deux passages.

À cet instant, elle entend la voix de trois de ses collègues. La poignée de la porte s'abaisse plusieurs fois, puis elles se résignent à attendre. Assise sur la cuvette, Ilaria s'efforce en vain d'uriner. Leur présence l'inhibe. Elles gloussent. « Vous avez vu comment elle est sapée ? Elle sort tout droit du catalogue de vente par correspondance de ma grand-mère ! » Et de rire.

Ilaria détache un morceau de papier hygiénique ultradoux et parfumé. Elle tente de se concentrer. Mais rien à faire. Alors elle tend le bras et ouvre le robinet du bidet, espérant que le bruit de l'eau l'aide un peu.

Mais les ricanements derrière la porte la perturbent. Surtout quand elle comprend que c'est d'elle qu'elles se moquent. Le *Morpion*, disent-elles. C'est ainsi qu'on l'a rebaptisée, au journal, quand elle y est entrée comme stagiaire. Surnom cruel que Besana ne se gêne pas pour utiliser, mais de façon décalée, affectueuse, comme pour exorciser ce rite collectif, ce jeu de massacre.

« Le matin, à la rédaction, on fait des paris, dit l'une de ses collègues. Elle va débarquer en survêt' aujourd'hui ? Avec des bottes en caoutchouc ? Un T-shirt fluo ? » Et ça rigole. « D'ailleurs, c'est pire quand elle fait des efforts. Vous vous rappelez cette jupe qui avait l'air taillée dans la housse d'un vieux canapé ? »

Ilaria tire la chasse, machinalement. Elle se lave les mains, histoire de chiffonner une serviette. Elle hume un ou deux flacons, rien qui lui plaise. Puis elle se passe l'index sous l'œil pour effacer une trace de mascara. Et elle ouvre la porte.

En la voyant apparaître, les trois filles entrent en apnée. Ilaria les fixe.

« Vous me pardonnerez pour l'attente. Il fallait que je photographie ces rideaux, je veux absolument un pantalon dans le même tissu. »

Tandis qu'elle rentre chez elle en métro, elle se promet de ne plus jamais mettre les pieds à une fête du journal. Du reste, le directeur ne l'a même pas reconnue, il ne se rappelle jamais son nom. Quand elle est allée le féliciter, il lui a répondu d'un geste vague et embarrassé. Qui c'est, celle-là ? Chaque fois qu'elle s'est approchée du rédacteur en chef, le seul qu'elle connaît bien, Roberto a trouvé un prétexte pour la fuir – un verre à remplir, un tour au buffet, un ami à saluer – comme pour ne pas risquer d'être vu, ou pire, pris en photo, en sa compagnie. Sans parler des autres, qui ne lui ont pas adressé la parole.

Elle ne se laissera plus humilier comme ça. Qu'est-ce qu'on lui reproche ? Jamais une ligne d'un de ses articles n'a été mise en doute. De ne pas être assez glamour ? De ne pas avoir suffisamment de réseau ? De se borner à travailler sérieusement ?

18 juillet

Ilaria arrive à la rédaction vers onze heures. Elle s'obstine à y passer tous les jours, bien qu'elle ne soit que pigiste. Démasquer un tueur en série ne lui a pas servi à grand-chose.

Quand le directeur l'a convoquée dans son bureau, elle s'est dit : « Cette fois, ils m'engagent. Ils m'engagent, forcément. » Mais le directeur voulait seulement la féliciter. « Bravo, Piatti. » On ne paie pas ses factures avec des compliments. Elle s'attendait à mieux, pour être honnête. Le directeur a passé la demi-heure suivante à se lamenter de la situation catastrophique du journal. Pertes sur pertes. Puis il s'est levé, il avait une réunion. « Bravo, Piatti, bravo. Continue comme ça. On tient beaucoup à toi. Ciao, ciao. Au revoir. » Et il lui a serré la main. Une poignée de main, en guise de contrat.

Le prendre au pied de la lettre, voilà tout ce qui lui restait à faire – au revoir : une formule de salut entre personnes qui se séparent momentanément – et donc elle passe au journal tous les matins.

Roberto l'appelle d'un signe de la main. Il lui montre une photo sur son écran.

« Ce ne serait pas la femme avec laquelle tu discutais à la fête ?

– Oui, pourquoi ? Qu'est-ce qui lui est arrivé ? »

Roberto désigne une dépêche. Agressée et tuée dans le centre de Milan.

« Morte pour un sac Gucci, ajoute-t-il.

– Non. C'est dingue.

– Tu me fais un papier ?

– D'accord. »

Tout en fonçant au commissariat central de la via Fatebenefratelli, Ilaria appelle Besana.

« Marco, la dame avec laquelle on a parlé hier a été tuée.

– Celle de l'ours ?

– C'est ça, Marta Guerra. Elle s'est fait agresser en rentrant chez elle. Je file au commissariat. »

Silence. Besana gamberge.

« Dis-moi, Morpion, tu ne prends tout de même pas ses délires au sérieux ?

– Elle avait l'air passablement givrée, je sais. Mais la coïncidence est étrange, non ?

– Tu veux que je te rappelle le nombre de vols à l'arraché à Milan ? Environ quinze mille par an. Certains se terminent mal.

– Je dois te laisser, excuse-moi. Je te rappelle plus tard », répond Ilaria, peu convaincue.

Elle entre et demande le commissaire en chef Ricci, avec lequel elle a d'excellentes relations, désormais. Elle grimpe l'escalier quatre à quatre et déboule dans son bureau.

« Je serai bref, Ilaria : j'ai une réunion, lui dit Ricci. Bon, pour résumer, elle a été tuée d'un coup à la tête, avec un objet contondant que nous n'avons pas encore identifié. On visionne en ce moment les vidéos des caméras de surveillance.

– Je peux les voir ?

– Bien sûr, je t'emmène chez Filangeri, tu t'arrangeras avec lui.

– Vous êtes sûrs que le motif est bien le vol ?

– On ne peut plus sûrs. L'agresseur a pris la fuite avec son sac. Un étranger, probablement.

– Il y a beaucoup de vols de ce type dans ce quartier ?

– Pas tant que ça, ce n'est pas la banlieue, mais ça arrive.

– Qui l'a retrouvée ?

– Un avocat qui se garait là, il a appelé le 113. Il la connaissait, il l'a tout de suite identifiée et on a contacté sa fille.

– Tu peux me mettre en relation avec elle ?

– Je te transmets son numéro de portable, elle habite à CityLife[1], répond Ricci tout en se levant. Pourquoi ça t'intéresse tant que ça, un vol de sac à main ?

– Il se trouve que j'ai parlé à la victime hier soir, à une fête. » L'espace d'un instant, Ilaria est tentée de lui rapporter la conversation, puis elle se mord les lèvres. Lui aussi la traiterait de folle. Ilaria, quant à elle, éprouve une étrange et trouble sensation.

---

1. CityLife : nouveau quartier d'affaires, résidentiel et commercial au nord-ouest du centre historique de Milan. (Toutes les notes sont de la traductrice.)

18 juillet

Ilaria attend Besana pour déjeuner dans un restaurant proche du journal. Elle le voit arriver en compagnie de Beck's qui le traîne jusqu'à sa table habituelle – le chien la connaît bien. On lui donne souvent des restes de viande ici, aussi remue-t-il la queue, tout excité. Marco s'assied et Beck's se couche aux pieds d'Ilaria, qui lui refile parfois un ou deux gressins. La serveuse n'attend pas la commande, de toute façon, Besana prend toujours la même chose : de la puntarelle aux anchois, une salade d'artichauts, du jambon, de la mozzarelle de bufflonne et une fougasse au romarin. Plus une bouteille de Gewürztraminer bien fraîche, parce qu'il fait chaud.

« J'ai regardé la vidéo de surveillance d'un immeuble, commence Ilaria, l'image n'est pas très nette, il faisait très sombre et la caméra est assez éloignée. On distingue donc mal les silhouettes, mais on voit bien la séquence, les gestes. J'ai retenu trois détails singuliers.

– Je vois où tu veux en venir, Morpion, mais je te préviens : je ne marche pas, dit Besana en lui versant du vin.

– N'empêche, il va bien falloir que tu m'écoutes, insiste-t-elle. D'abord, cette femme a été violemment frappée trois fois de suite à la tête *avant* qu'on lui pique son sac. Tu ne trouves pas cet acharnement excessif pour un voleur ?

– Il voulait sans doute l'assommer, pas la tuer.

– Admettons. Ensuite, est-ce que tu te souviens de la montre qu'elle portait au poignet ? C'était une Cartier. Pourquoi ne l'a-t-il pas prise ? Et ses bagues ? Ce n'était pourtant pas du toc.

– Il n'a peut-être pas eu le temps, répond Besana, il a sans doute vu arriver quelqu'un.

– Personne n'est passé pendant au moins cinq minutes, pas même une voiture. J'ai vérifié, figure-toi.

– Et le troisième détail curieux ?

– C'est le plus intéressant, Marco. Ils ont bien évidemment cherché si les autres caméras de la zone avaient enregistré des images de l'agresseur. Il n'apparaît nulle part. Volatilisé. Pourtant, il a bien fallu qu'il rentre chez lui. La seule explication, c'est qu'il est entré dans un immeuble tout proche. Ça te paraît plausible, à toi, qu'un voleur habite un quartier aussi chic que celui-ci ?

– Mais enfin, pourquoi aurait-on voulu assassiner cette foldingue ? Elle délirait, c'est clair. S'il te plaît, Ilaria. Tu n'as pas encore été engagée et le directeur déteste les complotistes, ne va pas te tirer une balle dans le pied.

– Tu te rappelles ce qu'elle a dit ? "Achille a été empoisonné, comme tous les autres." Qui sont tous les autres ? »

18 juillet

Ilaria, qui a rendez-vous avec Diletta, la fille de Marta Guerra, pénètre pour la première fois dans la résidence Hadid. Un concierge l'arrête et demande à l'interphone si elle est autorisée à monter. Puis une employée de maison sri lankaise, en tablier bleu ciel, la prie de patienter un instant dans l'entrée : Madame est au téléphone. C'est un luxueux duplex au dernier étage, tout en verre, sobrement habillé de quelques meubles design. Dans ce vaste espace cavalent trois enfants hurlants. La plus petite fait une glissade sur le parquet et vient se cogner dans les jambes d'Ilaria. Elle la regarde.

« Ciao, pourquoi tu t'habilles aussi mal ? »

Ilaria lui flanquerait volontiers un coup de pied en pleine poire, mais elle se contente de lui sourire.

« Comment tu t'appelles ?

– Sveva. Et lui, c'est mon frère Leone. » Elle désigne un petit forcené occupé à sauter sur le canapé.

À cet instant s'élève un hurlement, la mère, probablement.

« Cosimaaa ! Cesse de tirer la tresse de Chandra ! »

Diletta surgit à grandes enjambées, pieds nus.

« Excusez-moi, la baby-sitter est partie chercher mon mari à l'aéroport. Il travaille à Londres », dit-elle en se passant la main dans les cheveux. Démaquillée, les yeux bouffis, mais vêtue d'une tunique en crêpe de soie de chez Etro. « Tout est tellement compliqué.

– J'imagine », répond Ilaria.

Diletta lui demande à mi-voix de la suivre dans son bureau pour qu'elles puissent parler tranquillement. Mais à peine y sont-elles entrées que Leone les y rejoint.

« Maman, maman ! Ils parlent de grand-mère à la télé. Ils disent qu'elle a été tuée pour cinquante euros et un sac Gucci. C'est vrai ? »

Diletta se penche et le prend dans ses bras.

« Nous en reparlerons ce soir, quand papa sera rentré. Tu ne dis rien à tes sœurs, promis, hein ? Va mettre un épisode de *Peppa Pig*, s'il te plaît.

– Mais elle peut aller au ciel quand même ?

– Pourquoi "quand même" ?

– Même sans argent ? »

Ilaria manque s'esclaffer. Heureusement, Diletta s'est retournée pour fermer la porte.

« Je suis à vous, dit-elle.

– Je n'abuserai pas de votre temps, je vous le promets, commence Ilaria. Comme je vous l'ai dit au téléphone, je ne compte pas vous demander une interview.

– Tant mieux, soupire Diletta. Tout le monde me harcèle. »

À cet instant, son portable sonne : « Excuse-moi, Franci, je te rappelle plus tard, je suis avec quelqu'un. » Puis elle coupe la sonnerie. Sur la table, l'iPhone se remet aussitôt à vibrer.

« Je voulais vous parler parce que j'ai rencontré Marta à un dîner, hier soir. Et que ses propos m'ont beaucoup frappée. »

Diletta se raidit, de toute évidence, elle a peur de ce que sa mère peut avoir dit.

« C'était une femme assez particulière, répond-elle avec une certaine froideur.

– Ce jour-là, un de ses amis venait de mourir, balance Ilaria.

– Ah, bien sûr, Achille. Quelle horrible histoire.

– Exact. Votre mère semblait sous le choc. Elle disait que l'ours n'y était pour rien. » Pour ne pas braquer son interlocutrice, Ilaria s'efforce de doser les informations.

« Mon Dieu, l'ours. Elle m'a appelée au moins cinq fois à son sujet : elle préparait une pétition pour qu'on ne l'abatte pas. Ma mère était une animaliste convaincue, un brin fanatique, même.

– J'ai pu le constater. Elle m'a montré toutes ses photos de Sir Simon. »

Les yeux de Diletta se remplissent de larmes, elle secoue la tête.

« Elle gardait un portrait de l'âne sur sa table de chevet, pas ceux de ses petits-enfants. Elle était ainsi faite.

– À un moment donné, votre mère a affirmé quelque chose qui m'a troublée. » Ilaria avale sa salive. « D'après elle, ce n'était pas l'ours qui avait tué Achille. Elle disait qu'il avait été empoisonné. »

Diletta lève les yeux au ciel.

« Les poisons, encore une de ses obsessions.

– Vous estimez donc peu probable que cette hypothèse soit fondée ? »

Diletta secoue la tête, attendrie.

« Pauvre maman, lâche-t-elle, elle était tellement influençable. »

18 juillet

Quand Ilaria rallume son portable en sortant dans la via Senofonte, elle trouve un message du commissaire Ricci. Elle le rappelle aussitôt.

« Excuse-moi, Max, j'avais éteint mon téléphone.

– Je voulais te dire que selon le légiste, les blessures à la tête ont peut-être été causées par un piolet.

– Un piolet ?

– Un piolet d'alpinisme, avec une lame crantée.

– Ça te paraît normal qu'un voleur à l'arraché se trimballe avec un piolet d'alpinisme ?

– Non, en effet. C'est aussi ce qu'on s'est dit.

– OK, merci, Max. Tiens-moi au courant. »

Ilaria retourne à fond de train à la rédaction pour écrire son papier. Elle allume son ordinateur, ouvre un nouveau fichier Word et se fige. Elle doit vérifier quelque chose. Elle cherche la page Facebook de Marta Guerra, que sa fille, occupée à encaisser le choc et à organiser les obsèques, n'a heureusement pas trouvé le temps de fermer. Il faut absolument qu'elle en garde trace, sans tarder. Avec la tablette que Besana lui a offerte, elle prend des clichés de chaque post. Délirants, c'est clair, mais aussi énigmatiques (« Si cet ours est abattu, je ne lèverai plus trois doigts de ma main droite »). Beaucoup font référence à une empoisonneuse en série du XVIIIe siècle, Giovanna Bonanno, connue sous le sobriquet de « la Vieille au Vinaigre », pendue à Palerme en 1789. Son profil s'accompagne d'une phrase en grec ancien. Ilaria la traduit : « Qu'aucun profane n'entre ici. » Qu'est-ce que ça peut bien vouloir dire ?

Les heures ont passé : le journal va fermer et elle doit rendre son article. Elle l'écrit à la va-vite, puis elle s'attarde. Roberto la salue en partant.

« À demain, Piatti. »

Les lumières faiblissent. Les femmes de ménage balaient tranquillement les couloirs. Et Piatti ne bouge pas.

Elle ouvre sa boîte aux lettres et écrit un e-mail au médecin légiste de Coire, celui qui s'occupe du cadavre dépecé par l'ours. À sa grande surprise, il lui répond immédiatement et lui donne son numéro de portable ; elle le compose dans la foulée.

Après avoir discuté avec lui, Ilaria appelle le rédacteur en chef.

« Roberto, il faut que je te parle.

– Tu as vu l'heure ? C'est l'anniversaire de ma femme, ce soir, pitié, Ilaria ! Tu veux que je divorce moi aussi ? Je ne finirai pas comme Besana, tu peux me croire.

– Désolée.

– Écoute, je me suis levé de table et je sors du restaurant, dis-moi vite ce qui se passe. »

Ilaria lui décrit en quelques mots la page Facebook de Marta Guerra avant de conclure sur l'échange qu'elle vient d'avoir avec le gars de Coire.

« Tu saisis ? C'est le résultat de l'autopsie du corps de D'Ambrosio.

– Et il t'a clairement dit qu'il était mort empoisonné ? Tu peux le citer ?

– Non, je ne peux pas. Mais il m'a dit que l'affaire était plus compliquée, il n'y a pas que l'ours... Donne-moi une possibilité, une seule. Envoie-moi en Suisse avec Besana. S'il te plaît.

– Besana ne veut pas entendre parler de cette histoire. J'ai dû le supplier à genoux pour lui faire cracher cinquante lignes. Je me suis fait insulter.

– Je me charge de le convaincre, répond Ilaria.

– Bonne chance. » Roberto soupire, sceptique. « Mais je veux un papier sur ce type massacré. Il va bien falloir que j'envoie quelqu'un.

– Je lui dirai que Beck's a besoin de courir un peu dans les prés.

– Il est devenu gâteux, avec ce chien. S'il ne passe plus nous voir, c'est uniquement parce que les animaux ne sont pas admis à la rédaction.

– Ben voilà. »

18 juillet

Quand Ilaria rentre chez elle, il est presque minuit. Déprimée, elle jette un coup d'œil à la ronde. Voilà plus d'une semaine qu'elle n'a pas fait tourner de machine et son panier à linge sale déborde. Dans la cuisine, plus un verre propre. Depuis quand n'a-t-elle pas changé ses draps ? C'est pire encore chez Besana. Sans doute est-ce un effet collatéral de la rubrique faits divers. Ou de la solitude.

Elle n'a encore rien mangé et il ne lui reste qu'un yaourt, périmé. Sur la porte du frigo, une note est fixée par un aimant : « Faire les courses ». Le mot « courses » est souligné trois fois. Dix jours que cette note est là. Elle songe à son appli de livraison à domicile : et si elle commandait des rouleaux de printemps et du riz sauté aux légumes ? Mais elle tombe de fatigue et risque de s'endormir avant qu'on lui livre son dîner.

Une fois sous la douche, elle constate que son flacon de gel est vide. Elle déteste les savonnettes, mais elle n'a pas d'alternative. Il faut absolument qu'elle prenne une journée, et vite, ça ne peut plus durer. En s'essuyant, elle se demande si c'est bien ça, la vie dont elle rêvait.

Elle n'imaginait pas vraiment les choses ainsi, mais c'est un peu de sa faute. Elle est incapable de prendre du recul. Une femme rencontrée par hasard meurt, elle ne lui a pas parlé plus de cinq minutes et pourtant, elle se sent aussitôt investie d'une mission. Ce n'est pas normal. Un ours n'est qu'un ours : il mange ce qu'il trouve, pourquoi faut-il qu'elle tente de découvrir une vérité cachée là où il n'y a sans doute qu'une féroce et immémoriale loi de la nature ?

Un jour, elle s'est décidée à consulter une psychologue. De l'avis général, c'était indispensable, avec le passé qu'elle se traîne. La thérapeute était jeune, compétente et sympathique, mais ça n'a pas duré longtemps. Il faut dire aussi que les séances coûtaient un bras. « Vous vous sentez obligée de résoudre tous les crimes du monde, lui disait-elle, parce que vous n'avez pas pu empêcher l'assassinat de votre mère. Vous devez vous libérer de cet aberrant sentiment de culpabilité. » *Aberrant sentiment de culpabilité.* L'expression lui est restée.

Aurait-elle pu éviter que sa mère ne soit tuée ? Non, évidemment. Elle n'avait que six ans. Quant à imaginer que le coupable était son père, c'était inconcevable. D'ailleurs, après la disparition de sa mère, elle avait pris soin de lui comme s'il avait été la principale victime dans cette histoire. Était-ce cela qu'elle ne parvenait pas à se pardonner ? Le nœud qu'il lui faudrait dénouer ?

À cet âge-là, elle savait déjà lancer une lessive, sa mère ne faisait guère que ça, du reste. Ç'avait été un jeu pour elle, elle regardait et elle apprenait. « Quarante degrés, c'est ça ? Et puis j'appuie là ? » Pareil pour le lave-vaisselle, qu'elle remplissait souvent toute seule. Ça l'amusait. « Il y a plein de casseroles, je mets le programme intensif ? » Une fois, elle avait même essayé de repasser, mais elle s'était brûlé la main. La douleur l'avait aussitôt ramenée à sa condition d'enfant, elle avait pleuré et hurlé. « Maman, mamaaan ! » Mais le chagrin de la disparition de sa mère avait fait d'elle une adulte d'un mètre vingt-trois qui, pour que son père ne se sente pas trop seul et délaissé, faisait le ménage, s'occupait du linge et de la vaisselle.

Ilaria considère la porcherie dans laquelle elle vit à présent. Au fond, c'est une réaction saine, pour la fille d'une ménagère assassinée par son mari.

19 juillet

« Vous avez vérifié les relevés téléphoniques ? demande Ilaria au commissaire Ricci.

– Bien sûr, mais on n'a rien constaté de particulier. La seule chose notable, c'est que le jour de l'homicide, Marta Guerra a appelé neuf fois la femme de D'Ambrosio, probablement pour lui présenter ses condoléances.

– Neuf fois ?

– Bah, c'était une obsessionnelle. Tout le monde le confirme.

– Et où se trouvait Mme D'Ambrosio ? En Suisse avec son mari ?

– Non, elle était à la mer, en Sicile. »

Ilaria lit et relit avec attention la page des relevés. Puis elle relève la tête.

« Que des appels brefs, quarante, cinquante secondes.

– L'autre n'avait sans doute aucune envie qu'on la dérange, commente Ricci.

– Tu ne trouves pas ça un peu trop insistant ?

– Où veux-tu en venir, Ilaria ?

– Je n'en sais rien moi-même », répond-elle.

Puis elle se décide à lui parler, pour qu'il comprenne. Elle lui raconte toute la conversation. Les bras croisés, Ricci l'écoute, sceptique.

« Écoute, cette femme était frappadingue. Si tu veux, je te montre la pétition qu'elle a rédigée en faveur de l'ours, pour que tu te fasses une idée. »

C'est un long texte où il est question d'« animalicide » et de « terrorisme psychologique plantigradophobe », de chasse aux sorcières. Marta Guerra clame son indignation. Elle soutient que l'ours M18 n'est pas « à problème », qu'il faut utiliser des « méthodes de dissuasion ». Elle invoque l'importance de la biodiversité puis passe à d'obscurs propos autour de Paracelse et de la Lumière de la Nature pour conclure sur cette citation : « Tout est poison, et rien n'est sans poison. C'est la dose qui fait le poison. »

Ilaria reste un instant interdite, puis elle fixe le commissaire.

« Tu vois bien qu'elle parle de poison !

– Oui, mais elle se réfère aux produits anesthésiants qui à fortes doses peuvent tuer l'animal.

– Et son mari, vous l'avez interrogé ?

– Il est mort.

– Ah, ça, c'est un alibi en béton », lâche Piatti avec un rire nerveux.

19 juillet

« À ton avis, papa, je peux y aller avec mon T-shirt de Ronaldo ? demande Jacopo. Il me porte bonheur, je gagne toujours au foot quand je l'ai. »

Besana est passé chez Marina, à quelques jours des oraux du bac. Il lève la main comme s'il voulait gifler son fils.

« Tu es couillon, ou quoi ? Tu mettras une veste.

– Attends, on mettait une veste *à ton époque*. Aujourd'hui, ça ferait marrer tout le monde. Le prof de philo fait cours en bermuda et Birkenstock.

– Je m'en fous, tu t'habilleras de manière décente. Je ne te dis pas de porter une cravate, mais au moins un pantalon correct et une chemise.

– Papa, il fait une chaleur à crever.

– Prends ton mal en patience, ce sera bientôt fini. Allez, révision ! »

Marco ouvre le manuel de littérature italienne au hasard.

« Parle-moi un peu de l'idéal de l'huître de Verga.

– Oh, non, pas Vergaaa ! Je n'étais pas là quand ils l'ont étudié.

– Peu importe, c'est au programme. Je vais t'aider : à quoi te fait penser une huître ?

– À du champagne ?
– Ne fais pas ton malin.
– Franchement, je ne sais pas.
– Tu as lu *Les Malavoglia* ?
– Non… Et je croyais que c'était de D'Annunzio.
– D'Annunzio, n'importe quoi.
– Mais si, l'esthète, là…
– Merde, je renonce, dit Besana en se levant.
– Ne te fâche pas, s'il te plaît.
– C'est bon. Essayons la poésie. Pourquoi dit-on d'Ungaretti qu'il est un poète "hermétique" ?
– Parce qu'on pige que dalle à ce qu'il écrit ?
– Tu n'y mets pas du tien », grogne Besana, au bord de l'explosion. Il se reprend et lui lit la définition de la poésie hermétique. « Tu m'écoutes, au moins ? Qu'est-ce que tu regardes sur ton portable ?
– Rien. Une photo qu'une copine a postée sur Instagram. »
Marco soupire, puis saisit le manuel d'histoire.
« Concentre-toi un peu, d'accord ? Qui était le premier président du Conseil de l'Italie unifiée ?
– Facile : Giuseppe Mazzini.
– Tu es ignare. Mazzini ?
– Je voulais dire Garibaldi.
– Cavour. Camillo Benso, comte de. Tu vois qui c'est ?
– Ah, oui ! Cavour. Comme la place où il y a le cinéma. »
Marco se prend la tête à deux mains.
« Voyons un peu l'histoire du XXe siècle : quel pays Hitler a-t-il envahi en 1939 ?
– Ça je sais : l'Italie !
– Mais non : la Pologne, Jacopo. La Pologne, putain !
– Papi et mamie disaient toujours que pendant la guerre, les Allemands étaient à Milan.

– Ça, c'était après 1943. Mais bordel, il y a un sujet sur lequel tu as bossé ?

– Je dois réviser.

– Tu dois tout reprendre à zéro, oui ! »

Marina débarque à ce moment-là, une carafe de thé glacé à la main.

« Alors, ça avance ?

– Papa dit que je suis nul, soupira Jacopo en ouvrant les bras.

– Marco, pourquoi optes-tu toujours pour la terreur ? Ne t'inquiète pas, trésor. Maman va t'aider. »

19 juillet

En début de soirée, bien décidée à ne rien lâcher, Ilaria appelle Marco.

« Tu me ferais un plat de pâtes ?

– Je ne suis pas ta bonne, rétorque ce dernier.

– Un resto ?

– Piatti, on a déjeuné ensemble hier. Je te manque déjà ? Tu es plus collante qu'une fiancée.

– Il faut que je te parle, insiste-t-elle.

– Pas d'ours, j'espère.

– On l'a tuée avec un piolet, Marco. Tu as déjà vu quelqu'un se faire agresser avec un outil d'alpiniste ?

– En trente ans de carrière, j'ai tout vu. Des agressions à la seringue, à la clef de porte blindée, au tesson de verre, à la bêche et même au coupe-ongles. Les objets contondants peuvent servir à la défense : en Californie, les vendeuses d'un sex-shop ont mis en fuite leur braqueur en le lapidant avec des vibromasseurs.

– Je t'adore, dit Ilaria en riant malgré elle.

– Moi non. Encore moins quand tu cherches à m'entraîner sur des pistes extravagantes.

– Pas de dîner, alors ?

– Tu as du bol, Piatti. J'ai acheté un turbot trop gros pour une personne. Je t'attends à huit heures. »

Ilaria regarde sa montre, il est sept heures et demie. Elle détale.

« Pauvre Beck's, dit-elle en entrant chez Marco, il crève de chaud, dans cet appartement. Tu n'as même pas de balcon.

– Tu insinues qu'il serait mieux en Suisse ? lâche Besana, qui a compris.

– J'ai parlé au légiste de Coire, Rudi Hofer, lui répond-elle avec un sourire coupable. Il nous attend demain à trois heures.

– Il *nous* attend ? Je dois te le dire comment, que je ne veux pas m'occuper de cet ours à la con ?

– Il a trouvé quelque chose, Marco. » Elle lève le menton et le regarde droit dans les yeux. « Quelque chose de bizarre.

– Depuis quand tu comprends l'allemand ?

– Je l'ai étudié au lycée. Et de toute façon, Hofer parle parfaitement italien. Marta Guerra avait raison, l'ours n'est pas le seul responsable. Il pourrait s'agir d'un assassinat plus sophistiqué.

– Ne sous-estime pas les ours », répond Besana, en sortant un plat du four. Il pose le poisson sur la table et la fixe, l'air grave. « Ce sont des animaux intelligents, complexes, et certains ont une part d'ombre, tout comme les êtres humains. Eux aussi peuvent devenir des assassins retors. »

19 juillet

« Ce que j'étais, ce que je suis devenu », pense Marco en remplissant le lave-vaisselle. Ilaria est partie sans lever le petit doigt. Trop fatiguée, soi-disant. Mais elle n'a que vingt-sept ans, putain. C'est lui l'assistant de Piatti, maintenant, se dit-il en glissant la pastille de détergent dans la machine.

Du reste, c'est sans doute justifié. À ses débuts, c'était une catastrophe, il fallait tout lui expliquer. Elle était incapable de mener une interview et perdait les pédales s'il fallait pondre un papier en une demi-heure. Les scoops, c'était toujours lui qui les dénichait. À présent, les rôles se sont inversés : Ilaria est devenue une reporter de choc. Par excès d'enthousiasme, il lui arrive de partir un peu en vrille, mais à part ça, une vraie championne, c'est indéniable. Le vieux Besana est à la remorque, si Piatti n'était pas là, ils l'auraient déjà flanqué à la casse. Il est devenu la roue de secours, le maillon faible.

Besana presse le bouton du lave-vaisselle et reste appuyé au comptoir de la cuisine, à écouter le grondement de l'eau. Le moment est peut-être venu de se retirer. De cesser de traquer les infos. Il pourrait se mettre à écrire des livres, comme pas mal de journalistes de son âge. Un roman, pourquoi pas. Hier encore, il se gaussait de ces plumitifs qui venaient les briser à toute la rédaction avec leur production littéraire, dont il fallait en plus faire la critique, et sans lésiner sur les adjectifs, s'il te plaît, sinon le directeur te tapait sur les doigts.

« Nous sommes une espèce de mégalomanes narcissiques, pense Besana. La carte de presse ne nous suffit pas, il faut en plus qu'on brame pour le prix Strega. »

Il se souvient de ce vieux directeur qui, interviewé, disait de lui : « Je ne suis pas journaliste, je suis politologue. » Et de cet autre qui s'autoproclamait, sur Wikipédia, « philosophe et épistémologiste ». Comme si c'était l'université ou la Société italienne de philosophie qui lui versait son salaire et sa retraite. Besana allume une cigarette et contemple une étagère bourrée de livres signés par des confrères. Ils sont tous là. Essais, recueils de poèmes, romans, polars : que de papier gâché. Rien n'arrête les journalistes ! C'est vrai, quoi, c'est un glissement tout naturel, leur métier, c'est d'écrire, quelle différence peut-il y avoir entre remplir deux colonnes dans un canard et trois cents pages d'un roman, hein ? En plus, les journaleux sont influents et, souvent, plutôt vindicatifs, donc ils trouvent toujours un éditeur.

Marco prend un livre sur l'étagère. À l'époque de sa publication, l'auteur dirigeait un magazine dans lequel il avait fait paraître une interview de lui-même par l'une de ses collaboratrices (une ex-maîtresse, disaient les mauvaises langues). Vous voyez d'ici les questions incisives et les observations critiques. Un autre confrère, chef du supplément culturel, y avait publié bien en évidence un article sur son propre livre signé par l'un des plus éminents critiques littéraires italiens, lequel s'achevait sur ces mots : « Merci de l'avoir écrit, Filippo. » Sans vergogne aucune.

Non, plutôt que de finir comme ça, mieux vaut disparaître. Il s'est juré de ne jamais écrire de roman. Jamais. Même vieux, même à l'agonie. Sur sa tombe, il veut que l'on grave ces mots : « Rien qu'un journaliste. »

20 juillet

Coire est une petite ville de province qui suinte l'ennui et l'opulence, bien trop ordonnée et trop vide. Où sont passés ses habitants ? Ses rues sont désertes. Ilaria et Marco marchent vers la cathédrale, d'un sinistre achevé, coincée entre des maisons du XVIe siècle dans lesquelles personne ne voudrait habiter. Devant les belles demeures, des chaises recouvertes de peaux de mouton et d'incongrues plantes de papyrus. Des réverbères médiévaux à torche et des maisons en bois, également médiévales, mais munies de fenêtres flambant neuves et modernes, de style hélas suisse (papillons collés aux vitres, girouettes, chichiteuses plantes en pots et coloquintes sur les boîtes aux lettres).

La profusion de bouquetins est accablante. Ils ornent fontaines et blasons, l'horloge d'or du campanile, l'obélisque. Partout, des bouquetins, y compris dans les vitrines : sculptés, en bois, brodés sur des coussins, imprimés sur des nappes.

« Il faut absolument qu'on aille voir le fameux "trou de l'ours" », dit Ilaria.

Ils s'engagent dans une étroite ruelle, un passage souterrain reliant deux courettes exiguës.

« C'est tout ? » Piatti est déçue.

Seul Beck's est enthousiaste : il renifle partout et, ravi, laisse en pissant sa marque sur tous les murs. Sur ces entrefaites, un carillon entame un motif lugubre. Du silence et des cloches. Pas de combinaison plus angoissante. Ils n'ont pas croisé deux passants par rue. Une ville facile à photographier : il y a peu de risque que des importuns surgissent inopinément dans l'objectif.

Bouddha, voilà le seul émule du bouquetin. Les magasins consacrés à la santé pullulent : massages, rééducation, physiothérapie, herboristeries, parapharmacies… C'est le triomphe des thérapies et des religions alternatives, seuls remèdes au désespoir ambiant : fleurs de Bach, pierres et cristaux, manuels divers et variés peuplent des vitrines pseudo-orientales munies de panneaux explicatifs en allemand.

Sûrement une stratégie du placebo : il s'agit de se droguer à tout prix, peu importe l'expédient choisi. Dans la rue la plus branchée du centre, ils trouvent une boutique de cannabis légal, tel un phare. Aucun étranger en vue, seuls quelques toxicos et autant d'ivrognes, rigoureusement autochtones, divaguent çà et là.

« J'ai besoin d'une bière », déclare Besana.

La Suisse profonde a eu raison de lui, pourtant rodé aux bleds perdus de la province italienne – certainement plus accueillants, à leur manière.

Ils longent une énième fontaine à bouquetin – dans une pose léonine – puis une demeure Renaissance avec un nain en guise de cariatide. Un cycliste passe à fond de train, comme s'il fuyait, dans la rue vide et impeccable. Pas un mégot ni un papier par terre : il y a une poubelle tous les deux mètres. Sous l'antique Maison de l'Ours, un restaurant libanais fait tache.

« J'en ai assez de ce patelin merdique, une bière, par pitié ! » répète Besana.

Ilaria ne l'écoute pas, fascinée par les vieilles dames suisses : cheveux blancs et courts, ni bijoux ni maquillage, vêtues sans coquetterie aucune, mais le visage frais et pleines d'allant, grâce à la marche au grand air.

« Regarde comme elles sont belles !

– Qui ça ? » Besana ne pense qu'à trouver une brasserie. Il y en a bien une quelque part, forcément.

Et en effet, en voici une, il se dépêche d'y entrer. Il fait bien : cela semble être l'épicentre d'une sorte d'humanité, si la chose est possible par ici. Enfin une ébauche de chaleur et de joie, qui se manifeste avec exubérance, gravée sur les tables et peinte sur les murs. Les paroles des chansons des Rolling Stones, en caractères gothiques, le réjouissent. Quel soulagement. Les auteurs de ces graffitis ont sûrement besoin de s'abrutir de pintes pour s'exprimer, mais peu importe. Un coucou *made in China* estampillé Calanda Bräu, avec un balancier en forme de chope, informe la clientèle qu'il est midi.

« Laisse-moi boire un demi avant qu'on aille chez le légiste. »

20 juillet

Piatti et Besana se garent dans un parking souterrain et laissent Beck's dans la voiture, avec une fenêtre entrouverte. Le Dr Rudi Hofer les attend au service médico-légal. Le visage fatigué mais l'œil pétillant. Ce regard ironique détonne dans ce contexte, c'est celui d'un homme qui, sans doute, connaît trop bien son métier pour ignorer qu'il faut savoir garder les cadavres à distance.

« *Willkommen* », dit-il.

Ils se serrent la main.

« En règle générale, je n'aime guère rencontrer les journalistes, ils sont tellement superficiels. »

Piatti et Besana échangent un coup d'œil affligé. Et voilà, toujours ce vieux cliché. Existe-t-il une catégorie plus attaquée a priori que la leur ? « Ça dépend lesquels », voudraient-ils lui répondre, mais à quoi bon.

« Mais c'est différent en ce qui vous concerne, reprend Hofer. J'ai trouvé passionnante votre enquête sur le tueur en série de Bottanuco.

– Merci, répondent Besana et Piatti.

– Félicitations.

– De rien.

– C'est pourquoi je tenais à vous parler en personne. »

Besana et Piatti le remercient encore, soulagés. C'est une chance.

Le légiste étale des photos sur son bureau. Ilaria a un peu de mal à les regarder, mais elle se force. Besana, lui, chausse ses lunettes.

« Comme vous le constatez, l'ours l'a taillé en pièces, commente Hofer. Mais j'ai découvert qu'*il serait mort de toute façon*.

– C'est-à-dire ?

– Il serait mort d'étouffement, rapidement. Choc anaphylactique suite à une réaction allergique. J'ai observé un œdème tissulaire diffus, au niveau des poumons, des voies aériennes supérieures, larynx et épiglotte inclus, de la peau et des organes splanchniques, en tout cas, de ce qu'il en reste. »

Il fait une longue pause.

« Hyperesthésie des alvéoles et amincissement des parois alvéolaires, poursuit Hofer, c'est ce qui se produit en cas d'œdème du poumon.

– Qu'est-ce qui peut avoir provoqué cette réaction allergique ?

– Je ne peux qu'émettre des hypothèses, par élimination. Je n'ai pas constaté de piqûres d'insectes, mais je ne peux pas vraiment juger sur pièces, si j'ose dire, vu l'état du corps. La toxicologie ne montre pas trace de médicaments, c'est la seule donnée précise. Restent les allergies alimentaires. Hélas, impossible d'analyser le contenu gastrique sans faire également l'autopsie de l'ours.

– Oh, mon Dieu, lâche Ilaria avec une grimace.

– En revanche, nous avons relevé des traces de chocolat sur ses lèvres et sur ses doigts, notre labo les analyse en ce moment même. Nous aurons une réponse d'une minute à l'autre.

– Il n'a pas essayé d'appeler les secours ?

– Impossible, c'est une zone blanche. Il lui aurait fallu tout de suite une injection d'adrénaline, ou un masque à oxygène, ou encore un antihistaminique. Le choc est très brutal, en quelques secondes, la gorge se noue et, à cause du bronchospasme aigu, on ne peut plus parler, encore moins crier. On ne peut y survivre plus d'une heure. L'ours est arrivé sur ces entrefaites, quand cet homme n'était plus capable de s'enfuir ni de se défendre. »

Une jeune femme blonde, en blouse, entre à ce moment-là et remet au docteur le rapport du laboratoire.

« Drôle de chocolat, commente Hofer, en le lisant. Il contient des traces de tropomyosine.

– Et qu'est-ce que c'est ?

– C'est une protéine que l'on trouve dans les crustacés et les mollusques. Ce chocolat n'est sûrement pas suisse, conclut-il en riant. Pardonnez-moi, mon métier m'oblige à contrôler mes émotions : je ne dois jamais oublier que le corps qui se trouve devant moi n'est pas le mien, que ça n'est pas *mein Schicksal*, “mon destin”.

– Cette tropomyosine peut avoir provoqué la réaction allergique ?

– *Genau*, répond-il, exact. C'est une allergie peu connue mais très grave. La tropomyosine résiste à la chaleur, donc à la cuisson. Et à la digestion. Les personnes qui y sont allergiques doivent faire très attention parce qu'il suffit d'une dose minime, infinitésimale, pour déclencher une réaction – parfois même, un simple contact ou l'inhalation de la molécule sont déterminants. Dans les cas les plus bénins, cela provoque de l'urticaire ou de l'asthme. Dans les plus graves, on en meurt.

– Pensez-vous que la police cantonale va classer cette affaire comme accidentelle ?

– Mon travail n'est pas de comprendre *pourquoi* quelqu'un est mort, mais *comment* il est mort, souligne le légiste. Je dois me demander : "Est-ce, ou non, une mort naturelle ?" Dans cette affaire, c'en est une. Un ours l'a dévoré, un point c'est tout. Et il ignorait que ce chocolat contenait de la tropomyosine. D'ailleurs, qui aurait pu s'en douter ? Il a joué de malchance. »

20 juillet

Impressionnés, Besana et Piatti fixent la façade du Grand Hotel des Bains Kempinski de Saint-Moritz.

« Il était peut-être criblé de dettes, n'empêche, quel flambeur ! commente Marco. Heureusement qu'il venait de faire faillite.

– Je me suis renseignée : certaines suites coûtent entre quatre mille et sept mille euros la nuit », répond Ilaria.

Ils pénètrent dans le hall et Beck's, surexcité, se met à flairer tous les tapis.

« Ne va pas pisser ici surtout, Beck's, je t'en supplie ! »

À la réception, ils se présentent et demandent à parler au directeur de l'établissement. Après avoir patienté un moment, ils voient arriver un quinquagénaire suisse avec des lunettes rondes et un gros nœud de cravate. Aussi affable que circonspect.

« Asseyez-vous, je vous en prie », leur dit-il en montrant une petite table entourée de fauteuils.

Dès qu'il est question d'Achille D'Ambrosio, il a un geste de recul.

« Nous ne voudrions pas que cela fasse une mauvaise publicité à l'hôtel : que les choses soient claires, les ours n'entrent pas ici. Par ailleurs, pour des raisons de confidentialité, nous ne donnons aucune information sur nos clients, dit-il.

– Le légiste vient de nous apprendre qu'il souffrait d'une allergie alimentaire, explique Besana. Vous en a-t-il informé ? »

Le directeur se crispe, imaginant déjà un procès ruineux. « Nous demandons systématiquement à nos clients s'ils souffrent d'une allergie. Je vous fais apporter sa fiche. » Il fait un signe de la main à une réceptionniste qui accourt en trottinant sur ses talons hauts, il lui glisse quelques mots d'allemand à l'oreille. La fille revient quelques instants plus tard avec une page imprimée.

« M. D'Ambrosio a déclaré être allergique aux mollusques et aux crustacés. Le chef lui concoctait un menu personnalisé, afin d'éviter tout risque.

– Merci », répond Besana en se levant.

Avant de sortir, Ilaria rafle un chocolat sur le comptoir de la réception.

Après cette petite conversation, ils concèdent une balade à Beck's, qui tire sur sa laisse, impatient de rejoindre les arbres, non loin de l'entrée.

« Je t'ai vue chiper un chocolat à la tropomyosine, dit Marco.

– Aucune chance qu'il soit venu de là, réplique Ilaria. C'est le crime parfait, non ? Utiliser un allergène en guise de poison, quelle idée géniale.

– Mais qui le lui aurait donné ? Il faut un mobile, Piatti.

– Il faut qu'on sache qui fréquentait D'Ambrosio, quand il était ici.

– Le personnel risque de ne pas être très coopératif.

– En attendant, on pourrait faire un saut à Zernez, pour discuter avec le garde forestier qui a trouvé le corps.

– D'accord, mais demain. Je suis éreinté. Je mérite une bière, un *rösti* et un *würstel.* »

Ils passent à cet instant précis devant un petit temple sur la façade duquel est inscrit « Forum Paracelsus ».

« Regarde ! dit Ilaria. Entrons, juste une minute. »

Philippus Aureolus Theophrastus Bombastus von Hohenheim, dit Paracelse, explique un panneau, arrive à Saint-Moritz en 1535 et découvre les propriétés des eaux thermales. « Cette eau chasse la goutte et les douleurs rhumatismales, elle fortifie l'estomac. » La deuxième source lui est consacrée en 1836. On connaît depuis longtemps les propriétés curatives de cette eau, à tel point que le pape Léon X, dans une bulle de 1519, accorde l'indulgence plénière à tous les pèlerins se rendant à Ecclesiam Sancti Mauricii, lieu du martyre de saint Maurice, un général romain qui, ayant refusé de persécuter les chrétiens, a vu son sang se mêler aux eaux ferrugineuses.

Ilaria goûte l'eau.

« Beurk ! fait-elle.

– Tout est poison, rien n'est sans poison », répond Marco.

20 juillet

Ilaria passe le dîner à répondre à des messages sur WhatsApp. *Ding. Ding.* C'est un tintement incessant, insistant et pénible.

« Merci pour la compagnie, grogne Besana, on dirait mon fils, en pire. Snober quelqu'un comme tu le fais en regardant ton portable, ça s'appelle du *phubbing.* »

Elle lève la tête et lui sourit.

« Excuse-moi, c'est pour le boulot, répond-elle.

– Ne me raconte pas de salades, s'il te plaît. Certes, je suis retiré des affaires, mais pas encore gaga. Tu vas me vexer. Tu n'en es pas au stade où tu dois répondre à qui que ce soit à cette heure-ci. Ça arrivera bien un jour, je n'en doute pas, mais ce jour n'est pas encore venu. Qui c'est ? Crache le morceau. Ou tu préfères que j'enquête ? C'est toi qui choisis. »

Ilaria devient toute rouge.

« Un ami, lâche-t-elle.

– Donc c'est un connard. Sinon, tu dirais "c'est mon copain".

– Marco, je t'en prie. Il s'agit de ma vie privée. Je ne t'autorise pas à y fouiner.

– Et pourquoi ? Il est marié ? »

Ilaria baisse les yeux.

« On ne devrait jamais dîner avec un fait-diversier.

– Tu en es une autre, je te signale. Il dit qu'il va quitter sa femme, pas vrai ? Et toi, tu le crois ? »

Ilaria fait claquer sa serviette sur la table.

« Ça suffit, Marco. Ce ne sont pas tes oignons.

– Avant d'être un fait-diversier, je suis ton seul véritable ami. À toi de décider qui tu préfères. »

Ilaria inspire un grand coup. L'écran de son téléphone, désormais en mode silencieux, affiche quatorze appels de WhatsApp.

« Ça sent le brûlé, à mon avis, dit Besana, mais je suis un journaliste sérieux. Ou un ami sérieux. Allez, raconte-moi tout.

– Je suis obligée ?

– Comment tu l'as connu ?

– Nicola ?

– Voilà au moins une info.

– Je ne te dirai pas son nom de famille, dit Ilaria, encore méfiante.

– Je le trouverai tout seul. Dans cinq minutes, j'en saurai assez pour remonter la piste. C'est mon métier, tout de même, alors ?

– L'une des fois où j'ai tenté d'obtenir mon permis. Comme tu le sais, ça me rend nerveuse.

– Tu as détruit sa caisse ?

– Hélas, oui. On a dû échanger nos numéros de téléphone. Il a été incroyablement gentil, malgré les dégâts. Puis il m'a invitée à boire un verre, pour parler de "l'incident". »

Besana secoue la tête.

« De toute façon, il était assuré », répond-il.

Ilaria part d'un rire nerveux.

« Mais pas moi. Heureusement, l'auto-école l'était. »

Ilaria parle une heure durant, sans toucher à la truite qu'on lui a servie, tandis que Marco assèche la bouteille de vin et en commande une autre.

« Bah, l'histoire n'a pas bien démarré », commente-t-il.

Ilaria baisse le nez. C'est indéniable.

« Eh bien, c'est-à-dire… » Elle le regarde. « Je n'en sais rien, voilà.

– Tu as vraiment le béguin, hein ? » Puis il lui touche la main. « Tu n'es pas obligée de me répondre, Morpion. C'était une question rhétorique. »

20 juillet

Comme il est douloureux d'aimer un homme marié, à minuit. À l'heure où, seule dans sa chambre, Ilaria aimerait tant lui raconter sa journée, Nicola ne peut pas lui répondre.

Qu'un homme aussi séduisant que lui ait pu tomber amoureux d'elle lui paraît incroyable. Elle n'a pas eu beaucoup de liaisons. Plus exactement, elle n'en a eu aucune, en dehors de quelques amourettes de vacances.

À l'université, elle sortait toujours en compagnie de trois amies. Toute une bande de garçons leur tournait autour, mais ils n'étaient pas là pour elle. La plus cotée était une certaine Camilla, une grande brune toujours en minijupe. À sa fête d'anniversaire, elle s'était soûlée et avait fait un pompier à tous les invités. Un exploit qui avait fait monter en grade Sara, laquelle semblait plus inaccessible. Elle se prétendait fiancée à un Parisien que personne n'avait jamais vu. Tous rivalisaient pour la piquer au Français. Elle cédait régulièrement, puis en faisait une petite tragédie fort excitante : un beau jour, elle finissait par pleurnicher en disant qu'elle ne pouvait pas le quitter, tout de même, le pauvre. Ce n'était qu'un moyen de se débarrasser du vainqueur pour relancer la compétition. Mais la reine, la dulcinée idéale par excellence et par vocation, c'était Alessia. Elle avait un don surnaturel pour former des couples symbiotiques qui inspiraient le respect. Même lorsqu'elle quittait un garçon de la bande pour se mettre avec un autre, de cette même bande, son statut de souveraine restait intact.

Quant à Ilaria, aucun d'eux ne semblait s'apercevoir de sa présence. Tout au plus lui demandaient-ils des conseils. Un dénommé Davide, sans doute le plus mignon de tous, l'avait embrassée une fois, uniquement parce qu'elle avait passé la nuit à le consoler – à cause de Camilla, de Sara ou d'Alessia, elle ne se le rappelle plus. Le fait est qu'à force de lui parler, blotti dans ses bras, il s'était retourné, l'avait regardée dans les yeux, et la chose s'était produite. À l'aube, il l'avait serrée contre lui, un peu trop fort. « Désolé, je suis un peu confus en ce moment. Je tiens beaucoup à notre amitié. Promets-moi que cela ne changera rien entre nous. » Ilaria l'aurait volontiers roué de coups, mais elle était tellement peu sûre d'elle qu'au fond, il lui semblait inévitable que l'histoire se termine ainsi.

Elle ne l'est pas davantage aujourd'hui, malgré ses vingt-sept ans. Elle a du mal à comprendre pourquoi Nicola s'est entiché d'elle. Il ne quittera sans doute jamais sa femme, mais elle croit en son amour pour elle. Sans cela, il ne lui enverrait pas cinquante messages par jour, il ne ferait pas non plus les pieds au mur pour la voir trois fois par semaine. Et leur relation serait terminée depuis longtemps. Comme c'est bon de se sentir aimée. Ilaria n'en revient toujours pas, c'est sa première fois.

21 juillet

« Oui, c'est bien moi qui l'ai découvert », répond Michael Brenner, un jeune homme au visage recuit et aux cheveux cuivrés.

Marco et Ilaria l'ont rejoint à Zernez, au centre du Parc national suisse.

« D'abord, j'ai vu un gypaète barbu et des corbeaux survoler la zone, raconte-t-il. Et puis, en m'approchant, j'ai entendu le bourdonnement des mouches. Il y en avait toute une nuée. Une carcasse de chamois, je me suis dit. Ça puait la mort, mais au début, je n'ai vu qu'un gros tas de branchages et de feuilles. J'ai tourné autour et j'ai fini par apercevoir une main qui dépassait de là-dessous. Les ours dissimulent leurs proies pour pouvoir les manger plus tard. Alors, j'ai cherché des empreintes et j'en ai trouvé : dans la boue, au bord du ruisseau.

– Et ensuite ?

– J'ai communiqué ma position par radio et j'ai attendu l'arrivée des autres.

– Vous n'aviez pas peur que l'ours revienne ?

– Je connais bien M18, nous l'avons surveillé pendant des mois jusqu'à ce que son collier soit hors service. Il est timide, en général, il fuit les humains. Je suis surpris qu'il ait attaqué cet homme. Il a dû réagir de la mauvaise manière, en lui lançant quelque chose dessus ou en criant.

– Pourquoi êtes-vous si sûr qu'il s'agit de lui, et pas d'un autre ?

– Parce qu'en ce moment, dans cette zone, Fulvio est le seul à circuler.

– Ah, oui. Fulvio.

– Après, mes collègues du corps forestier m'ont rejoint, avec la police cantonale.

– À pied ?

– Non, en hélicoptère. Le médecin légiste les accompagnait. Comme il manquait la tête, nous sommes partis à sa recherche. Sur le sentier, nous avons ramassé un lambeau de cuir chevelu.

– L'ours l'a scalpé ?

– C'est un comportement typique, répond Brenner. Il a emporté la tête plus loin. Mais le sac à dos est resté à côté du corps, sur les lieux de l'attaque.

– Il y avait de la nourriture dedans ?

– S'il y en avait, Fulvio a dû la manger. Le sac était éventré, mais on y a retrouvé les papiers et les clefs de la voiture, garée au col de l'Ofen. C'est comme ça qu'on a identifié le corps et compris qu'il s'agissait de l'homme porté disparu la veille. Les équipes de secours le recherchaient. C'est moi qui suis tombé dessus, mais c'est un coup de chance. Le territoire est immense. Si vous saviez le nombre de personnes qui s'y perdent...

– Combien ?

– Cinq ou six par an, au moins. La semaine dernière, on a retrouvé la dépouille d'un cycliste qui gisait là depuis novembre.

– Et les attaques d'ours sont fréquentes ?

– Pas du tout. Le dernier ours suisse a été abattu en 1904. Il a fallu cent ans pour qu'on en revoie un autre, ici même, en 2005, je m'en souviens très bien ; il n'était pas suisse, il venait du Trentin. Un étudiant allemand en excursion l'a pris en photo. D'autres sont venus par la suite. Ils attaquent surtout des animaux. Ça s'est quand même produit une fois, dans la région de Bernina. Un ours a dévoré une femme qui s'était cassé la jambe. Au val Poschiavo, M13 a suivi deux randonneurs de Brescia, mais rien ne s'est passé. Cette bête-là se promenait même sur les routes. Des gens lui tiraient des balles en caoutchouc et lui lançaient des pétards, le pauvre, mais il revenait toujours. Il était sociable, il aimait bien se balader.

– Les gens du coin ne devaient guère apprécier, dit Besana.

– Vous savez, si les ours s'approchent trop des zones habitées, c'est souvent de la faute des hommes, certains les nourrissent. Ce ne sont pas des animaux de cirque, il faut respecter la nature.

– Vous avez raison.

– Ladina, ma copine, a ouvert une page Facebook pour soutenir Fulvio. Nous ne voulons pas qu'il soit abattu, comme M13. Il n'est pas dangereux. Mais c'est un sujet de discorde par ici, il y a des factions adverses. L'autre jour, une association a manifesté devant le siège du canton : ils ont déversé des carcasses d'animaux et hurlé des slogans contre le "lobby écolo". Ils en veulent aussi aux Italiens qui nous envoient leurs ours », ajoute-t-il, hilare.

21 juillet

« Je me retire dans le spa réservé aux adultes », annonce Besana, une serviette drapée autour des hanches.

Ilaria s'amuse comme une gamine dans la grande piscine en plein air de l'Ovaverva : elle se laisse engloutir dans les bains bouillonnants, la bouche pleine d'eau, en émerge en toussant et en crachant avant de se ruer vers les toboggans qu'elle dévale en hurlant, en compagnie d'adolescents prépubères. Besana désapprouve.

Histoire de s'éloigner des mioches glapissants, il opte pour la zone nudiste. Enfin, la paix. Au début, il est un peu déçu. Rien de bien joli à voir : que des vieux corps ventrus aux chairs flasques. Mais voilà qu'arrivent deux jeunes Allemandes. Elles entrent dans le sauna et ôtent leurs serviettes pour s'étendre dessus. Besana se relaxe sur le bois brûlant, les mains croisées derrière la nuque. Panorama de rêve sur leurs cuisses.

Mais son bonheur est de courte durée. Du coin de l'œil, il entrevoit un homme qui entre à son tour dans le sauna, au bras d'une blonde. On dirait Armando, le compagnon de son ex-femme. Soudain, Besana transpire à grosses gouttes :

la chaleur n'y est pour rien, c'est sa conscience. Il se relève et s'essuie. Oubliées, les Allemandes.

Dernièrement, Marina lui a demandé conseil. « Armando veut m'épouser, a-t-elle dit, mais je ne sais pas si j'ai envie de me remarier. Je devrais accepter, à ton avis ? » Ils s'entendent bien, tous les deux, en ce moment. Il leur arrive même de dîner ensemble, et sans s'écharper avant le dessert. « Bah, à toi de voir. Si ça te fait plaisir. »

En rentrant chez lui, il se félicitait tout seul. « Bravo, tu as assuré. Tu lui as parlé en ami, sans te laisser envahir par tes sentiments. Quel homme ! » Sur ce, hélas, il s'est pris une cuite colossale au bar du coin. À la troisième tournée d'amaro, il s'est mis à discuter avec un cheminot à la retraite qui, tous les matins, démarre au café arrosé. Ivre lui aussi, naturellement. Le barman, qui les connaît tous les deux, continuait de les abreuver de Braulio. « Tu comprends ? Ma femme veut l'épouser, ce baltringue.

– T'as qu'à refuser le divorce, répondait l'autre, elle fera moins la maligne.

– Naaan, bramait Besana. Si je fais ça, le baltringue, c'est moi.

– C'est pour son bien », insistait le vieux, en claquant la main sur le comptoir.

Pour finir, Besana était rentré en tanguant et s'était esquinté le genou en tombant dans l'escalier.

Une fois chez lui, le pantalon sur les chevilles, il avait contemplé l'hématome naissant, stigmate violacé de son chagrin. Tu nies et tu dénies, jusqu'au moment où tu parviens à te faire mal de manière visible. « Et merde », jurait-il en cherchant de la pommade. Quand il s'était arrêté juste avant d'étaler de la colle sur son bleu, bourré qu'il était au point de confondre les tubes, il avait eu envie de pleurer. Mais son âme desséchée en avait perdu la capacité, il était comme entartré.

Besana jette des coups d'œil furtifs, en bon reporter. Juste à ce moment-là, Armando, car c'est bien lui, embrasse la blonde de façon fort peu amicale. Doit-il prévenir Marina ?

La tête lui tourne un peu, la chaleur, peut-être. Ou non. Il enroule sa serviette autour de sa taille et sort. Il aurait bien besoin d'une douche froide, mais Armando pourrait lui tomber dessus et ce serait trop embarrassant. Mieux vaut filer au vestiaire, se rhabiller à la hâte et s'enfuir.

21 juillet

« Une soupe d'orge des Grisons ?

– Je préfère l'émincé de cerf à la polenta, répond Besana, en étalant du beurre sur son pain.

– Faisons le point, dit Ilaria, sa tablette posée devant elle.

– Ici ? Mais la salle est pleine.

– Ce sont tous des étrangers.

– D'accord. Donc, un homme qui était en train de mourir d'un choc anaphylactique à cause d'une allergie alimentaire dépecé par un ours d'un côté, une femme tuée à coups de piolet durant un vol à l'arraché de l'autre. Et maintenant ?

– Maintenant, à nous de faire le lien entre les deux, répond Piatti.

– D'abord, ils se connaissaient. Ensuite, ils passaient tous les deux leurs vacances en Suisse.

– Essayons de croiser leurs noms sur Google... »

Ilaria pianote à toute vitesse, regarde et secoue la tête.

« Rien, ça ne donne rien. Seulement des articles sur les déboires financiers de D'Ambrosio.

– Regarde les nécrologies, suggère Besana. Ils y tiennent à mort, ces gens-là, aux nécros dans le journal. Comparons les deux, on relèvera peut-être des noms en commun.

– Tu es génial, commente Ilaria. Je consulte les parutions de ces derniers jours. Pour lui, ça commence le 18 et pour elle, le 19. »

Ilaria n'y aurait pas pensé seule. Elle n'a jamais rédigé ce genre de texte.

« En voici une, amie des deux : Vittoria Brivio.

– J'en tiens une autre : Brunella Macchi. »

Ils continuent, s'esclaffant parfois devant des formules pompeuses, convenues, ridicules.

« Les maris n'apparaissent jamais dans les nécrologies ? Comment ça se fait ? Ils sont passés où ?

– Empoisonnés, probablement.

– Je suis sérieuse, Marco. Laisse-moi vérifier une chose.

– Mais qu'est-ce que tu espères dénicher, Morpion ?

– J'y suis ! s'exclame Ilaria, un bon moment plus tard, quand sa soupe est désormais froide. J'ai trouvé plusieurs articles. Le mari de Vittoria Brivio, Carlo Rigamonti, est mort il y a deux ans, en janvier, et par ici, lors du crash de son jet privé. Giacomo Pallavicini, époux de Brunella, a disparu l'été de la même année, sur un glacier. Il est sans doute tombé dans une crevasse. On n'a jamais retrouvé son corps.

– Désolé pour ces dames, mais je ne vois pas en quoi leurs tragédies personnelles nous concernent.

– La police les a classés comme des accidents, mais un détail me fait tiquer. En tout cas en ce qui concerne le mari de Vittoria.

– Explique.

– Dans un papier intéressant, à propos du crash aérien. C'est le récit d'un survivant. Un ami de Rigamonti qui a pu sortir de l'avion avant qu'il prenne feu. Il s'en est tiré avec un bras cassé et quelques contusions. Il raconte que Rigamonti a fait un malaise et qu'il a tenté un atterrissage de fortune. L'aile de l'appareil a heurté l'écurie d'un centre équestre. Par chance, les chevaux étaient en promenade.

– Tu as entendu, Beck's ? »

Le chien, couché sous la table, lève le museau, attentif.

« D'après l'ami, c'était un infarctus. Il dit que sa vue s'est troublée, qu'il avait du mal à respirer et à bouger les bras.

– Affaire classée, répond Besana.

– Et si ce n'était pas un infarctus ?

– Piatti, ça suffit avec cette histoire. On a jeté un beau linceul sur l'ours et demain, on rentre à la maison.

– Et la tropomyosine ?

– Comme dit le légiste, cet homme a joué de malchance. »

Ilaria secoue la tête.

« Je trouve que ça fait beaucoup de malchanceux. »

21 juillet

Ilaria passe une nuit agitée, enchaînant les sauts de carpe dans son lit. En nage, elle tend le bras, les yeux clos, attrape sa bouteille d'eau et y boit sans parvenir à se désaltérer. La scène de l'ours, dont elle ignore si elle l'imagine ou si elle la rêve, l'obsède. C'est très pénible à supporter, comme si elle était en présence de l'homme et de l'animal.

Le soleil se couche et il s'assied sur un rocher : tout à coup, il a du mal à respirer. Il aurait dû redescendre plus tôt. Cette douleur dans la poitrine : serait-ce un infarctus ? Il tousse. Sa langue a enflé. Quand un cerf traverse le sentier d'un bond, il est enchanté. Jamais il n'en avait vu d'aussi près. Et puis, encore, cette sensation d'étouffement.

Il est pris d'un doute. Non, c'est impossible, l'hôtel a été prévenu. Il se gratte, sa peau le démange de plus en plus. Avec peine, il relève sa manche. Bon Dieu, il est couvert d'urticaire. Il faut qu'il appelle les secours, tout de suite. Il fouille son sac à dos à la recherche de son portable. Rien, zone blanche. Alors, il se redresse, il faut redescendre avant que la nuit tombe, et trouver un endroit où son portable capte un signal. Mais une fois debout, la tête lui tourne, appuyé à ses bâtons, il vacille.

C'est alors qu'il entend un galop, pesant. Un autre cerf ? Non, pas le temps pour une photo, il ne doit penser qu'à descendre. Vite. Il tousse encore. Le galop se rapproche. Il se retourne. Ce n'est pas un cerf.

Il essaie de crier, mais sa gorge nouée n'émet qu'un filet de voix. Il brandit ses bâtons et les agite. *Tire-toi !* Il tente de courir mais ses jambes ne lui répondent plus, il trébuche, glisse, puis se retourne. L'ours est là qui le fixe. Il ramasse un caillou et le lui lance. *Va-t'en ! Va-t'en d'ici !* Par trois fois, il entend un grognement rauque. Et le rugissement déchire le silence. Énorme, terrifiant.

Il tombe à nouveau. Quand il relève la tête, un corbeau prend son envol. Une douleur atroce lui déchire la jambe. Son cri meurt dans sa gorge tandis qu'il tente, en vain, de frapper la bête avec son bâton, qui lui échappe et roule dans le ravin. L'ours est sur lui, maintenant, et il ferme les yeux, de toutes ses forces. C'est comme un séisme qui le secoue, ses pattes s'abattent sur lui, il sent ses griffes s'enfoncer dans sa chair. La poussière se soulève, il a de la terre plein la bouche. Un poids terrible l'écrase. Il regarde le ciel au crépuscule, la trace d'un avion qui passe. Le rugissement lui parvient à présent comme étouffé. Légère, la traînée blanche traverse, en diagonale, l'infini.

22 juillet

« Comment peut-on avoir envie d'un hamburger par cette chaleur ? »

Jacopo hausse les épaules. Il a choisi ce restaurant justement parce qu'on y sert d'excellents hamburgers. Et les meilleures frites de Milan.

Besana transpire. Qu'ils soient installés dans un jardin intérieur n'allège nullement ses souffrances. Il boit trop de vin blanc, ce qui le fait transpirer encore plus.

« Mais si, ça te fait plaisir. Qu'est-ce que tu veux comme cadeau, pour ton bac ?

– J'aimerais bien un VTT, répond Jacopo.

– Tu n'avais pas prévu un voyage en Inde ?

– Je ne sais plus trop, pas tout de suite. J'attends de voir ce que font les autres.

– *Quels* autres ? Tu as une copine ? »

Mais Jacopo ne se laisse pas tirer les vers du nez.

« Et toi, tu prends quoi ?

– Une daurade, je pense. » Résigné, Besana étudie le menu.

« On est ici depuis une demi-heure et tu ne m'as pas encore demandé ce que je voulais faire *après.* »

Surpris, Marco relève brusquement la tête : « Pourquoi, tu t'es décidé pour une fac ?

– Non. » Jacopo éclate de rire. « Mais tu vas finir par me poser LA grande question, et ça m'angoisse trop d'attendre. »

Besana croise les bras.

« Bon, alors ? Je la pose tout de suite, LA grande question, ou je ne la pose pas du tout ?

– Papa, écoute : j'ai décidé de prendre une année sabbatique.

– Quoi ? Mais tu n'as encore rien foutu de ton existence.

– Ce n'est pas vrai, proteste son fils. Étudier fatigue, tu sais.

– Tu appelles ça étudier ! s'énerve Besana.

– Je travaillerai, papa. Je ne te demande pas de m'entretenir.

– D'où te vient cet empressement à te mettre au boulot ?

– Ça y est, tu le prends mal. Je le savais. Au lieu d'être fier de moi. Tous mes copains réclament du fric à leurs parents, moi, non. Je veux le gagner. Où est le problème ?

– Tu veux faire le serveur ?

– Pourquoi pas ? N'importe quoi. Comprends : je ne vais pas m'inscrire à la fac juste parce que ça se fait. Je ne sais pas encore ce qui m'intéresse. Je préfère attendre d'avoir les idées plus claires.

– Pour perdre une année ?

– Écoute, papa, tu en as bien toi, des diplômes, et regarde-toi.

– Quoi ? Je suis un raté, c'est ça ? »

Besana est écarlate, incapable de masquer sa colère, sa déception.

« Bien sûr que non, arrête. Mais tu n'as pas un rond. Journaliste, c'était peut-être prestigieux de ton temps, je ne sais… »

Hors de lui, Marco se lève et salue son fils de la main.
« Tu te le paieras tout seul, ton hamburger. Tu n'as qu'à faire la plonge. Je vais dire au chef que je n'en veux plus, de sa daurade. Tu sais, autrefois c'était prestigieux, la daurade, mais maintenant, elles sont toutes d'élevage. »

22 juillet

Pour Ilaria, l'entrée en vigueur de la loi visant à protéger les enfants des victimes de féminicide a marqué un tournant. La clef de tout, c'est ce concept d'« indignité à succéder » : en cas de condamnation, le responsable est exclu de la succession. Par conséquent, la maison familiale lui appartient, son père n'en est plus propriétaire. Enfin, Ilaria va pouvoir la vendre et s'acheter un deux pièces à Milan.

Voilà qui va sans aucun doute lui changer la vie, mais c'est un héritage bien lourd. Vingt ans après l'avoir quitté, elle va devoir retourner dans le village où elle a grandi et dans le pavillon où sa mère a été tuée. Elle pourrait déléguer, mais elle ne se sent pas prête à le faire. Il faut vider les lieux, et elle ne peut confier cette tâche à personne. Disons plutôt qu'elle ne le souhaite pas. Elle éprouve une attraction trouble pour ces murs, comme s'ils avaient le pouvoir de l'aider à se rappeler quelque chose, si longtemps après.

À défaut d'un train direct, Ilaria doit emprunter deux tortillards, puis un car. Elle descend sur la place principale et regarde autour d'elle. Tout lui semble identique, pourtant elle ne reconnaît plus une boutique ni un bar. Pas un visage familier.

Qu'est devenue la laiterie de Carla ? Sa mère avait coutume d'y boire un capuccino. Pour elle, elle prenait une brioche à la pâte de noisettes. Le magasin n'était pas qu'une laiterie. Dans l'arrière-boutique, Carla vendait des primeurs, les gens du coin lui apportaient les produits de leurs potagers ou de leurs cueillettes. « On a des cerises de Mario, aujourd'hui, disait-elle. Elles sont grosses comme ça ! » Carla et sa sœur Marisa étant des cuisinières hors pair, elles faisaient aussi traiteur. Elles vivaient seules, à côté de leur échoppe, et passaient leurs soirées à mitonner lasagnes, boulettes, tartes salées, gâteaux et biscuits pour leurs clients. Jamais elles ne se reposaient. On ne les voyait sortir, ensemble naturellement, que le dimanche – mais d'une certaine manière, c'était toujours pour travailler. Elles assistaient à la messe, embijoutées et en manteau de fourrure – « Avec tout ce qu'elles gagnent », disaient les gens –, puis elles s'attablaient des heures durant dans l'unique salon de thé du village, la pâtisserie Europa, sans rien y consommer d'autre que du thé. D'abord parce qu'elles étaient pingres mais surtout, pour transmettre à leur clientèle un message clair et sans appel : « Nos gâteaux à nous sont bien meilleurs. » La laiterie de Carla a laissé place à un magasin de téléphonie.

Le salon de coiffure que fréquentait sa mère a également disparu. Giusy, la coiffeuse, était aussi esthéticienne, et professeur de yoga (l'activité officielle cessait à sept heures et peu après, les cours commençaient). Ilaria s'y amusait beaucoup. Perpétuellement en crise, Giusy faisait profiter tout le monde de ses affaires de cœur. À présent, la vitrine regorge d'assiettes et de gobelets en carton : « Fêtes enfantines », annonce l'enseigne. On vend ici des jeux, des cahiers et des crayons, des farces et attrapes et, puisque c'est l'été, une foule de flamants roses gonflables et de matelas pneumatiques en forme de cornets de glace. La mer est lointaine, mais les piscines ont envahi la plaine.

Les bâtiments années 1970 aux façades citron ou caca d'oie, eux, n'ont pas changé. À l'instar de la pâtisserie Europa qui perdure, malgré ses gâteaux médiocres, en misant à présent sur les apéritifs : devant l'entrée, un grand panneau annonce « Spritz + Happy Hour à 2,90 € ». Un restaurant brésilien, le Carioca, qui fait discothèque le samedi, a pris la place de l'opticien qui vendait des lunettes et tirait les photos de toutes les familles du village. Même l'agence de la banque locale est méconnaissable, patinée et tapissée d'affiches proposant prêts et assurances.

À peine arrivée devant la grille, Ilaria se sent mal. Elle croirait presque entendre sa mère crier : « N'oubliez pas de fermer ! Sans quoi les chiens vont s'enfuir ! » Elle se mettait en colère quand ils laissaient la grille ouverte, son père ou elle : aussitôt, Ugo se faisait la belle pour cavaler comme un fou dans les champs et sa sœur, Bimba, pourtant plus docile, ne résistait pas à l'appel du large. Souvent, ils les retrouvaient à la caserne des pompiers – ils adoraient cet endroit, allez savoir pourquoi. Ou bien ils les repêchaient, au sens littéral du terme, chez un couple de retraités qui possédait une fontaine pleine de poissons rouges, dans laquelle ils s'ébattaient, ravis.

Devant cette grille rouillée, fermée par une chaîne cadenassée, l'attend un jeune homme en costume bleu à fines rayures, un dossier à la main. Il a tout à fait la tête d'un agent immobilier.

« Madame Piatti ?

– C'est moi. »

Ilaria respire à fond et entraîne l'agent dans le jardin, envahi de mauvaises herbes et de détritus – bâches plastique, planches pourries, vieux pneus et chaises bancales.

Une vraie décharge publique, où repose la Panda, bonne pour la casse, que son père a garée devant l'entrée, juste avant son arrestation.

« C'est un peu le bazar, dit-elle. Mais j'ai contacté un ferrailleur qui m'a promis de débarrasser tout ça d'ici une semaine » – et elle songe, in petto : *Tout ce que je sais, c'est que ma mère n'est pas enterrée là-dessous, parce que la police a fait retourner le terrain.*

« Parfait.

– Suivez-moi, je vous en prie. »

Ilaria ouvre la porte et se fige. Tout est exactement comme autrefois, en plus propre, parce qu'elle a fait venir une entreprise. Trois cents euros pour faire rutiler la maison.

« Voici la cuisine. Ample, spacieuse, lumineuse », dit-elle.

Elle sent ses jambes se dérober et saisit une chaise. Impossible de rester debout.

« L'installation électrique n'est pas aux normes. Tout est à refaire, objecte l'agent.

– En effet, répond-elle.

– Pareil pour la plomberie. Le carrelage est hideux, l'électroménager, obsolète. Il va falloir baisser le prix.

– Je m'en doute », répond Ilaria.

Au prix d'un immense effort, elle se lève pour lui faire visiter le salon. Un ours en peluche est posé sur une étagère, le dernier cadeau de sa mère. Elle l'avait oublié. Son cœur se soulève.

« Il est grand, commente l'agent, superbe. Mais l'isolation thermique n'est pas bonne, il faudra faire changer les fenêtres. »

Ilaria court vers la salle de bains, en proie à la nausée, incapable de parler. L'agent lui emboîte le pas, croyant que la visite continue.

Elle tombe à genoux devant la cuvette, et l'agent s'enfuit en l'entendant vomir.

« Je ne voulais pas vous perturber à ce point, s'excuse-t-il à travers la porte, ce ne sont que des petits travaux. J'ai un ami artisan qui peut vous faire un bon prix. Je pense juste qu'il vaudrait mieux la restaurer un peu avant de la mettre sur le marché. »

Mais Ilaria est incapable de répondre, elle vomit, encore et encore.

23 juillet

« Il a quel âge, votre fils ? demande le vendeur du magasin de sport.

– Dix-huit ans, répond Besana, c'est un cadeau pour son bac.

– Vous préférez Cross Country, All Mountain ou Downhill ?

– Bah, je n'en sais rien, quelle est la différence ?

– Ça dépend de l'usage qu'il en fera. De la dénivellation du terrain, de la durée de ses sorties. »

Perplexe, Marco se gratte la tête. Il n'imaginait pas qu'acheter un vélo serait si compliqué. Jadis, il suffisait qu'il ait plusieurs vitesses, des pneus tubulaires et une selle de course, et c'était bon. Maintenant, pour choisir un VTT, un BTS en mécanique est de rigueur. Pourtant, il faut bien qu'il s'y colle. Il s'est montré trop dur avec son fils, hier, et ça l'a empêché de dormir. Jacopo n'est qu'un gamin, à son âge Besana n'était pas beaucoup plus mûr que lui. Son père voulait à tout prix en faire un ingénieur, comme lui. Quand il s'est inscrit en lettres dans l'espoir de devenir journaliste, son père ne lui a plus adressé la parole pendant des mois.

À Noël, il a tout de même trouvé une montre sous le sapin. Un cadeau de papa.

« Ce modèle-ci, par exemple, poursuit le vendeur, a un cadre en alu, très léger, des freins à disque et des suspensions pneumatiques, pour améliorer l'amortissement des chocs sur terrain accidenté. Mais le top, c'est celui-ci, avec un cadre en carbone. »

Besana regarde le prix : mille deux cent quatre-vingt-dix-neuf euros.

« Vous n'avez rien de moins cher ? »

Il finit par prendre un Rockrider XC à huit cents euros. La vie l'obligera à pédaler dur dans les côtes, mieux vaut qu'il s'entraîne.

En rejoignant les caisses, Marco traverse le rayon trekking et alpinisme. Il s'arrête pour étudier les piolets. Il y en a de toutes sortes, à des prix divers, entre trente et cent euros. Les étiquettes détaillent leurs caractéristiques techniques. « Le piolet Naja Light est ultra-polyvalent, il vous garantira une progression efficace sur toutes les voies classiques, grâce à son manche galbé et à sa cale d'appui repose-main. » Il y a le modèle Hyperlight : « Léger et performant, pour les excursions sur glacier. Ce piolet dispose d'une très bonne capacité d'ancrage dans la neige dure et la glace grâce à une lame en acier. » Ah, la lame : la partie pointue s'appelle « bec ». Besana l'effleure du doigt. Elle est recourbée vers le bas, crantée. « Très bonne capacité d'ancrage. » Y compris dans un crâne humain. Pas besoin d'être très costaud pour briser l'os occipital de la victime et enfoncer le bec dans l'encéphale, en faisant gicler la matière cérébrale. On peut aussi l'utiliser de l'autre côté, celui de la panne, qui sert à tailler des marches dans la glace. Mais le résultat n'est pas garanti sans une certaine force physique. Avec le bec, en revanche, c'est un coup sûr. « Celui qui a fait ça, pense Marco en remettant le piolet en place, savait qu'il avait en main une arme fatale. »

23 juillet

Les femmes jeunes traversent l'existence en toute impunité, comme si tout leur était dû. En particulier celles qui sont intelligentes. À vingt ans, elles parlent déjà avec l'aplomb de quinquagénaires, sauf lorsqu'elles choisissent de se dérober en affectant la posture d'adolescentes fragiles. Nul, ce soir, ne pourrait ainsi reconnaître dans cette maîtresse délurée la fille qui, telle une gamine prépubère, dévalait en hurlant le toboggan d'une piscine de Saint-Moritz.

« Ilaria, tu me rends fou », murmure Nicola.

Elle se mord les lèvres, comblée. Puis elle se laisse retomber sur le lit, plongeant la tête dans l'oreiller.

« Alors, où m'emmènes-tu en vacances ?

– J'adorerais aller au Cambodge. Visiter les temples, et puis buller dans un hôtel en bord de mer.

– Fantastique, répond Ilaria, pour moi qui bosse toute l'année avec des cadavres. Un petit séjour chez les Khmers rouges devrait me permettre de garder la forme.

– Désolé, je n'avais pas pensé à ça.

– Je plaisantais. Je ne suis jamais allée nulle part, tout m'intéresse. Il m'arrive de penser que je me suis trompée de voie, en choisissant les faits divers. J'aurais dû devenir envoyée spéciale et partir à la découverte du monde. Quelle idiote.

– Tu as mille fois le temps de changer de voie, la rassure Nicola, en caressant son front baigné de sueur.

– Impossible. C'est ma vocation. » Elle se tourne sur le côté pour mieux le regarder. Il est si beau. « Et pour toi, la finance, c'est une vocation ?

– Pas vraiment. Mon père m'a inscrit à la Bocconi[1] à coups de pied au cul. Je me suis mis à travailler avec lui dans la foulée, sans même avoir eu le temps de me demander si ça me plaisait ou non. »

Elle s'attarderait volontiers, la jeune amante, à échanger des confidences, mais Nicola se lève, hélas.

« Pardon, trésor, il faut vraiment que j'y aille, dit-il en ramassant sa chemise par terre.

– Tu crois que ta femme est déjà rentrée ? Ils se terminent bien tôt, dis donc, ses dîners entre amies.

– Oui, malheureusement, répond Nicola en enfilant ses chaussettes. Elles ont toutes des enfants, qui tombent malades sans cesse, et quand elles arrivent à les refiler aux grands-mères ou aux baby-sitters, c'est seulement pour quelques heures. Un genre de couvre-feu : de nos jours, Cendrillon n'est plus une orpheline, c'est une mère. Quand j'emmène Carlotta au restaurant, il se passe toujours quelque chose avant le dessert – Greta qui vomit, ou Pietro qui a un accès de fièvre. C'est systématique.

– Tu es certain de pouvoir aller au Cambodge ?

– Mais oui, trésor, bien sûr. » Délicatement, Nicola embrasse ses paupières closes. « Je suis souvent en déplacement, tu sais.

1. Université Bocconi : université privée milanaise, spécialisée dans les sciences économiques, la finance, les sciences politiques, le management, l'administration publique et le droit.

Ça n'aura rien d'étrange. Carlotta ira à l'île d'Elbe avec les enfants et ses parents, et je la rejoindrai le 15 août, comme d'habitude. Aucun problème, vraiment. »

Se sentant nue, tout à coup, Ilaria enfile un grand T-shirt qui lui tombe presque aux genoux.

« Il me tarde de partir là-bas avec toi », lui dit-il avec un sourire.

23 juillet

Ilaria dîne d'une glace devant son ordinateur. Elle cherche tout ce qui mérite d'être visité à Phnom Penh ; des images des temples d'Angkor. Et soudain elle se fige. Elle vient de se rappeler que sa mère, peu avant de mourir, ne cessait de parler d'un voyage. Un voyage qu'elle allait faire, ou qu'elle venait de faire ? Où ça ? Avec son mari ? Sa sœur ? Toute seule ?

Ilaria a un trou de mémoire. Elle ferme les yeux pour mieux se concentrer. Elle se souvient d'un tas de dépliants sur la table de la cuisine. Et de sa mère en robe de chambre, qui les feuillette. Elle, à genoux sur une chaise, qui observe, une sucette à la bouche. Elle tente de faire émerger des images de ces dépliants. Un bateau ? C'est possible.

Tout revient, d'un seul coup, de façon très nette. Sa mère avait hérité un peu d'argent du grand-père, et l'avait mis de côté pour faire une croisière. Toute seule. Pourquoi ne l'avait-elle pas emmenée ? Les enfants adorent les croisières. Elle devait avoir besoin de recul, de temps pour réfléchir. Voulait-elle quitter son mari ?

L'agitation la gagne, elle se hâte d'aller chercher la vieille boîte qui contient les photos de sa mère, peut-être l'aiderontelles à tout reconstruire. Elle y trouve une enveloppe en plastique rouge. Voici sa mère, toute élégante, attablée à côté d'un officier, s'efforçant de sourire. Un autre cliché la montre coiffée d'un chapeau ridicule, au bras d'un animateur déguisé en pirate. Ensuite, la piscine, remplie de vieux et d'enfants, et même une photo du buffet. Puis une île, au loin, l'image est toute floue. Quelle est cette île ? Par chance, sa mère a aussi photographié un groupe de touristes devant un panneau indiquant le programme d'une excursion, dont on peut déduire qu'il s'agit d'une croisière aux Baléares. Ilaria l'imagine, assise seule dans le public, devant un spectacle quelconque ; faisant la queue devant le buffet pour remplir son assiette de gâteaux – formule *all inclusive*, il faut donc tout manger ; mélancolique, au piano-bar, écoutant des chansons de Sanremo. La tristesse des dernières vacances de sa mère est insupportable. Ce fut le seul voyage de sa vie.

À présent, elle se souvient, hélas. De son enthousiasme, à son retour. Elle parlait de cette croisière comme si ç'avait été l'événement le plus merveilleux de sa vie. Et dès qu'elle était seule avec son mari – « De toute façon, la petite dort déjà » –, elle se mettait à pleurer. Mais Ilaria était éveillée et l'écoutait. Sa mère pleurait tout bas. Tu sais, quand je me promenais sur le pont, je me disais que. Ce serait peut-être mieux si. Je contemplais la mer et je me demandais si. Nous avons une enfant, mais. Le soleil se couchait, et moi. Jamais son mari ne la laissait finir. Ses pleurs l'irritaient, et sans doute aussi ses propos.

Ilaria range les photos et éteint son ordinateur. Elle n'a plus envie de penser au Cambodge. Tout ce qu'elle sait, c'est qu'elle ne partira jamais aux Baléares. Ni en croisière.

24 juillet

Dans un lycée chauffé à blanc, la famille Besana au complet – ou du moins ce qu'il en reste – est enfermée dans une salle de classe. Pour nombre d'élèves, les épreuves du bac sont terminées, mais pas pour Jacopo, la faute au tirage au sort : c'est le C qui est sorti (« Pas de bol, papa, comme d'hab »). Pour Marina, en revanche, il a eu bien de la chance (« Tu as commencé à réviser en juin, et tu te plains ? »). Quoi qu'il en soit, dans ce four aux murs craquelés, aux toilettes dépourvues de papier hygiénique, ne restent plus qu'une dizaine d'élèves dont le patronyme commence par B, terrorisés par une commission d'enseignants qu'exaspèrent les trente-neuf degrés ressentis. Le couloir pue – remugles d'adolescents malpropres et de baskets portées sans chaussettes, de professeurs en nage qui ne peuvent aller se rafraîchir entre deux oraux, de parents endimanchés qui bivouaquent depuis des heures devant la porte (« Putain, le distributeur d'eau aussi est hors service ! »). Enfin, c'est leur tour : un prof chauve, la chemise collée au dos par la sueur, sort. « Besana et Betti », appelle-t-il. Inquiet, Jacopo se tourne vers ses parents. Marco lui pose la main sur l'épaule (« Vas-y, fils, déchire tout ! ») et Marina l'embrasse (« Arrête, maman, j'ai dix-huit ans, quoi ! »). Jacopo a honte d'être traité comme un enfant devant Francesca Betti, la plus mignonne de la classe. « Merde », lui dit-il en entrant dans la salle d'un pas chaloupé, on se croirait dans un western, au moment où le cow-boy entre au saloon. *Le train sifflera trois fois*, sans doute. À cet instant, la crainte de paraître couard aux yeux de Francesca prend le pas sur celle de l'examen. Sujette aux attaques de panique, la Francesca en question gobe en vitesse un cachet d'anxiolytiques.

Assis devant ses professeurs, Jacopo frotte frénétiquement ses talons l'un contre l'autre, et manque presque perdre ses baskets.

« Espérons qu'il ne tombe pas sur la Première Guerre mondiale, chuchote Marina à l'oreille de Marco, il a fait l'impasse.

– Comment ça ?

– Il n'avait plus le temps. Sur la révolution russe aussi, il a fait l'impasse. Croisons les doigts. »

À côté d'eux, la mère de Francesca Betti agite un éventail. C'est une dame plantureuse et elle souffre, en équilibre sur l'une de ces chaises inconfortables même pour des jeunes gens minces et toniques. Personne ne cherche toutefois à s'approcher d'elle pour profiter de l'air qu'elle brasse : il émane d'elle des effluves peu engageants.

« D'après toi, la fameuse Francesca Betti deviendra comme sa mère ?

– Arrête, Marco, chuchote Marina.

– Tu sais que toute la classe se masturbe sur les photos qu'elle poste sur Instagram ?

– Marco, s'il te plaît !

– Tu parles de maillots de bain, elle est pratiquement à poil.

– Marco, ça suffit, je dois te le dire comment ? »

C'est alors que la porte s'ouvre, et qu'apparaît Armando. Marina lui sourit et, de la main, lui fait signe d'entrer. Marco se rembrunit. Il penche la tête et observe, par en dessous, la nuque fragile et rase de son fils.

« Parlez-nous de Caporetto, Besana », dit la professeure d'histoire.

Oh, bordel. Les baskets de Jacopo se mettent à trembler frénétiquement, on dirait qu'il danse sur place.

« Euh, Caporetto, hem… Alors, Caporetto, en somme… Une défaite, c'est ça ? »

La professeure hoche la tête, pourvu qu'il accélère. Pendant ce temps-là, Marina serre très fort la main d'Armando et Marco se détourne pour ne pas voir ça. Son fils dans la tourmente, sa femme avec la mauvaise personne.

24 juillet

Besana a tout juste le temps de franchir le seuil que déjà, Anna lui mordille le cou.

« Prends-moi tout de suite, ici, contre le mur », souffle-t-elle.

Sa hâte de jouir lui vient peut-être de son métier : toxicologue, elle travaille toute la journée sur des substances mortifères. Ou alors, du mariage blanc auquel elle vient de mettre un terme, après de longues années.

Pour Marco, c'est la relation idéale, du moins en ce moment. Il est si amer. Il faut bien qu'il se déleste de toute cette colère quelque part. Autant la transformer en passion.

Mais l'échappée – celle de deux êtres qui ont accumulé trop de désillusions et d'échecs – ne dure guère. Ils l'ont consommée à la va-vite et les voilà appuyés au mur orange de l'entrée, un peu désorientés. C'est déjà fini ?

Anna rabaisse sa jupe, Marco remonte son pantalon. Ils se regardent, se sourient.

Elle rajuste sa coiffure, lui, sa chemise et sa ceinture. Ils ne se fréquentent que depuis quelques mois et l'intimité confiante, celle qui permet d'accéder à l'orgasme très vite, leur fait encore défaut. Peut-être sont-ils simplement poussés par l'urgence du désespoir.

« Je t'emmène dîner dehors ?

– Bonne idée, répond Anna, mon frigo est vide. »

Par commodité – ou, encore une fois, pour aller plus vite – ils s'arrêtent au restau du coin, qui ne vaut pas grand-chose. Incurie des vies à la dérive.

« Je peux te poser une question d'ordre professionnel ?

– Pour une de tes affaires en cours ? demande Anna.

– Si on veut. En fait, je ne suis pas encore sûr que c'est une affaire à proprement parler. Pour le moment, elle a été classée en "accident d'avion". »

Marco cherche sur son portable l'interview du survivant où sont décrits les symptômes de Carlo Rigamonti et la lui lit à haute voix.

« Ça existe, une substance qui provoque des symptômes similaires à ceux d'un infarctus ?

– Question à cent millions ! répond Anna. Difficile de juger d'après les impressions d'un témoin qui n'a aucune notion de médecine ni de toxicologie. En plus, l'avion a brûlé, non ? Et on ne peut pas procéder à des analyses complexes sur un corps carbonisé : beaucoup de substances se détruisent à haute température, sans laisser aucune trace.

– Allez, fais un effort. Écoute : vomissements, état confusionnel, troubles de la vue, difficulté à parler et à respirer, paralysie des membres supérieurs et inférieurs.

– A priori, ça ressemble davantage à un ictus qu'à un infarctus. Si tu veux que l'on cause poison, l'arsenic a des effets sur le système nerveux, mais un peu différents : engourdissement et insensibilité des mains, sensation de brûlures sur la plante des pieds, œdèmes au visage et aux chevilles. Sinon, il y a le cyanure, qui provoque nausées, vomissements et difficultés respiratoires, mais aucune paralysie des membres. Pour ma part, j'exclurais la strychnine parce qu'elle déclenche une sorte de crise d'épilepsie et des convulsions qui font penser au tétanos, et que le témoin ne signale rien de tel. Le thallium me paraît peu probable, les symptômes ne sont pas les mêmes… Ah, attends ! Il y a une substance qui colle parfaitement à ta description : la toxine botulique.

– Celle du botulisme ? Tu as déjà rencontré des cas d'intoxication ?

– Oui, ça m'est arrivé. Un père et son fils, près de Bergame. Envoyés à l'hôpital par leurs conserves. Et trois autres, à Modène, victimes de fanes de navet à l'huile, l'un d'eux en est mort. Personne ne les a empoisonnés, seulement, les bocaux n'avaient pas été stérilisés comme il faut.

– On pourrait l'utiliser pour tuer quelqu'un ?

– Que je sache, la littérature scientifique ne recense pas de cas avéré », répond Anna, à qui le serveur vient d'apporter un poisson insipide, sans doute surgelé. « Mais je ne vois pas pourquoi personne n'aurait tenté le coup. Après tout, c'est le poison le plus violent qui existe dans la nature. Bien plus violent que l'arsenic ou le cyanure. Il suffit d'environ cinquante nanogrammes de cette protéine – des milliardièmes de gramme, soit une dose infinitésimale –, pour tuer un être humain. Elle n'a aucun goût, on l'ingère sans s'en rendre compte et elle ne provoque pas non plus de lésions visibles à l'autopsie.

– Et ces dames s'en font injecter à qui mieux mieux dans le front et autour des yeux. Personne ne les met en garde ?

– Penses-tu, la chirurgie esthétique rapporte des millions ! » Anna secoue la tête. « En réalité, le *Clostridium botulinum* est un dangereux assassin. C'est une bactérie qui vit dans le sol en l'absence d'oxygène, elle produit des spores qui peuvent résister un certain temps à l'air libre et qui sont susceptibles de germer, c'est-à-dire de devenir métaboliquement actives et de générer cette toxine.

– Apprends-moi tout ce que tu sais, je t'en supplie. »

Elle part d'un grand rire sensuel. Il y a bien longtemps qu'un homme ne l'a pas attirée à ce point.

« Je t'apprendrai *tout ce que tu veux*, chéri », répond-elle.

Gêné, Besana se gratte l'oreille.

« On l'a décrite pour la première fois à la fin du XIXe siècle, après une épidémie d'infections alimentaires en Belgique. Son nom vient du latin *botulus* qui signifie "boudin", parce que tout est parti de charcuterie faite maison. Aujourd'hui, on la trouve plus souvent dans des conserves de légumes.

– C'est contagieux ? »

Anna s'esclaffe.

« Quel ignorant ! Non, ça ne se transmet pas d'une personne à une autre. »

Besana encaisse.

« Les symptômes ?

– Ils surviennent en général assez vite, entre douze et trente-six heures après l'ingestion de la toxine, parfois même avant.

– J'imagine que c'est assez compliqué d'en faire une arme, dit Marco.

– En effet. Il faut savoir où la mettre. Pas dans un verre de vin, l'alcool la détruit, ni dans une boisson chaude : elle ne résiste pas à l'ébullition.

– Il faut donc être chimiste, au minimum.

– Ou avoir l'habitude de manipuler du botox pour raisons professionnelles. »

24 juillet

Ilaria a traîné chez elle toute la journée. Sans rien faire, pas même une lessive, malgré l'amas de linge sale. Ni même un brin de courses, malgré son frigo vide. Perdre ainsi son temps accroît son anxiété, et la nuit, elle ne trouve pas le sommeil, inefficace jusqu'au bout.

Elle se sent dans une impasse, trop étroite pour faire demi-tour. En faisant marche arrière, elle risque de froisser sa carrosserie, et celle de toutes les voitures garées là. Alors elle reste sur place comme une idiote, à fixer le mur. Le mur qui représente sa vie, en tout cas en ce moment.

Les « journées molles », elle les appelle comme ça. Malheureusement, elles ont aussi l'avantage ou le désavantage de la confronter aux choix qu'elle a faits. Elle est amoureuse d'un homme qu'elle sera tôt ou tard contrainte de quitter. D'un métier qui ne paye pas sa passion de retour. Et d'une affaire qui semble ne mener nulle part.

Tenace, elle est prête à prendre des risques et à tourner en rond en attendant que quelque chose se débloque. Mais parfois, elle n'y arrive plus. Aujourd'hui par exemple, elle n'a pas quitté son lit. Pour la première fois depuis des mois, elle n'est pas passée au journal. Hanter les couloirs de la rédaction dans l'espoir qu'on lui confie un sujet, à la longue, c'est usant. Elle qui croyait avoir de l'énergie à revendre, elle se demande si elle ne s'est pas fourvoyée. Du coup, elle se sent à bout de forces.

Nicola lui a proposé de prendre l'apéritif, mais elle a prétendu être trop occupée. « Un travail urgent, désolée. » En fait, elle n'avait pas le courage de se laver les cheveux, ni de prendre le métro et, à vrai dire, pas même d'ôter son pyjama. Quand le commissaire lui a téléphoné, elle n'a pas décroché. Peut-être avait-il quelque chose d'important à lui dire, va savoir. Toute la journée, elle est restée affalée devant sa télé, sans la regarder. Comme les ménagères dépressives. Comme sa mère, les derniers temps, avant d'être assassinée.

Elle se rappelle bien cette période. Le téléviseur allumé, le matin tôt, pendant qu'elle se préparait pour aller à l'école. Sa mère qui avait oublié de prendre du lait et des biscuits. « Excuse-moi », disait-elle, en lui donnant de l'argent pour qu'elle s'achète un goûter. La télé toujours allumée quand elle rentrait, l'après-midi. Et sa mère encore là, en robe de chambre, dans la même position. La télé allumée pendant le dîner, devant un plat décongelé au micro-ondes. Au fond, son père l'avait tuée bien avant, mais Ilaria était trop petite pour le comprendre. Si le crime n'avait pas eu lieu, peut-être se serait-elle suicidée. En s'excusant par-dessus le marché.

Elle aussi voudrait le faire, maintenant, pour se pardonner elle-même, au moins. Mais elle n'y parvient pas. Le mur qui lui fait face absorbe toutes ses pensées et tous ses mots, il est annihilant.

24 juillet

« Tu l'as calibré, Lukas ? demande Jan Kramer à son assistant.

– Oui, oui, bien sûr.

– Tu as configuré les paramètres de la caméra ?

– C'est fait.

– Alors allons-y. »

Lukas manœuvre les leviers de la télécommande. Un vrombissement, et le drone décolle du rocher où les deux hommes ont déposé leur équipement, au pied du glacier Morteratsch. Jan, glaciologue à l'université de Zurich, étudie depuis longtemps les glaciers alpins, mesurant leur recul chaque été, sous l'effet du réchauffement climatique. Cette année, la fac lui a payé un drone de dernière génération pour qu'il explore l'intérieur des crevasses et en observe de près les transformations. Une sorte de coloscopie de la montagne.

Descendre dans une crevasse est périlleux même pour un spéléologue averti : un faux mouvement, un pas de travers et l'on glisse en bas, tout au fond, après quoi le glacier se referme et vous emprisonne.

Utiliser un drone est plus malin. Le Flyability Gimbal de Jan est conçu pour ce genre d'opérations. Sa forme est insolite, il est entouré d'une sphère pivotante en grillage métallique qui lui permet de rebondir sans dommage sur les obstacles et de se faufiler dans les failles les plus étroites, pour slalomer dans les entrailles du glacier.

Le soleil cogne, aujourd'hui, et la couche superficielle de neige a fondu. C'est une journée idéale pour explorer les tréfonds du Morteratsch. Sur l'écran, ils voient défiler les plissements grisâtres du glacier, les séracs et les dépôts morainiques filmés par l'œil du drone. Il doit être descendu trop bas.

« Fais gaffe, il va s'écraser, stabilise-le ! » crie Jan à son assistant.

Lukas manœuvre ses leviers.

« OK, c'est bon maintenant. Voilà, cette crevasse-là m'a l'air intéressante. Fais-le descendre. »

Le drone plonge dans le gouffre bleuté, rebondissant telle une balle d'une paroi à l'autre, il passe sous des ponts de neige, se heurte à des crêtes, des saillies et des stalactites de glace.

« *Toll !* Génial ! exulte Jan. Fais-lui faire un looping, Lukas, on aura une vue à trois cent soixante degrés ! »

Le drone doit être à plus de vingt mètres sous la surface, les images s'assombrissent, puis le drone tourne sur lui-même et son objectif cadre une lucarne ensoleillée, tout en haut.

« Hé, attends. Fais-le tourner de la même façon. Un peu plus à gauche. Voilà, ici : tu vois ce que je vois ?

– Qu'est-ce que c'est ?

– Une chaussure, d'après moi. Tu peux mettre au point ?

– Putain, Jan ! Appelle tout de suite la garde ! »

25 juillet

« Piatti, fais ta valise ! On y retourne.

– L'ours en a bouffé un autre ?

– Non. Un drone a déniché un cadavre dans une crevasse. Devine qui c'est ?

– Le mari de Brunella Macchi ? Le gars qui a disparu sur un glacier il y a deux ans ?

– Bingo ! Giacomo Pallavicini, confirme Besana. Prépare-toi, je passe te prendre dans une heure.

– Le journal nous paie le déplacement ?

– C'est une belle histoire, Roberto est en transe. Les corps dans les glaciers, ça marche du tonnerre. Évidemment, ils nous collent dans un Bed & Breakfast. Les temps ne sont plus ce qu'ils étaient. Figure-toi que j'ai retrouvé une vieille note de frais, il y avait une case "véhicule personnel", on y inscrivait cent kilomètres dès qu'on allait dans la banlieue de Milan ; une autre, "véhicule de service" : on en avait, figure-toi ! Des bagnoles bleues, garées dans la cour ; et même "véhic. de serv. avec chauff.", c'est-à-dire "véhicule de service avec chauffeur". C'était le bon temps, quand je ne te servais pas de chauffeur, Piatti. Et puis il y avait la case "hôtel de luxe". Pas hôtel standard ni trois étoiles, non. De luxe. »

Sortir de Milan prend du temps, mais la circulation est fluide sur la voie express qui mène à Lecco.

« Il travaillait dans quel secteur, Pallavicini ?

– La finance, répond Besana. C'était un gros bonnet, il avait le bras long.

– Ils vont l'autopsier ?

– Normal, ils le font toujours dans ces affaires-là. Les glaciers conservent tout. Même le contenu d'un estomac.

– Après deux ans ?

– Pense à Ötzi. Mort il y a quatre mille six cents ans. Eh bien on sait ce qu'il a mangé ce jour-là.

– Vraiment ?

– De la purée ou du pain d'épeautre, de la viande de bouquetin et de cerf avec des légumes.

– Joli repas !

– L'analyse du contenu intestinal a révélé la présence d'œufs de trichocéphale, un parasite qui, dans les cas les plus graves, provoque de fortes douleurs abdominales et des saignements. Mais ce n'est pas ça qui l'a tué.

– C'est quoi ?

– Pour un *cold case*, c'en est un : l'affaire est irrésolue depuis l'âge du cuivre.

– Il a été assassiné ?

– Le bilan clinique révèle qu'il était en bonne santé, malgré des signes de stress psychiques et physiques, surtout au cours des semaines précédant sa mort. La grande quantité d'arsenic dans ses cheveux est due au travail de certains minéraux comme le cuivre. Mais il n'est pas mort empoisonné, lui.

– Comment, alors ?

– Grâce aux radiographies et au scanner, on a repéré une pointe de flèche dans son épaule gauche. La flèche s'est plantée dans son omoplate, y creusant un trou de deux centimètres. Au passage, elle a déchiré une grosse artère, provoquant un saignement important. Il est probable que cette blessure lui a été fatale.

– Tu veux dire qu'on peut résoudre un crime même cinq mille ans plus tard ?

– Ne jamais perdre espoir, Piatti, répond Marco. En 2007, de nouveaux examens ont révélé un traumatisme crânien précédant la mort. Ce qui a permis de voir le cas Ötzi sous un autre jour, mais le mobile reste obscur. Une coupure assez profonde sur sa main droite suggère qu'il y a eu lutte, il s'est défendu.

– Dingue. C'est comme si on parlait d'un homicide récent.

– Plus ou moins. La victime est de sexe masculin, et mesure un mètre soixante. Au moment de sa mort, il devait avoir environ quarante-six ans. Un bel âge, à une époque où l'espérance de vie était en moyenne inférieure à trente ou trente-cinq ans. À côté de son corps, on a retrouvé des restes de ses vêtements et de son équipement, armes comprises.

– Nationalité ?

– Sujet épineux. L'Autriche et l'Italie se le sont disputé jusqu'au moment où on a pu déterminer qu'il avait expiré en territoire italien, à quelques mètres près. Résultat, c'est le musée de Bolzano qui l'a récupéré.

– Il ne nous manque plus qu'une analyse ADN pour savoir son prénom et son nom.

– Tu plaisantes, mais un type du canton du Tessin a tout de même affirmé qu'il s'agissait de son père, disparu sur les glaciers du Tyrol dans les années 1970 : il l'avait reconnu d'après les photos dans les journaux. Sans compter cette Anglaise qui était sûre que c'était l'un de ses ancêtres : des scientifiques britanniques avaient identifié dans son ADN des traits génétiques similaires à ceux de l'homme de Similaun. En oubliant de lui préciser que, comme elle, des millions de personnes avaient les mêmes fragments d'ADN en commun avec Ötzi. Elle était si fière. "Même après deux cents générations, je ressens pour lui de l'affection", a-t-elle dit. »

Piatti rigole.

« Et le délire ne s'arrête pas là : il s'est trouvé des femmes pour demander d'être fécondées avec son sperme. Dommage : c'était impossible, ses spermatozoïdes n'ont pas survécu. »

25 juillet

Ils s'arrêtent à Chiavenna pour déjeuner dans un gîte. Pendant que Besana se concentre sur ses *sciatt*[1] et ses *pizzoccheri*[2], Beck's reluque l'assiette de *bresaola*[3] d'Ilaria.

« Arrête de lui donner à manger, il va vomir dans la voiture comme l'autre fois, dit Besana.

– Pauvre Beck's, c'est juste de la *bresaola*.

– Tout est poison, rien n'est sans poison. »

Ça ne fait pas rire Ilaria, qui semble absorbée.

« Qu'est-ce qui t'arrive, Piatti ?

– Je n'arrête pas de penser à ce cadavre retrouvé après deux ans. Quelle scène dantesque.

– Pas tant que ça. On en retrouve de plus en plus avec le réchauffement climatique et la fonte des glaciers. Ça va des randonneurs égarés aux soldats de la Première Guerre mondiale, comme les deux Autrichiens du glacier de Presena, à trois mille mètres d'altitude. À part leurs godillots et leur uniforme des Kaiserschützen, les chasseurs alpins de l'armée

---

1. *Sciatt* : croquettes de fromage frites, spécialité de la Valteline.
2. *Pizzoccheri* : pâtes fraîches (comparables aux *pizokels* des Grisons).
3. *Bresaola* : viande de bœuf séchée.

austro-hongroise, ils ressemblaient à des jeunes Tyroliens d'aujourd'hui. L'un d'eux avait sa cuillère coincée dans ses bandes molletières, c'était l'usage pour les soldats qui passaient d'une tranchée à l'autre et mangeaient dans la gamelle commune.

– Les malheureux. Ils sont morts de quoi ?

– Une balle dans la tête pour chacun. À leur enterrement, on a joué les hymnes nationaux italien et autrichien, parce que c'étaient des gars des vallées, des frontaliers, recrutés par les deux armées ennemies. Parfois, en pleine bataille, certains reconnaissaient la voix d'un frère ou d'un cousin qui combattait dans le camp adverse. C'était la Guerre blanche, dans des tranchées creusées dans la glace et la neige. Beaucoup mouraient de froid, l'hiver, la température descendait à moins quarante.

– Terrible, commente Ilaria.

– Mais c'est grâce à ces températures que les corps ont été préservés, parce que la congélation tue les micro-organismes responsables de la décomposition. »

Ilaria se trouble. On n'a jamais retrouvé le corps de sa mère. Elle donnerait n'importe quoi pour que ça se produise. Surtout de cette manière. La revoir un instant, intacte. Mais elle est morte en plaine, pas dans les Alpes. Il ne doit rester d'elle qu'un tas d'os, enfoui Dieu seul sait où.

« Pense à ce couple de Suisses qu'on a retrouvés dans le canton du Valais, pas loin d'ici, près d'un remonte-pente. Ils avaient disparu un 15 août, en 1942, poursuit Besana. Parfaitement conservés, avec sac à dos et souliers cloutés. Lui était cordonnier et elle, institutrice. La plus jeune de leurs enfants, qui a soixante-quinze ans, a dit un truc qui m'a frappé : "C'était la première fois que mon père accompagnait ma mère en excursion." »

25 juillet

Ilaria regarde le paysage. Ils traversent la vallée confinée et sombre qui précède le col de la Maloja, sous la pluie. Un vent glacial fait ployer sapins et mélèzes.

Ils passent devant une arche naturelle dont la forme évoque le profil de deux animaux, deux museaux qui se touchent.

« On dirait deux ours », dit Ilaria.

Besana secoue la tête.

« Ce sont des marmottes.

– Des ours.

– Non, des marmottes. »

Ilaria abaisse la vitre pour humer l'odeur des bois, laissant entrer l'air frais. Elle en a besoin, pour calmer ses idées noires. Qui, de l'homme ou de l'animal, est le plus dangereux ? Cette question la tourmente. Peut-être parce qu'au fond, elle connaît la réponse. Les animaux ignorent le sadisme. Contrairement aux hommes, ils n'éprouvent aucun goût pour la souffrance d'autrui.

Quand ils arrivent au col de la Maloja, la brume engloutit la route. La visibilité est réduite, il faut aborder les virages doucement. On n'entrevoit le précipice que par moments.

« C'est le Serpent de Maloja, explique Besana.

– Qu'est-ce que c'est ? »

À ce nom lugubre, un frisson parcourt Ilaria.

« Un phénomène météorologique. Il se produit quand une masse d'air humide s'élève du val Bregaglia et se transforme en nuage brumeux qui se coule entre les montagnes, à basse altitude, entre Sils-Maria, Silvaplana et Saint-Moritz. Comme un serpent. »

Ils traversent l'Engadine en silence. Les lacs offrent une surface crêpée, d'un vert profond. Les sommets étincelants des glaciers se détachent sur un ciel de plomb, les cimes enneigées lancent des reflets sinistres. Des éclairs frappent les parois rocheuses. Les coups de tonnerre retentissent puis s'éteignent dans le silence des bois, fugitifs. Le ciel se démène et proteste, furieux, l'eau obéit, les arbres subissent. Seules les vaches paissent calmement, impassibles.

25 juillet

« Tu as l'air un peu triste », s'inquiète Besana – Ilaria n'a pas dit un mot de tout le dîner. « Tu n'es pas contente que le journal nous ait envoyés ici ? »

Ilaria hausse les épaules et s'efforce de sourire.

« Super contente.

– À d'autres. Qu'est-ce qui t'arrive ?

– Je n'en sais rien moi-même. » Et elle baisse les yeux.

« C'est à cause de ce type ?

– Mais non. Ou bien si. Honnêtement, je ne sais pas trop.

– Putain, on dirait mon fils quand il fait l'huître. Pas une phrase cohérente. Ça me rend fou. »

Mais Ilaria ne se déride pas, le regard vague.

« Je t'ai peut-être poussé à faire une connerie », dit-elle.

Besana éclate de rire.

« Les conneries, je suis assez grand pour les faire tout seul, tu peux me croire ! » Il boit une gorgée de vin, puis la regarde. « D'où ça sort, tout à coup, ces doutes ?

– De la réalité, répond Ilaria d'une voix éteinte. Si ça se trouve, un homme a glissé dans une crevasse. Un autre a été dévoré par un ours, et le troisième a eu un accident d'avion, un point c'est tout. J'ai peur, Marco. Peur de moi-même, je veux dire.

– Je te comprends. Ça aussi, ça fait partie du métier. On ne peut pas toujours avoir peur d'un assassin. On peut aussi avoir peur de ses propres hypothèses, ça arrive. Ne laisse pas cette peur te paralyser. Tes hypothèses peuvent être justes, ou erronées. C'est à nous de les vérifier, pas plus que ça.

– "Pas plus que ça" ? Notre carrière est en jeu. »

Marco se remet à rigoler.

« La mienne est terminée, je te le rappelle. Je n'ai plus rien à perdre, même pas mon mariage. Fichu, lui aussi. En ce qui te concerne, si tu ne prends pas de risques à ton âge, tu n'en prendras jamais. »

Ilaria a tellement besoin d'être rassurée.

« À ton avis, ce qu'on est en train de faire a un sens ?

– Tu me demandes si on va gagner au loto ? Ou ce que je pense de cette affaire ? »

Ilaria rougit de honte. Parfois, elle se comporte comme une gamine, et elle le sait, comme elle sait que le manque d'assurance est un problème qui peut durer toute une vie.

« À propos de cette affaire, bredouille-t-elle.

– Je pense qu'il faut être patient, Piatti. Ce n'est pas drôle, ni très créatif, mais ce boulot l'exige. On ne sait jamais d'avance ce qui se passera ou non. On ne peut qu'observer, avec attention, si possible. »

26 juillet

Ce n'est pas un enterrement, juste une commémoration. Par la force des choses, le corps étant entre les mains des médecins légistes. Un vent fort souffle au pied du glacier Morteratsch. Sur la route qui signe son agonie, marquant les étapes de sa retraite, chemine un cortège silencieux. Gris est le ciel et grise la glace, souillée de gravier. Les nuages ont englouti les cimes, écrasant tout le monde au sol.

Venus en intrus, Ilaria et Marco se tiennent à quelques mètres de distance. Un homme aux cheveux grisonnants et à la mine compassée fait un discours. Ce doit être un parent. Le frère du défunt ? Il dit des banalités, mais la présence du glacier, elle, est loin d'être banale et ses paroles résonnent, lugubres et profondes, comme au fond d'une crevasse.

À côté de lui se tient une femme jeune, qui vacille, ébranlée par le vent. De temps en temps, elle passe une main sur son visage pour en chasser ses cheveux. Est-ce la veuve ? Brunella ?

Impossible de voir ses yeux, masqués par de grandes lunettes sombres. Mais sa gestuelle est éloquente. Elle ne cesse de se retourner vers une femme plus âgée aux courts cheveux blonds, à peine décoiffés, dont elle semble chercher le soutien. L'autre reste impassible. Son élégance a quelque chose de raide, elle se tient trop droite. Elle se borne à lui serrer quelquefois la main. Elle fait cela avec beaucoup d'assurance, une assurance qui frise le contrôle, offrant et retirant ses doigts à sa guise, d'une manière qui paraît étudiée.

Besana observe la blonde avec attention. Son grand nez droit inspire le respect. Il est frappé par sa tenue : anorak et pantalon ivoire, écharpe avec quelques fils d'or si fermement enroulée autour de son cou qu'elle ne bouge pas, malgré le vent. Elle porte des chaussures de trekking mais sa posture est impeccable, comme si elle défilait sur des talons aiguilles. Quand elle baisse le visage, trois petits plis se forment sous son menton.

Le cou charnu de Brunella, sous son menton rond, plisse d'une autre manière, plus tendre. Sensuelle, la veuve, la poitrine comprimée par un anorak noir qui moule ses hanches, les cuisses gainées par un pantalon ajusté. Une veuve couronnée d'une abondante chevelure, sombre et brillante, derrière laquelle elle se cache maintenant comme derrière un rideau, pour échapper aux regards.

Autour d'eux, l'assemblée écoute en silence. Beaucoup ne sont là que pour la galerie, ils penseraient sans doute à tout autre chose sans la présence oppressante du glacier, le vrai maître de cérémonies. Personne ne pleure.

Une fois achevé le rituel d'usage, l'assemblée se disperse et, après avoir embrassé la veuve – plus aucun doute à présent : c'est bien elle –, les uns et les autres s'éloignent. D'abord dans un silence respectueux, mais seulement sur quelques mètres. Bien vite, les potins mondains reprennent, de circonstance. « Pauvre Giacomo, qui aurait imaginé une fin pareille ? Et demain, qu'est-ce que vous faites ? » « Je n'arrive pas à y croire. Vous sortez, ce soir ? » « Quelle tragédie, venez donc dîner à la maison. »

Besana en profite pour se rapprocher de la blonde, trop curieux de savoir qui elle est. En fait, elle aussi l'a longuement observé, et avec la même attention. Ils marchent côte à côte un moment, à distance des autres. Puis elle se tourne vers lui.

« Vous étiez un ami de Giacomo ? Pardonnez-moi si je gaffe, mais je ne me souviens pas de vous. »

À présent, il peut voir ses yeux aux iris d'un vert pailleté de brun.

« Non, je n'étais pas un ami de Giacomo. Je m'appelle Marco Besana, je suis journaliste. »

La femme ne se démonte pas, elle hausse légèrement les sourcils. Mais elle ne lui tend pas la main.

« Vittoria Brivio », lâche-t-elle, sèchement. Avec un sourire poli, toutefois.

« Je suis ici pour écrire un article, poursuit Besana, tranquille. Peut-être pourriez-vous m'aider.

– Pour quel journal ? »

Besana le lui dit, et Vittoria se tourne vers lui, mais sans hâte, pour masquer son intérêt.

« Venez donc dîner chez moi demain, nous aurons tout le temps d'en parler », répond-elle, et elle lui donne son numéro de portable.

Marco le note en la remerciant.

« Je suis en déplacement avec une collègue, ajoute-t-il.

– Ce n'est pas un problème, amenez-la. » Et elle le salue. Trop de monde veut lui parler, en ce moment. Comme si c'était elle, la veuve. Vittoria distribue des baisers çà et là, échange quelques mots avec certains, mais de temps en temps, elle tourne la tête pour s'assurer que Besana reste dans les parages.

Pendant ce temps-là, Ilaria suit discrètement Brunella. Mentalement, elle prend des notes. Quand elle rentrera au refuge, devant la gare, elle écrira tout dans son calepin, pour ne rien oublier de ses sensations. Pour l'instant, elle doit seulement passer inaperçue, ce qui est tout à fait dans ses cordes.

Brunella peine à descendre. Elle s'est efforcée de faire bonne figure devant tous ceux qui sont venus l'embrasser et bredouiller des formules de circonstance mais, une fois à l'écart avec l'homme grisonnant, l'auteur du discours, elle se lâche. Par moments, il lui prend le bras et elle se laisse faire. « Merde, j'ai mal à la cheville, j'ai dû me faire une entorse. Qui était ce vieux avec des lunettes ? Le culot qu'elle a, cette connasse, d'être venue jusqu'ici. Empêche-le de s'approcher de moi, je t'en supplie, il a une haleine de chacal. »

Pourtant, elle a l'air inquiète. Elle ne cesse de chercher des yeux la femme blonde qui lui tenait la main tout à l'heure. Comme si tout cela n'était qu'une comédie et qu'il lui tardait de tomber le masque. « Où est Vittoria ? » La question lui échappe, banale et humaine, mais elle trahit une urgence excessive. Ilaria l'enregistre. Elle enregistre tout, même si elle ignore encore ce qu'elle doit chercher.

26 juillet

« Elle t'a fait quelle impression, la veuve ? »

Ilaria a repris du poil de la bête. Elle a même commandé un *rösti* et une saucisse, au lieu d'une pauvre soupe. Elle se remet à y croire.

« Une drôle d'impression, répond Besana. Je me demande si elle ne cache pas quelque chose.

– Moi aussi. Elle n'arrêtait pas de regarder la blonde. Pourquoi ?

– Vittoria Brivio, précise Marco. Elle s'est montrée très coopérative : nous dînons chez elle demain. Elle a peut-être des confidences à nous faire ?

– Des soupçons ? Espérons.

– Du calme, Ilaria. Nous avons une ouverture, ne la gâchons pas. Lui forcer la main serait une grave erreur.

– Je suis censée me comporter comment ? Explique-moi.

– Comme quelqu'un qu'on a invité à dîner.

– On ne m'invite jamais nulle part. Je ne sais pas faire.

– C'est simple, Morpion : tu souris et tu la boucles, voilà tout.

– Je suis journaliste, rétorque Ilaria, agacée.

– Justement, poursuit Marco. Mieux vaut que les autres l'oublient, des fois. Tu dois paraître *inoffensive*, et écouter.

– Toi aussi, tu feras mine de ne pas être journaliste ? »

Ilaria se méfie, Besana est un peu sexiste, de temps à autre.

« Bien sûr, répond-il. Je sais quand je dois montrer les dents. À ce dîner, je ne le ferai pas. Bien au contraire, je serai tout à fait sympathique.

– Tu sais faire ça sur commande ?

– Quand je m'en donne la peine. » Besana sourit, l'air faraud.

« Et tu peux m'apprendre ?

– Quoi, à te rendre sympathique ? » Marco rigole. « N'y compte pas, Morpion. Ça ne te serait pas plus utile qu'un cours de journalisme. La théorie ne sert à rien. Le métier ne s'apprend que sur le terrain. Quand on n'a pas le choix, on s'adapte, à n'importe quoi.

– Ça demande un peu de talent, j'imagine.

– C'est certain. Ça me rappelle un confrère romain qui en avait à revendre. Il se servait sans vergogne de sa femme.

– C'est-à-dire ?

– Tiens, une anecdote : à l'époque, sa femme était une amie de l'épouse du Premier ministre, laquelle les invite un soir chez eux. C'est un dîner privé, alors il promet de ne rien écrire dessus. Le fait est qu'il n'y apprend rien de particulier. Mais le lendemain, il pond un papier sur les talents culinaires de la dame : c'était plus fort que lui, il ne pouvait pas s'en empêcher.

– On n'écrira d'article que si on nous sert de la nourriture empoisonnée, c'est promis. »

26 juillet

« Ça alors, qu'est-ce que tu fais là ?! »

Ilaria se retourne brusquement : Alessia, accrochée à une poussette double, se précipite vers elle. Elles se tombent dans les bras.

« Oh, des jumeaux ! dit Ilaria. Ils sont superbes. Comment s'appellent-ils ?

– Arturo et Brando. Par ordre alphabétique, une lubie de mon mari. Il nous reste pas mal de lettres, mais je suis déjà épuisée. »

Naturellement, la première de la bande à s'être mariée, c'est la dulcinée idéale. Ilaria imagine sans peine la suite de l'histoire : cinq maris, au minimum. Alessia se remariera, quel que soit son âge. Elle la voit d'ici, quand elles se croiseront à nouveau, dans cinquante ans, lui présenter le dernier, bien plus jeune qu'elle.

« Toi aussi, tu as une maison dans l'Engadine ? »

Ilaria secoue la tête en riant.

« Non, tu rêves ! Je suis ici pour le travail.

– Ah, tu travailles, bravo. Moi, j'ai lâché la fac avant mon diplôme. Mon mari est plutôt traditionnel, vois-tu, il exige que je me consacre *exclusivement* à lui. »

Comme si travailler était seulement une option. Son époux doit être richissime, pas seulement vieux jeu. Tant mieux pour elle. Et de toute façon, elle en changera.

« Viens donc dîner à la maison demain, nous recevons quelques amis. »

Elle ne lui a même pas demandé ce qu'elle faisait.

« Merci, c'est gentil, mais je suis déjà invitée, répond Ilaria.

– Chez qui ?

– Vittoria Brivio. Tu la connais ?

– Bien sûr, c'est une amie de mon beau-père. D'ailleurs, tu feras sa connaissance demain soir, il dîne chez elle lui aussi. C'est un chirurgien esthétique : génial, non ? C'est lui qui me refera une jeunesse quand je partirai à vau-l'eau ! » Et elle rit.

Ilaria se dit qu'à ce moment-là, elle en sera au moins à son troisième mariage.

« Écoute, il faut absolument que tu passes chez nous, ne serait-ce que pour prendre l'apéritif. Je tiens à ce que tu voies ma maison, elle m'a demandé un tel *travail.* »

Ilaria la regarde, amusée. Elle s'est sans doute bornée à coller aux basques d'un architecte d'intérieur, tu parles d'un *travail.* Sa maison. Pas son mari, sa maison. Non, elle n'ira pas. De quoi pourraient-elles bien parler ?

« Volontiers, je n'y manquerai pas », répond-elle.

27 juillet

Vautré avec bonheur sur la pelouse du jardin de l'hôtel, Beck's prend le frais. Sur sa chaise longue, Besana fume une cigarette tandis qu'Ilaria pianote sur sa tablette, à la recherche d'autres morts suspectes. Le site de la police suisse consacre l'une de ses pages aux *Vermisste Personen aufgefunden*, les personnes disparues. Leurs portraits sont floutés, pour des raisons de confidentialité.

« Quand la personne recherchée est retrouvée morte, ils mettent une petite bougie à la place, dit Ilaria.

– Un cimetière virtuel, commente Besana, quelle poésie.

– J'ai cliqué sur les bougies les plus récentes.

– Je suis tout ouïe.

– Un quinquagénaire de Samedan, parti en octobre avec son VTT. Retrouvé le mois d'août suivant, sur un sentier escarpé au-dessus de Celerina. Un type a aperçu le vélo abandonné parmi les rochers et a prévenu la police. Le cadavre gisait un peu plus bas.

– Continue.

– Ensuite, un garde-chasse grison de quatre-vingt-seize ans, qui est monté jusqu'à deux mille trois cents mètres. Peut-être voulait-il mourir en chamois, au milieu des pierriers.

Va savoir. Retrouvé une semaine plus tard grâce à *Find my iPhone*. Son portable était dans sa voiture, garée plus bas. L'hélicoptère n'a pas mis longtemps à le repérer.

– À cet âge-là, il crapahutait encore ?

– Je te jure que c'est vrai, répond Ilaria. Ça m'a l'air d'être une coutume locale, d'aller trépasser en montagne. Il y a aussi un menuisier de S-chanf, quatre-vingt-huit ans, un solitaire, parti de chez lui une journée de novembre, *mit unbekanntem Ziel*, on ignore où. L'été suivant, ses restes sont retrouvés dans le val Bever, au-dessus de Zuoz. Personne ne sait ce qu'il est allé faire là-haut, observer les bouquetins, peut-être. La police ne précise pas les causes du décès mais exclut l'intervention d'un tiers.

– D'après moi, ces affaires-là n'ont rien à voir avec la nôtre, commente Besana.

– On dirait bien qu'ils sont légion, à arpenter les montagnes comme ça, tout seuls, continue Ilaria. Et encore, une dame, cette fois-ci, partie de Coire pour faire le tour des Grisons à pied, et qui a fini dans les eaux de l'Inn, en Basse-Engadine. Sans compter tous ceux (et il y en a !) qui sont emportés par des avalanches en faisant du hors-piste, ou bien qui tombent dans des crevasses, l'été. Et puis il y a le type qui décide de faire de la luge avec des amis, un soir de beuverie, et qui se fracasse la tête sur la glace pendant que le reste de la bande poursuit sa descente en chantant et en riant et, une fois arrivée tout en bas, réalise qu'il en manque un et appelle les secours.

– C'est passionnant, Morpion. Je te remercie.

– Un touriste polonais de quarante ans, en vacances en Basse-Engadine, parti faire un footing à cinq heures de l'après-midi. À huit heures, sa femme donne l'alerte et aussitôt, la police cantonale et les secours alpins grisons sont sur le pied de guerre, avec deux chiens d'avalanche. Ils le récupèrent le lendemain matin : perdu dans la forêt, il a passé la nuit dans un chalet abandonné. Le site montre la photo des deux bergers allemands qui l'ont sauvé. »

Besana se penche pour gratter le ventre de Beck's.

« Tu as entendu ? Il y a des chiens qui *bossent*, pas comme toi, qui n'en fiches jamais une ramée. » Il se lève et s'étire. « Allez, je t'emmène faire une balade dans les bois, Beck's, sans quoi tu vas devenir aussi feignasse que moi et il te poussera un gros bidon comme le mien.

– Marco, attends ! J'ai un Italien ! dit Ilaria. Ils ont trouvé ses restes en septembre dernier. Il avait disparu deux ans plus tôt, début octobre.

– Si tu comptes que soixante pour cent d'un corps disparaît en une semaine, imagine après tout ce temps, commente Besana. Ils n'ont dû retrouver que son squelette.

– En effet. Et même pas complet, répond Ilaria.

– C'est souvent le cas… une jambe par-ci, un bras par-là… les animaux sauvages, forcément.

– Est-ce qu'on peut faire un examen toxicologique sur des os ?

– Sûrement, mais revenons à nos moutons : tu dois savoir *quoi chercher*. Qui c'était ?

– Livio Moser, un galeriste qui travaillait entre la Suisse et Milan.

– À vue de nez, il est du milieu, dit Besana. Les riches investissent tous dans l'art contemporain. Être collectionneur est presque une obligation. Sans compter que c'est un excellent système pour blanchir du pognon.

– On pourrait demander à Vittoria Brivio si elle le connaissait.

– Réfléchis, Piatti. Il est fort probable qu'elle le connaissait, mais qu'est-ce qui nous prouve qu'il a été empoisonné ? S'ils avaient trouvé un truc bizarre, ils auraient ouvert une enquête.

– Eh oui, lâche Ilaria, déçue. En effet, l'affaire a été classée.

– Tu es découragée ?

– Un peu, admet-elle. Ce tueur en série prévoit tout, il est très fort pour effacer ses traces.

– Écoute, Piatti. Pour l'instant, nous sommes confrontés à une suite de coïncidences tragiques. Techniquement, on appelle ça "manque de bol". Un type mange par erreur un chocolat contaminé à la tropomyosine et, manque de bol, il tombe sur un ours "à problème", comme ils disent. Une femme se fait agresser dans la rue par un voleur qui, manque de bol, est équipé d'un piolet. Puis nous avons un type qui fait un infarctus aux commandes d'un avion et, manque de bol, il s'écrase sur une écurie en tentant un atterrissage de fortune. Un autre qui, manque de bol, glisse dans une crevasse en haute montagne. Et maintenant, cet autre gars qui, manque de bol sans doute, a fait un malaise en forêt. Où tu le cases, toi, le tueur en série ?

– Trop de manque de bol, répond Ilaria. Si tu y réfléchis, ça peut être un tueur en série atypique. Qui ne laisse pas de signature, qui change de mode opératoire, utilise des substances différentes, ne met pas ses meurtres en scène et n'aspire pas à la notoriété. Qui la fuit, au contraire.

– Et qui, lui, a du bol à revendre, ajoute Besana. Parce qu'il ne pouvait pas prévoir l'intervention de l'ours, l'avion en feu, ou la chute dans une crevasse.

– C'est très juste, Marco. Ça veut dire qu'on doit se concentrer sur les choses qu'il pouvait prévoir, et pas sur les aléas. »

27 juillet

La demeure engadinoise du XVIIe vient d'être rénovée. Du sol au plafond, la salle à manger est lambrissée de bois. Ils dînent à côté d'un grand poêle en faïence. Ilaria lève les yeux et fixe le lustre majestueux en bois de cerf, tandis qu'un serviteur en veste blanche sert une daube, de cerf également, accompagnée de polenta.

Son portable vibre, elle ouvre discrètement son sac pour y jeter un coup d'œil. C'est un message de l'agent immobilier. « *Un acheteur potentiel demande à visiter votre maison.* » Ça, c'est une bonne nouvelle.

Pendant ce temps-là, Besana s'est déjà sifflé une bouteille de bourgogne. Assis en face d'un comptable passionné de chasse et d'un chirurgien esthétique, il ne sait trop que dire.

« Elles exigent toutes des bonnets E ou F, les femmes qui viennent te voir dans ton cabinet ? demande le chasseur.

– Non, les grandes tailles sont passées de mode, la plupart se contentent de bonnets C. Au-delà, c'est devenu rare. »

Une dame qui a passé l'âge de désirer des seins neufs commente :

« Tout de même, une poitrine refaite, ça saute aux yeux.

– Ça dépend, répond le chirurgien, placide. Pour ma part, je place la prothèse par-dessus le muscle, sans quoi en effet, en position allongée, la position du sein n'est pas naturelle. »

Besana lance une question sur la toxine botulique, histoire de voir si l'un des convives se trouble. Mais rien ne se passe.

« La toxine botulique a été une révolution en médecine esthétique, explique le chirurgien, car elle agit en profondeur, sur la formation même des rides. Mais il faut en user avec modération, si l'on ne veut pas altérer l'expressivité du visage, et utiliser un produit correct.

– C'est-à-dire ? s'enquiert Besana, intéressé.

– En Italie, trois toxines sont autorisées et seulement quelques labos les produisent. Mais certains s'improvisent chirurgiens et sont prêts à injecter n'importe quoi n'importe comment.

– C'est vrai, cette histoire de *botox parties* ?

– Eh oui, ce sont des fêtes très sélectes, où se réunissent les mordus du botox et du laser, des compulsifs qui passent leur temps à se faire refaire le nez, les seins ou les fesses. Pas vraiment ma tasse de thé », répond le chirurgien en riant.

Ilaria fixe un chamois empaillé avec une montre entre les cornes.

« C'est l'œuvre d'un artiste suisse, explique Vittoria.

– Tu l'as acheté à Livio ? demande un homme vêtu d'une veste tyrolienne avec des boutons en os, qui n'a jusqu'ici pas ouvert la bouche.

– Oui, répond Vittoria, à la grande exposition qu'il a organisée il y a cinq ou six ans dans sa galerie.

– Ce qu'il nous manque, Livio, commente une dame. Dire qu'aujourd'hui, c'est son horrible femme qui tient tout, alors qu'elle ne comprend rien à l'art.

– Forcément, ricane une autre. Avant, elle était infirmière.

– Les artistes disent qu'elle ne les paie pas, dit le comptable. L'autre jour, à la Triennale, j'ai rencontré un ami sculpteur. Il était furieux. Elle a vendu trois de ses œuvres l'an dernier et il n'a toujours pas reçu un sou. »

Besana se penche vers Vittoria, assise à côté de lui.

« Qu'est-il arrivé à ce galeriste ? »

Vittoria lui pose la main sur le genou et lui murmure à l'oreille :

« Je te le raconterai quand nous serons seuls.

– D'accord », répond Besana, interloqué par cette caresse sous la table.

Ilaria n'a pas dit un mot de tout le dîner. Le contexte la met mal à l'aise. Elle ne supporte pas ces gens et leurs discours mondains. Ce n'est pas de l'envie. Elle préférerait se pendre à ce lustre en bois de cerf plutôt que de vivre comme eux. Son mal-être vient de plus loin. « Un acheteur potentiel demande à visiter votre maison. » Peut-être va-t-elle enfin pouvoir se débarrasser de ce lieu. Et avec ces murs, de son passé.

« Je ne me sens pas très bien », murmure-t-elle.

Personne ne l'entend. Ils discutent d'un refuge auquel on accède par un petit train, et où prendre l'apéritif au coucher du soleil est merveilleux.

« Je ne me sens pas très bien », répète-t-elle un peu plus fort.

Seule sa voisine, qui, elle non plus, n'a pas dit un mot de toute la soirée, lui prête attention.

« Tu veux que je te raccompagne à l'hôtel ?

– Merci », répond Ilaria en mettant la main devant sa bouche. Elle a la nausée.

Il faut qu'elle sorte d'ici, sans quoi elle va restituer son trop-plein de cerf sur le tapis. Blême, elle se lève en renversant sa chaise, titubante. Finalement, la tablée la remarque.

« Tu ne te sens pas bien, Ilaria ? » demande Vittoria.

Putain, combien de fois faut-il le dire ? Mais impossible d'ouvrir la bouche maintenant. Elle se précipite vers l'entrée, à la recherche des toilettes. Trop tard. Elle vomit sur le parquet. Une employée en tablier bleu accourt.

« Ne vous inquiétez pas, madame. Je m'en occupe. »

Ilaria voudrait la remercier mais elle en est incapable.

Puis une main se pose sur son épaule et elle se retourne.

« Je te ramène », lui dit Marco.

Elle secoue la tête, inspire à fond.

« On ne m'a pas empoisonnée, rassure-toi, répond-elle en se forçant à sourire. Reste ici, c'est important. »

À ce moment-là, la fille qui lui a proposé de la raccompagner à l'hôtel les rejoint. Avec sa polaire bon marché et ses grosses chaussures de marche, elle détonne, dans cet endroit.

« Je m'en charge », dit-elle.

27 juillet

« Enfin seuls. » Vittoria sourit. « Veux-tu un digestif ? »

Besana s'installe devant la cheminée dans un fauteuil en loden, un grand classique du design.

« Volontiers. Qu'est-ce que tu me proposes ?

– Un cognac Lhéraud de 1983, un calvados Dupont millésimé de 1977 ou un Braulio du supermarché. »

Besana rigole en levant les mains en l'air.

« Je me rends. À toi de décider. »

Vittoria ouvre un buffet du XIXe décoré de scènes de chasse et pose le calvados sur la table. Puis elle s'allume une cigarette.

« Je suis si inquiète pour Brunella. Je n'arrête pas de penser à ce film avec Sean Connery. Comment s'appelle-t-il ?

– *Cinq jours, ce printemps-là*, dit Besana.

– C'est ça, celui-là. Ils l'ont tourné ici. La scène du cadavre qui émerge du glacier après soixante ans, inoubliable. Ça s'est passé un peu comme ça pour elle. Son mari était tel qu'il était le jour de son départ pour New York.

– Vous êtes très amies ?

– Oui, surtout depuis que nous sommes restées seules. Ces tragédies nous ont rapprochées.

– Je suis désolé, dit Besana. Il est mort de quoi, ton mari ?

– D'un accident d'avion. Il semble qu'il ait fait un infarctus en plein vol. Il a tenté un atterrissage de fortune, mais il a échoué. Je me sens coupable à un point dont tu n'as pas idée.

– Pourquoi ça ?

– Parce qu'il venait me retrouver. Si je l'avais rejoint, rien ne serait arrivé. »

Ils gardent le silence un moment, puis Vittoria se lève et vient s'asseoir sur le bras du fauteuil en loden. Sa cuisse frôle le bras de Marco.

« Mais parle-moi un peu de toi. Tu es marié ?

– Divorcé », répond Besana, sans la regarder en face.

Vittoria lui effleure les cheveux de la pointe des doigts.

« Je sais ce qu'est la tristesse. Toi aussi, ça se lit dans ton regard. » Sa main descend vers le cou de Marco, elle lui caresse la nuque, point sensible, fatal. « Mais je ne me résigne pas. J'ai encore tellement envie de vivre. »

Elle se laisse glisser sur les genoux de Marco. Elle le regarde dans les yeux. Marco est effrayé, sans bien savoir pourquoi. Ce n'est pas sa beauté, ni son élégance. Mais il perçoit en elle quelque chose d'inatteignable qui le trouble. Une sorte de distance qu'il ne parvient pas à mesurer, surtout maintenant qu'ils sont face à face.

« Je peux t'embrasser ? »

Ne sachant pas quoi dire, Besana hoche la tête.

28 juillet

Le lendemain matin, Besana frappe à la porte d'Ilaria. Beck's aboie, jouer les chiens de garde est l'une de ses prérogatives.

« Qui est là ?

– C'est moi. »

Ilaria le fait entrer, elle est encore en pyjama. Toute pâle.

« Tu te sens encore mal ?

– C'est peut-être une grippe », répond-elle. Ses yeux sont las, cernés.

« Ne me dis pas qu'il a dormi dans ton lit. » D'un coup de menton, Besana désigne le chien qui, après l'avoir salué, est retourné sous la couette.

Ilaria hausse les épaules en souriant.

« C'est un lit à deux places.

– Tu lui donnes de mauvaises habitudes, Morpion. Maintenant, il va vouloir dormir avec moi. Il pue. Il a pris la pluie, et il s'est roulé dans le pré au milieu des bouses.

– Tu devrais le laver de temps en temps, Marco. Je t'ai même offert un shampoing pour chien. J'espère que tu ne t'en es pas servi pour toi. »

Marco s'assied sur le lit et caresse la tête de Beck's qui ne manifeste aucune intention de descendre.

« Je crains que notre hypothèse ne tienne pas la route, Ilaria. Roberto vient de m'appeler. Il veut qu'on rentre tout de suite à Milan.

– Pourquoi ?

– On a arrêté le Sénégalais qui a tué Marta Guerra.

– Oh, non. Ils sont sûrs que c'est lui ?

– Il avait son sac.

– Il peut l'avoir ramassé quelque part.

– Je ne crois pas. Il a déjà été en taule pour tentative de vol à main armée. Il avait attaqué un marchand de tabac avec un couteau.

– Justement, avec un couteau. Tu ne trouves pas ça un peu bizarre, toi, un Sénégalais armé d'un piolet d'alpiniste ?

– Écoute, Piatti, on ne peut pas rester ici, ils ne nous rembourseront plus l'hôtel.

– On pourrait au moins rester jusqu'au rapport d'autopsie, insiste Ilaria.

– Ils sont en train de réduire tous les coûts, de fermer les hebdos et les rédactions en ligne, on est à deux doigts du chômage technique et toi, tu crois qu'on va nous offrir des vacances dans l'Engadine ?

– Ce ne sont pas des vacances.

– On manque d'éléments, Piatti. Pour l'instant, ce tueur en série n'existe que dans notre imagination. »

Ilaria fait oui de la tête et commence à plier ses vêtements.

« Qui c'est, la fille qui t'a raccompagnée ?

– Elle s'appelle Dafne. C'est la *life coach* de Vittoria, en quelque sorte.

– *Life coach* ? Qu'est-ce que c'est que ce métier à la con ?

– Bah. Elle m'a vaguement parlé de psychothérapie basée sur je ne sais quelles techniques de respiration en plein air, dans les bois. Un truc de ce genre. Mais j'étais trop mal pour l'écouter vraiment. On a dû s'arrêter trois fois pour que je puisse vomir.

– Quelle foutaise.

– Elle est gentille, dit Ilaria, en glissant un T-shirt dans sa valise. Rien à voir avec les autres. Et toi ? Tu as obtenu des infos ? »

Besana se retourne, au prétexte de gratter son chien derrière l'oreille.

« Que dalle », répond-il.

28 juillet

Dès son retour à Milan, Ilaria téléphone à la fille de Marta Guerra. Elle n'a nullement l'intention de lâcher l'affaire. Alors elle invente une excuse.

« Un article sur ma mère, vraiment ?

– Oui, pour notre magazine. Nous avons envie d'aller au-delà du fait divers, de raconter qui elle était, ce qu'elle faisait, quelles passions l'animaient.

– Quelle idée merveilleuse, répond Diletta, maman en aurait été enchantée, merci !

– Serait-il possible de visiter son atelier ? Et éventuellement, sa maison ?

– Bien sûr, bien sûr. Les deux se trouvent dans le même immeuble. Choisissez un jour de la semaine prochaine, je pars à la mer, mais je dois repasser par Milan.

– En fait, il faut que je rende mon papier demain.

– Ah, je comprends. Mais j'ai encore mes valises à faire…

– Je ne vous volerai qu'une petite heure.

– Bon, d'accord. Voyons-nous vers six heures. Je vous envoie l'adresse sur WhatsApp. »

Dans l'atelier de Marta, bien trop vaste pour une artiste de son calibre – du reste, l'immeuble entier lui appartenait –, il n'y a pas l'ombre d'une sculpture en cire. Ilaria s'attendait à des bustes pseudo-néoclassiques, mais ce sont des tableaux conceptuels qu'elle voit là, appuyés contre les murs. Pas terribles, du reste, et beaucoup trop grands pour être accrochés ailleurs que dans un musée, mais il en émane un certain mystère. Ce sont des images recouvertes de nombres. Des nombres imprimés sur des photos de montagnes. Sauf pour l'un d'eux, une reproduction d'une toile de Füssli, *Les trois Confédérés faisant serment sur le Grütli*, où les nombres viennent prolonger la diagonale de l'épée.

« Je croyais qu'elle travaillait la cire, dit-elle.

– En effet. Pendant ce qu'elle appelait sa “période de miel”. Et puis un jour, elle a fichu toutes ses sculptures à la poubelle et elle a changé de style du tout au tout. Elle espérait faire une grande exposition pour montrer ses nouvelles œuvres. Qui surprendraient tout le monde, d'après elle.

– Que signifient ces nombres ?

– Ah, ça, je l'ignore. Ma mère disait que les nombres parlent, et qu'ils disent toujours la vérité.

– Je peux les prendre en photo ?

– Bien sûr, répond Diletta, que voulez-vous que je fasse de ces tableaux ? Même ses amies ne les achetaient pas. » Elle se mord les lèvres. « N'écrivez pas cela, s'il vous plaît. »

Ensuite, elles montent à l'étage, par un escalier intérieur. Après une enfilade de salons, elles arrivent dans un petit bureau, très désordonné, rempli de livres. Ilaria les parcourt du regard : monographies sur les ours, histoires de poisons, anciens traités de botanique. À côté de l'ordinateur, elle remarque un cahier plein de notes, et le feuillette.

« Elle écrivait un roman ?

– Oh, non. Maman était dyslexique, c'est tout juste si elle savait rédiger des e-mails. Seulement, elle était obsédée par Giovanna Bonanno, une empoisonneuse qui sévissait au XVIIIe siècle.

– La Vieille au Vinaigre ?

– Vous la connaissez, vous aussi ?

– Son nom apparaît souvent sur la page Facebook de votre mère.

– C'était l'une de ses idées fixes, elle est même allée en Sicile consulter les actes de son procès. Il fallait qu'elle s'occupe. Pour éviter de penser à la mort de mon père. » Diletta inspire un grand coup.

« Vous avez aussi perdu votre père ?

– Oui, mes deux parents la même année. Ce n'est pas facile.

– Je suis vraiment navrée. Que lui est-il arrivé ?

– Un cancer fulgurant. Il est parti il y a deux mois. »

Palerme, 9 octobre 1788

« Mon nom est Giovanna Bonanno, je suis née ici, dans la ville de Palerme, je suis la veuve de Vincenzo, je dois avoir soixante-quinze ans et je survis en mendiant. »

Ainsi commence la déposition de la Vieille au Vinaigre, devant la cour du capitaine royal de Palerme.

Elle raconte que tout a commencé par hasard, environ deux ans auparavant (« un jour que j'ai oublié »). Giovanna entend parler d'une *piccirilla* qui, par mégarde, a bu « une certaine liqueur appelée vinaigre servant à tuer les poux », et qui a été prise de vomissements irrépressibles. La fillette aurait péri si on ne lui avait pas fait avaler de l'huile d'olive.

« Alors moi, explique Giovanna comme si c'était la chose la plus naturelle du monde, puisque je n'avais pas de moyens de subsistance, je décidai d'expérimenter ce vinaigre, dans le but de gagner quelques tarins[1]. »

Elle comprend que ce vinaigre présente un avantage sur les autres poisons : personne ne le connaît et donc, personne ne suspectera l'homicide. C'est une simple lotion contre les

1. Le tarin ou *tarì* fut l'une des unités monétaires du royaume de Sicile entre 1755 et 1815.

poux. Qui aurait l'idée d'en faire une arme *ad hominem occidendum* ?

Giovanna découvre que l'apothicaire de la via Gioia Mia, près de la rivière Papireto, en vend. Et elle décide de faire un essai. Fort cruel.

Elle en achète « trois grains dans une ampoule de verre », puis elle se procure un chiot et l'attache à une corde du côté de la Porta d'Ossuna. Elle imbibe de ce vinaigre un quignon de pain et le lui donne à manger. Quelques heures plus tard, elle revient sur les lieux et trouve le chiot mort, dans une flaque de vomi.

Madrée n'ignore pas qu'il est facile de détecter un empoisonnement. Il suffit de voir si la victime perd ses cheveux. Elle tire donc sur les poils du chiot, et rien ne se passe. Elle comprend alors qu'une immense opportunité s'offre à elle. Il ne lui reste plus qu'à faire courir le bruit qu'elle dispose d'une potion dont elle garde la formule secrète, « un arcane ».

« Laissant croire que je connaissais certaine eau qui, mélangée à un breuvage ou un mets, provoquait des vomissements, puis la mort, de la personne qui l'ingérait, sans qu'on pût en découvrir la cause, étant donné qu'elle ne laissait aucune trace visible, je lui donnai le nom d'eau pour ne pas divulguer l'arcane. »

Un jour, une voisine, Angela La Fata, vient la voir et lui demande si elle connaît quelqu'un capable de concevoir quelque diablerie susceptible de faire mourir son mari. Bref, elle réclame un philtre. Elle est amoureuse (« liée d'amitié illicite ») d'un certain Giuseppe Billotta, *quadumaro*, c'est-à-dire marchand ambulant de plats chauds – la *street food* de l'époque –, qui est prêt à l'épouser dès qu'elle sera veuve.

« Entendant cela, avoue Giovanna, je lui répondis que je ne savais faire nulle diablerie, mais que je disposais d'une eau, qui… »

Elle lui demande six tarins, mais Angela ne les a pas. Elle lui laisse un tarin en acompte, et lui promet le reste à la fin. Au départ, cela ne fonctionne pas : le mari d'Angela boit le vinaigre à poux mêlé à son vin, il vomit mais il ne meurt pas. Alarmée, Angela revient chez la Bonanno. Quelque chose ne va pas. Il est encore « sur ses deux jambes » et il marche. Elles augmentent donc les doses.

Quelques jours plus tard, Giovanna Bonanno passe devant la maison d'Angela La Fata et la voit vêtue de noir. Elle devine que son mari est mort et exige son dû de cinq tarins. Mais Angela n'en a cure. Elle lui dit qu'il lui reste « une ampoule » et qu'elle peut la lui rendre.

« En somme, elle refuse de me payer, se lamente la vieille, pour un remède pourtant plus efficace que les sorcelleries, qui ne sont que de l'argent gâché. »

28 juillet

« Un Spritz ?

– Avec beaucoup de glaçons, répond Ilaria, qui est en nage.

– Je t'écoute. Pourquoi tu es dans cet état ? Qu'est-ce que tu as découvert ?

– Marta Guerra était obsédée par une empoisonneuse du XVIIIe siècle, dit Piatti à mi-voix, en regardant autour d'elle.

– Et alors ?

– C'était une empoisonneuse en série, Marco. D'après moi, elle cherchait des analogies avec notre tueur.

– Ça y est, Morbac tu divagues, soupire-t-il.

– C'est pour ça qu'on l'a tuée. Parce qu'elle avait compris quelque chose qui nous échappe. »

Besana boit une gorgée de Spritz.

« Moi aussi, j'ai du neuf, dit-il.

– Quoi ?

– Le Sénégalais est mort en prison. Cette nuit.

– Empoisonné ?

– Ah, non, désolé. Il a été poignardé au cours d'une rixe.

– Merde, lâche Ilaria. On ne pourra plus prouver son innocence.

– Écoute, je crois sérieusement qu'on prend nos désirs pour des réalités. Ce tueur en série n'existe sans doute pas.

– Ah, il n'existe pas ? » Ilaria devient rouge de colère. « Et comment tu expliques cette brochette de morts ?

– Des supputations, Piatti, et c'est tout. Tu t'es lancée là-dedans parce que tu t'ennuies, par frustration. »

Ilaria secoue la tête.

« Je ne suis pas d'accord. D'ailleurs, le mari de Marta Guerra est mort lui aussi. Il y a trop de veuves dans cette histoire.

– Et de quoi est-il mort ?

– De cancer, *soi-disant*, répond Ilaria.

– À ma connaissance, il est difficile de provoquer ça chez quelqu'un.

– Qu'est-ce qui nous prouve qu'il s'agissait vraiment d'une maladie ? »

Marco sort son téléphone de sa poche et compose un numéro.

« Salut, tu as deux minutes ? »

Ilaria le fixe tandis qu'il cause dossier médical et tumeurs du foie.

« Très clair. Merci mille fois !

– Excuse-moi, à qui parlais-tu ?

– À l'oncologue qui suivait le mari de Marta Guerra, répond Besana, flegmatique. Un ami à moi.

– Comment as-tu su qu'il était son médecin ?

– C'est le plus réputé d'Italie. Les riches s'adressent rarement à des seconds couteaux.

– Qu'est-ce qu'il t'a dit ?

– Que tu nages en plein délire. Tu veux le détail de ses métastases ?

– D'accord, d'accord, admet Ilaria. Mais les autres ?

– *Quels* autres ? »

28 juillet

« Tu me l'avais promis, dit Ilaria.

– J'aurais préféré aller au Cambodge avec toi, tu peux me croire, répond Nicola, agacé. Ces gosses sont des boulets. »

Ilaria descend du lit, ouvre un tiroir, en sort une chemise de nuit décolorée à petits carreaux et l'enfile.

« Tu dors souvent avec ça ? demande Nicola en la fixant.

– Elle me vient de ma mère. Parfois, j'ai envie de la mettre.

– Pardonne-moi, mon amour, je t'en prie. » Il lui prend le bras. « Ce n'est pas de ma faute. »

Elle ne bronche pas.

« Il suffisait de ne rien me promettre, répond-elle.

– J'étais plein d'espoir, Ilaria.

– Moi aussi. Mais c'est toi qui gardes la main sur tous nos espoirs. Ce n'est pas juste.

– C'est vrai, mais je n'y peux rien si ma belle-mère s'est cassé la hanche, ma femme est seule avec les petits et moi, je partirais en vacances au Cambodge ?

– Tu pars bien en Corée demain.

– C'est différent, j'y vais pour le boulot, seulement quatre jours : le temps d'y aller, d'assister à une réunion et de rentrer. »

Quatre jours, Ilaria s'en contenterait volontiers, mais elle n'en dit rien.

« Ce n'est pas plus mal, répond-elle. Moi aussi, j'ai beaucoup de travail. »

Nicola sourit, soulagé. Il s'approche pour l'embrasser mais elle le repousse de la main.

« Tu as sans doute oublié que je suis journaliste, dit-elle. J'ai mes sources. Je n'aurai aucun mal à savoir si une certaine Antonia Righetti a été admise dans un hôpital quelconque suite à une fracture de la hanche. »

Nicola blêmit.

« Tu vérifies mes dires, maintenant, comme si j'étais un criminel ?

– Non, seulement tes mensonges. Si tu préfères aller à la plage avec ta femme, moi, je préfère que tu me le dises. »

Au pas de charge, Nicola rejoint alors la porte et l'ouvre.

« Après ça, je n'ai plus qu'à m'en aller.

– C'est ça, va-t'en », répond-elle.

29 juillet

Besana fouille ses poches à la recherche de ses clefs, son pantalon lui colle aux cuisses. Il pue le bus aux heures de pointe et sa chemise est trempée aux aisselles, son haleine sent la bière qui l'a consolé d'une journée entière de formation. Il lève les yeux et la voit. Mais que fait-elle devant chez lui ?

L'espace d'un instant, il a honte. De l'immeuble années 1970 où il vit, de sa rue – une boucherie halal, une boutique de kebabs, un bar rempli de retraités, une teinturerie roumaine, un coiffeur bon marché –, des balcons encombrés d'étendoirs et de chaises en plastique moulé, de vélos rouillés et de plantes arrosées par des petites vieilles en pantoufles. Il la regarde : chevelure blonde coupée par un visagiste du centre-ville, superbe dans sa robe en soie à motif floral, escarpins à petits talons aiguilles à deux pas d'une grille où ils pourraient se coincer, mains soignées et couvertes de bagues serrées sur un sac à main de luxe, véritable appeau à voleurs. Elle lui sourit.

« Surprise ! »

Marco s'approche en traînant les pieds.

« Tu fais du shopping dans le coin ? »

Vittoria rit, vaguement mal à l'aise elle aussi.

« J'avoue ne pas bien connaître le quartier, répond-elle.
– Je connais une Chinoise qui vend des robes comme la tienne à dix euros pièce, si ça te tente. »

Elle le dévisage, sans rien dire. Elle a le visage hâlé, lissé par des injections de vitamines, les lèvres brillantes et les dents polies par un traitement blanchissant.

« Tu veux boire quelque chose ? Il y a toujours de la bière dans mon frigo », dit Besana.

Vittoria baisse le nez, pour masquer un sourire d'adolescente espiègle.

« Volontiers, répond-elle, il fait tellement chaud.
– Mais d'abord, je dois sortir Beck's, il se retient depuis cinq heures.
– Bien sûr, je t'accompagne.
– D'accord. Attends-moi ici, l'ascenseur est en panne, inutile que tu t'infliges deux fois six étages. »

Besana entre chez lui et Beck's lui saute dessus, mais il l'écarte d'un geste. Mettre de l'ordre, en vitesse. Des caleçons sales traînent par terre, parmi quelques chaussettes éparses, des chemises sont suspendues dans la douche – la cuvette des WC est-elle propre ? –, l'évier est rempli de vaisselle, la poubelle à verre déborde de bouteilles, des tasses à café tachées de marc reposent çà et là. Quelle honte. Son deux pièces est répugnant, impossible d'y amener une femme comme elle ! Son chien le suit partout, sa laisse dans la gueule. Surtout, ne pas la faire attendre trop longtemps, Beck's non plus du reste, il ne manquerait plus qu'il pisse dans l'entrée.

Il redescend en nage, tiré par Beck's qui l'entraîne vers le jardin public, navrant, à l'instar de l'ensemble du quartier.

« Tu travailles sur un sujet important ?
– Penses-tu, répond Besana. Rien qu'une journée d'emmerdement supplémentaire, comme si j'en avais besoin. Les

joies de l'obligation de formation professionnelle. Une loi, souhaitée par l'Union européenne, a été votée : tous les journalistes, y compris les retraités, doivent suivre des journées de formation. Je ne te raconte pas à quel point c'est gavant.

– Et si tu ne le fais pas ?

– Ils peuvent lancer une procédure disciplinaire contre toi. Je me fous complètement d'être radié de l'ordre, mais ce serait pour eux le prétexte idéal pour me jeter dehors pour de bon.

– Sur quoi portent ces cours ?

– Des conneries. S'ils enseignaient à écrire l'italien correctement, ce serait plus utile. J'en connais un paquet qui en auraient bien besoin. »

Vittoria rit. Marco sort une feuille toute froissée de sa poche.

« Vois un peu ça. "Déontologie et diffamation." "Genre, origine ethnique et orientation sexuelle, la diversité dans les médias." "Search Engine Optimisation et Search Engine Marketing, ou comment faire gagner votre site en visibilité dans les moteurs de recherche." Et tout à l'avenant.

– Qu'est-ce que tu as choisi ?

– La plupart des cours sont payants. La formation continue est devenue un business. Donc j'ai opté pour "Responsabilité juridique entre anciens et nouveaux médias". Au moins, c'était gratuit.

– Et ils vous notent ? » Vittoria lui décoche un clin d'œil.

« Arrête, ils nous ont entassés dans une salle délabrée, comme des lycéens. Mon voisin de pupitre était le correspondant du journal à Paris.

– Bah, quelle émouvante régression. Tu t'es senti rajeunir ? »

Besana fait un geste d'agacement.

« J'ai perdu dix ans de vie, tu veux dire. Le prof a déblatéré sans interruption pendant cinq heures. Pas un graphique, un tableau ou une capture d'écran. Mais avec sur son bureau une pile de son manuel fraîchement sorti des presses. Voilà pourquoi c'était gratuit. »

Vittoria éclate de rire. Besana est tellement exotique, à ses yeux.

« Deux heures pour dire que le droit à l'oubli n'existe pas. Deux autres pour expliquer le nouveau "Texte unique de la déontologie" qui reconnaît la pleine autorité des réseaux sociaux comme source d'informations journalistiques. Champ libre aux *fake news*. C'est la fin de l'empire. »

Vittoria lui caresse la joue.

« Bon, tu t'es ôté un poids.

– Oui, pour cinq points, ça valait le coup de se soumettre à ce supplice. Pour le mois prochain, je me suis inscrit au module "Instagram pour le journalisme : comprendre sa logique et sa stratégie d'utilisation pour se créer une réputation digitale". Ça compte pour seize points. Et je disposerai d'une *réputation digitale*. »

Puis ils se regardent. Besana se demande pourquoi il lui a raconté toutes ces bêtises, comme si ça pouvait l'intéresser. Sur ce, elle se hausse sur la pointe des pieds pour l'embrasser.

« Emmène-moi chez toi, Marco. »

29 juillet

Par curiosité, Ilaria consulte le site du chirurgien croisé chez Vittoria. Ludovico Crivelli, beau-père d'Alessia, ex-camarade de fac. Heureuse coïncidence : sa seconde épouse, plus jeune que lui de vingt ans, travaille dans son cabinet. Elle est nutritionniste et allergologue. Tiens donc. Par conséquent, ni la toxine botulique ni la tropomyosine n'ont de secret pour ces gens-là. Mais quels sont, au juste, leurs liens avec les victimes ?

Quelques heures plus tard, elle appelle Besana.

« Je viens de faire une petite recherche sur le chirurgien de l'autre soir, explique-t-elle à Marco. C'est un expert du BBL, le *Brazilian Butt Lift*. Ça consiste à prélever de la graisse par liposuccion sur différentes parties du corps pour la réinjecter de manière homogène au niveau des fesses.

– Je veux bien me faire liposucer le gras du ventre. Mais pour le mettre où ?

– Écoute-moi, au lieu de faire ton malin. C'est une opération très délicate, car si la graisse pénètre dans le système sanguin, elle peut provoquer une embolie graisseuse.

– Tu veux dire "gazeuse" ?

– Non, non. Graisseuse. C'est quand un caillot de gras bouche un vaisseau pulmonaire.

– Excuse-moi, mais pourquoi tu me racontes tout ça ?

– Parce que c'est la plus dangereuse des interventions de chirurgie esthétique. Une patiente sur trois mille en meurt.

– Et alors, quel rapport avec notre affaire ?

– Attends la suite…

– Quoi, on a tué quelqu'un avec son propre lard ?

– Oui. Crivelli a été inculpé d'homicide volontaire : au cours de son lifting brésilien, une de ses patientes est tombée dans le coma, à la suite de quoi elle est morte.

– Elle avait un lien avec nos victimes, cette malheureuse ?

– Non, aucun, j'ai vérifié.

– Un grand merci pour ce cours de médecine, Piatti. Tu viens de combler une grosse lacune dans ma culture générale.

– Mais laisse-moi finir ! »

Besana pousse un grand soupir.

« L'accident s'est produit dans une clinique de Lugano qui appartient à Carlo Rigamonti, reprend Ilaria. Le monde est petit, non ? »

Besana va dans la cuisine et se met à la fenêtre pour que Vittoria ne l'entende pas.

« Où veux-tu en venir ?

– Crivelli a été blanchi et la faute, imputée à une infirmière. La clinique a dû payer une indemnisation colossale. Donc Rigamonti avait un compte à régler avec lui.

– Si c'était le cas, pourquoi Vittoria l'aurait-elle invité à dîner ?

– Parce que Crivelli lui fait une ristourne sur ses retouches ?

– Elle n'est pas refaite, proteste Marco à voix basse.

– C'est ça, cent pour cent naturelle. Tu parles, je suis plus ridée qu'elle.

– Piatti, j'ai des invités. Tu as fini ?
– Presque.
– Alors magne-toi.
– La femme de Crivelli est allergologue.
– C'est très tendance. Tout le monde a une allergie quelconque, de nos jours.
– Tu ne comprends donc pas ? Qui aurait l'idée de tuer quelqu'un avec de la tropomyosine ? »

Palerme, 1788

Au cours du procès, il est aussi question d'une escroquerie (une blague, selon les accusées). Une femme rend un jour visite à Giovanna Bonanno : Agata Demma désire éliminer sa servante car son gendre s'en est épris et, aveuglé par l'amour, il délaisse sa progéniture.

« Nous décidâmes entre nous de lui faire une blague et de lui prendre ses sous », avoue Giovanna.

La dame espérant un maléfice, Bonanno lui fait miroiter une eau spéciale à répandre dans l'escalier emprunté par la servante. Elle n'a nulle intention de gâcher son vinaigre à poux, elle lui refile un flacon d'une mixture quelconque et encaisse ses huit tarins. Naturellement, rien ne se passe et Agata Demma se précipite chez la complice de Bonanno pour protester (« Je me plaignis qu'elle m'avait filoutée en m'extorquant huit tarins »).

Entre-temps, la rumeur s'est mise à circuler. De plus en plus de femmes frappent à la porte de Giovanna Bonanno pour lui demander sa fameuse potion.

« Est-il vrai que l'eau que vous possédez a le pouvoir de faire périr celui qui l'absorbe, sans qu'on puisse deviner la cause de sa mort ? »

Giovanna répond à toutes que « celui qui l'ingère meurt en quelques jours, mais sa peau comme sa chevelure demeurent intactes. Et s'il vomit, pas d'inquiétude, même si un médecin examine sa vomissure, il n'y décèlera rien ».

Une certaine dame Rosalia réclame la potion pour se débarrasser de son époux. Son mobile ? Don Agostino Caracciolo, fonctionnaire au gouvernement des Bourbons, a non seulement dilapidé ses biens, mais en plus, il lui interdit de faire commerce de ses charmes. C'est du moins ce qu'elle prétend. En réalité, son activité est bien plus rentable : c'est une faussaire. Elle est membre d'une bande qui met en circulation des pièces d'or falsifiées, dont les bords ont été rognés. Or, en tant qu'agent de l'administration publique, Caracciolo ne peut tolérer qu'elle ruine sa réputation.

Rosalia passe donc à l'action. Elle lui administre le vinaigre de la première ampoule, et l'observe. Mais très vite, elle s'affole « parce qu'en vomissant, il pousse des cris affreux, tant son estomac le tourmente ». Alors, dame Michela, la mère de Rosalia, prend les choses en main et court chez Bonanno pour lui demander son aide.

« Si ma fille renonce à administrer l'eau à son mari, lui dit-elle, je lui fracasserai le crâne contre un mur.

– Si elle laisse tomber, répond Giovanna, il ne mourra pas, mais il restera infirme et vous serez contraintes de vivre telles des pauvresses, mais vous devrez me payer tout de même. »

Dame Michela lui donne raison, elle vend un couvert d'argent pour une *oncia*[1] et quinze tarins. Et Rosalia lui remet six tarins et une paire de chandeliers en cuivre cassés.

D'après le témoignage des voisins, aucun médecin n'est entré dans la maison durant l'agonie d'Agostino. Sa femme

1. *Oncia* ou *onza* : pièce d'or d'une valeur de 30 tarins.

n'en sort que pour hurler : « À l'aide, à l'aide ! Appelez un confesseur, mon mari se meurt ! » Mais le prêtre arrive trop tard. La veuve, toujours aux dires des voisins, n'a pas l'air effondrée. Elle se justifie : « Je suis glacée d'épouvante. » Mais personne n'y croit, d'autant moins que les jours suivants, au lieu de porter le deuil, la veuve vaque, « toute pimpante », les cheveux frisés à la dernière mode, retenus par un bandeau rouge feu. Elle avait épousé don Agostino seulement deux mois auparavant.

Ni sa mère ni elle ne seront jamais interrogées. Lors du procès, elles sont en prison pour faux-monnayage, et personne, sans doute, ne souhaite attirer l'attention sur un fonctionnaire des Bourbons.

30 juillet

Toute la journée, Ilaria cherche à joindre Besana. Son portable est éteint. Elle lui laisse une enfilade de messages sur WhatsApp – « *J'ai des trucs super importants à te dire, bon sang, où es-tu passé ?* » – mais en vain, il ne la rappelle pas. Aurait-il cassé son téléphone ? Elle décide de passer chez lui.

Elle arrive au moment où il se gare devant sa porte. Il n'est pas seul dans sa voiture. L'instant d'après, elle en voit sortir Vittoria. Vaguement gênée, elle les salue tous les deux.

« Qu'est-ce que tu fais ici ?

– Il faut que je te parle, Marco. Je te cherche depuis des heures. »

Besana soupire.

« Tiens, Vicky, les clefs. Je te rejoins dans cinq minutes. »

Dès que Vittoria s'est éclipsée, Ilaria le fixe, les yeux écarquillés.

« Non… Ne me dis pas que tu sors avec elle !

– Occupe-toi de tes fesses, Piatti. On n'est pas mariés.

– Marco, fais gaffe. Tu fais une grosse erreur.

– Pourquoi ?

– Vous n'êtes pas du même monde. Tu ne seras jamais qu'une bête de cirque, pour elle.

– Mais d'où tu te permets de me dire ça ? » Besana s'efforce de se calmer et rejoint la porte de son immeuble. « Bon, je te laisse. Nous sommes invités à dîner.

– Mon Dieu, ça y est : tu parles comme elle ! répond Ilaria, sidérée.

– Écoute, Piatti, tu ne vas pas bien fort, ces derniers temps. Ce tueur en série imaginaire t'obsède, et ça te rend un peu trop agressive. Tu devrais songer à consulter. »

La violence du propos la laisse pantoise. Besana dépasse les bornes.

« Va te faire voir, réplique-t-elle. Tu perds la boule. Cette crétine t'a lavé le cerveau. »

Besana se retourne d'un bloc.

« Pardon ?

– J'ai dit : cette crétine t'a lavé le cerveau », répète-t-elle, d'un air de défi.

Marco se fige, il la toise. Ilaria se sent parcourue par son regard méprisant. Mais qu'est-ce qu'il lui prend ?

« Notre collaboration prend fin dès à présent », déclare Besana.

Ilaria secoue la tête, incrédule.

« Mais pas notre amitié, j'espère ? »

Il lui lance un sourire sarcastique.

« Tu as grandi, Piatti, et moi, j'ai vieilli. Ça ne peut plus durer. »

Il se retourne pour glisser la clef dans la serrure, mais elle l'attrape par sa chemise.

« Et pourquoi ? Pourquoi ça ne peut plus durer ?

– Parce que *nous* ne sommes pas du même monde, toi et moi, lui répond-il en poussant la porte.

– Attends, Marco ! crie-t-elle. Laisse-moi au moins te dire pourquoi je suis venue.

– Ça ne m'intéresse pas. »

Ilaria bloque la porte du pied.

« Ça ne t'intéresse pas de savoir que la taille du Sénégalais ne correspond pas à celle de l'assassin, d'après la vidéosurveillance ? » Ilaria s'efforce de sourire. « J'ai même réussi à te le dire en cent vingt caractères, plus ou moins. »

Mais déjà, Besana lui tourne le dos.

« Non, ça ne m'intéresse pas. »

30 juillet

Une violente averse s'abat brusquement sur Milan. Ilaria se précipite dans le premier café qui se présente. Maintenant qu'elle y pense, elle n'a rien mangé depuis la veille au soir. Elle inspecte la vitrine, déprimante, où gisent deux pauvres toasts au jambon cuit et au fromage industriel, opaques et blancs comme des savonnettes.

« Vous m'en réchauffez un, s'il vous plaît ? »

La salle est vide, elle va s'asseoir à une table. Au centre de la nappe de satin rouge, jonchée de miettes, une serviette en papier froissée et tachée, que personne n'a songé à jeter.

« Qu'est-ce qu'on vous sert à boire ? lui crie-t-on depuis le comptoir.

– Une eau minérale », répond-elle d'instinct. Elle réfléchit un instant. « Non, plutôt un Spritz, merci. »

C'est la première fois qu'elle prend l'apéritif toute seule. Elle songe à Besana qui l'a initiée à ce rite, et au jour où, avec son premier Spritz, il lui a offert sa première tablette. Elle la sort de son sac, en caresse l'étui, tout usé. C'est sa seule compagne de route, désormais. Elles en ont fait des choses, ensemble.

On lui apporte son toast, carbonisé, mais elle le mange quand même. Le Spritz est noyé, il n'a aucun goût, les glaçons s'y entrechoquent, tels des fragments de banquise. Elle mordille sa paille. Elle qui croyait être arrivée à se construire un semblant de vie, elle se retrouve une fois de plus confrontée au néant.

Le journal ne l'a pas embauchée – « Félicitations, Piatti, félicitations » –, elle n'ira pas au Cambodge en août avec l'homme qu'elle aime – « Je réserve l'hôtel ! » – et maintenant, Besana la laisse tomber. C'est bien ça le plus rude, cette trahison inattendue. Elle serre les dents sur sa paille.

Sur ce, sa tablette s'illumine, lui rappelant un « événement » sur son agenda. « Maison. Demain 18 h 30. » Demain, elle se rendra à l'agence immobilière, puis dans la maison où sa mère a été tuée, où elle devra dire aux éventuels acheteurs : « Voyez comme c'est lumineux ! » Ils calculeront les mètres carrés, remarqueront l'installation électrique obsolète, et établiront un prix pour tout ce qui, là-dedans, a vécu. De quoi pourrait-elle encore avoir peur ?

Elle se lève, d'un pas martial, elle rejoint la caisse et, pour régler son toast brûlé et son Spritz aqueux, ouvre d'un geste fier son porte-monnaie. Elle laisse même un pourboire.

DEUXIÈME PARTIE

AOÛT

8 août

« Qu'est-ce que tu veux ? répond sèchement Besana.

– Il y a du nouveau, lui annonce Ilaria, d'une voix vibrante. Il faut que je te voie.

– Impossible. Je suis à l'étranger.

– Où ça ?

– En Suisse, lâche-t-il, lapidaire.

– Ah, je vois. Chez elle.

– Pas tes oignons.

– Je crois que si. Puisque tu es là-bas, va donc t'acheter le *Blick*.

– Ce torchon ?

– Ils publient un scoop, en une. Un scoop qui aurait pu être le nôtre. Tu veux savoir son titre ? *L'Italien retrouvé dans le glacier est mort empoisonné.*

– Attends, je te rappelle. »

Marco prend la laisse de Beck's et dit à Vittoria qu'il part faire un tour. Il passe par la gare, achète le journal, le consulte puis le fourre dans sa poche. Il sort son portable.

« Tu vas devoir me traduire ça, Morpion.

– Ils ne citent pas de nom mais on comprend très bien de qui ils parlent. L'examen toxicologique a permis de déceler des traces d'aconitine. C'est une substance qu'on ne recherche pas d'habitude, mais la semaine dernière, son sac à dos a été retrouvé. Il contenait un flacon d'*Aconitum Remedy 201*, pour la sinusite et les névralgies du nerf trijumeau. La police cantonale a fait analyser le produit : ce n'était pas une solution homéopathique.

– Ils ont donc ordonné une deuxième autopsie ?

– Bingo.

– Putain, lâche Besana. Vittoria ne m'a rien dit, Brunella n'est sans doute pas encore au courant.

– Je pense faire un saut en Suisse, moi aussi, dit Ilaria. Je sais que tu es très occupé, mais tu m'accorderas bien un Spritz ? J'arrive ce soir.

– Beck's sera content de te revoir.

– Et toi, non ?

– Après tout ce que tu m'as balancé..., répond Marco.

– Quoi ? Tu es gonflé, c'est toi qui...

– Ça suffit, Morbac. » Il fait une pause. « Je t'attends. »

Ilaria raccroche et regarde son portable, elle l'embrasserait. Tout n'est donc pas fichu. « Hourra ! » lance-t-elle au mur qui lui fait face. Un mur contre lequel elle a monté des étagères pour ses livres, et auquel elle a accroché une photo du chien de Marco qu'elle considère presque comme le sien. Elle se comporte comme une gamine par moments, elle le sait bien. Mais c'est sans doute là que réside sa force. Ilaria ne calcule pas, elle ne prémédite rien. Elle sent. C'est cela, le véritable moteur de tout. Elle ressent, et elle avance. Elle pressent, et elle ne lâche jamais prise.

8 août

Quand Besana revient, Vittoria sort de chez elle, son sac en bandoulière.

« Je cours retrouver Brunella, lui dit-elle. La police est en train de l'interroger.

– Je sais tout », lui répond Marco, en sortant le *Blick* de sa poche.

Vittoria saisit le journal et fouille frénétiquement son sac à la recherche de ses lunettes. Elle s'appuie contre le mur pour lire. À chaque ligne, les rides sur son front se creusent davantage.

« Les salauds ! commente-t-elle.

– C'est notre boulot, répond Marco, impassible.

– On dirait que c'est elle, l'assassin ! » Et elle lui rend son journal en le faisant claquer sur son torse.

« Hé oh, ce n'est pas moi qui ai écrit ça, proteste Besana.

– Je dois filer, dit-elle en claquant la porte.

– Tu veux que je vienne avec toi ?

– Je préfère y aller seule. Brunella doit être bouleversée.

– D'accord, je t'attends ici. »

Une fois seul, Besana cherche le numéro de son amie toxicologue.

« Ciao, Anna.

– Où étais-tu passé ? Tu ne donnes plus de nouvelles depuis des semaines.

– Je suis en vacances avec mon fils, ment-il. Tu es encore à Milan ?

– Penses-tu, avec cette canicule. Je suis à la plage, dans les Pouilles, avec des amies. » Elle marque une pause, puis reprend, soupçonneuse : « Tu as *besoin* de moi ?

– En effet..., répond Besana, embarrassé.

– Vas-y. »

Marco lui explique en deux mots.

« Ouh là ! s'exclame Anna, l'aconitine, je n'en avais pas entendu parler depuis un bail. À l'époque de l'empereur Trajan, son usage était si répandu qu'il avait interdit qu'on cultive des aconits dans les jardins privés. Les soldats en enduisaient la pointe de leurs flèches. Mais c'est passé de mode.

– C'est un poison violent ?

– Super violent. La dose létale chez l'homme est inférieure à six milligrammes.

– Il est insipide ?

– Non, loin de là. Son goût est amer et provoque une sensation de brûlure, puis d'engourdissement, dans la bouche.

– Les symptômes ?

– Ralentissement de la respiration et du rythme cardiaque, un fourmillement envahit la totalité du corps, les muscles se paralysent, la vue se trouble, les oreilles bourdonnent, la gorge se serre jusqu'à l'étouffement. Bref, c'est une fin atroce.

– Lente ?

– Non, très rapide.

– Merde, commente Besana.

– Il te faut d'autres infos, ou je peux aller me baigner ? »

8 août

Vers six heures du soir, Vittoria rentre chez elle. Elle ôte sa veste, envoie dinguer ses chaussures puis s'effondre dans son canapé, épuisée.

« Comment ça s'est passé ? »

Besana lui verse un verre de pouilly-fumé.

« Brunella est au fond de l'abîme », dit-elle, avant d'avaler une gorgée de vin.

Vittoria pose la tête sur l'accotoir du canapé et ses pieds nus sur les cuisses de Marco, qui les lui caresse. Jamais il n'a vu d'orteils aussi soignés. Il lisse du doigt leur impeccable vernis rouge.

« Ils la suspectent ?

– Mais non, voyons. Elle était à New York quand ça s'est passé. Quand on l'a appelée pour lui dire que son mari avait disparu, elle a été prise de panique. J'ai dû l'aider à réserver une place sur le premier vol pour Zurich, elle n'y arrivait pas toute seule.

– Alors ils l'ont seulement interrogée en tant que témoin ?

– Pour ce qu'elle savait... Mary a été plus utile.

– Qui est-ce ?

– Son employée de maison. Elle s'est rappelé que Giacomo avait une crise de sinusite, qu'il s'était plaint de ne plus avoir de médicament homéopathique, et qu'il était allé s'en acheter un flacon neuf la veille de son excursion. Les vendeuses de la pharmacie s'en souviennent bien parce que, comme d'habitude, il a fait son m'as-tu-vu en claironnant à tout-va qu'il allait traverser le glacier jusqu'au Munt Pers.

– Et deux ans plus tard, elles se le rappellent encore ?

– Forcément, elles ont appris sa disparition le surlendemain, c'était à la une de l'*Engadiner Post.* Dans la vallée, on parle beaucoup de ce genre d'événements, tu sais. Il ne se passe pas grand-chose, ici.

– C'est peut-être de l'autosuggestion. Parfois, le délit impressionne les témoins, et ils se fabriquent de faux souvenirs.

– Non, non. Les mouvements du compte bancaire de Giacomo et l'ordinateur de la pharmacie le confirment. Maintenant, ils cherchent des poux au pharmacien.

– Ça ne pourrait pas être une erreur de fabrication ?

– C'est ce que soutient le pharmacien, et la police prend l'hypothèse en considération. Il paraît qu'ils vont inspecter le labo.

– Qu'en pense Brunella ? »

Vittoria sourit.

« Brunella ne pense pas. Elle s'agite trop pour aligner deux idées cohérentes. Elle est si fragile et impulsive qu'un rien suffit à lui faire perdre la tête. Alors tu imagines, une histoire pareille…

– Et toi ?

– Que ça doit être un accident, répond Vittoria, sans se démonter. Et que les labos pharmaceutiques ne peuvent pas se permettre de tels accidents.

– Et s'il avait été empoisonné intentionnellement ?

– Je ne vois guère comment. Ils ne sont pas nombreux à grimper jusque là-haut. Giacomo était un alpiniste confirmé et il était difficile à suivre. Pour être sincère, Brunella et moi, on s'arrachait les cheveux quand il nous racontait ses exploits. Un vrai taré, inconscient, qui se fichait du mauvais temps.

– D'accord, admet Marco, avant d'insister. Quelqu'un aurait pu trafiquer son flacon *avant* son départ, dans la vallée.

– Mais qui ?

– C'est à toi que je pose la question. Il avait des ennemis ?

– Dans le monde de la finance, sans aucun doute. Mais ces gens-là ont bien d'autres moyens pour régler leurs comptes, je te le garantis. »

Besana s'interrompt pour regarder son portable, il vient de recevoir un message.

« Qui est-ce ? demande Vittoria, soupçonneuse.

– Mon fils », répond Marco. Il lève son téléphone et lui montre la photo de deux jeunes gens. « Il m'envoie un selfie avec sa petite amie. Je ne savais même pas qu'il en avait une. Voilà comment il m'en informe.

– Ils sont adorables. Tu me le présenteras ?

– Bien sûr », acquiesce Marco, qui préférerait éviter ça et qui change donc de sujet aussi sec. « Tu retournes chez Brunella, ce soir ?

– Sans doute, elle va tellement mal.

– Ça ne t'embête pas que je dîne avec Ilaria ?

– Pourquoi ? Elle est ici ?

– Nous aussi, on a un papier à écrire, tu sais bien.

– Ah, donc tu m'interviewais ?

– Pour qui me prends-tu ? J'irai causer aux flics, ton nom n'apparaîtra nulle part.

– Encore heureux, il ne manquerait plus que ça ! »

Vittoria ôte ses pieds des cuisses de Besana. Un geste tout simple pour lui montrer qu'en un instant, elle peut prendre ses distances. Mais Marco ne se laisse pas intimider : des deux mains, il lui saisit les chevilles et les soulève, la tenant comme on tient un lapin. Ils se lancent un regard de défi.

« Ne me provoque pas », lui dit-il.

Vittoria renverse la tête et part d'un rire sonore.

« Quel homme ! » conclut-elle.

8 août

« Du poulet au curry ? Tu es sûre ? demande Besana.

– On est dans un restaurant thaï, non ? Tu me le déconseilles ? répond Ilaria.

– Non, pas du tout, il doit être très bon. C'est juste que ça m'évoque une femme qui avait mis de l'aconitine dedans.

– De l'aconitine dans le curry ? » Ilaria se fige, la fourchette en l'air, songeant que du riz sauté aux légumes serait sans doute plus prudent.

« Absolument, poursuit Besana, devant ses crevettes sauce mangue. C'était une Indienne qui vivait à Londres et qui voulait se débarrasser de son ex. Elle s'est introduite chez lui pour verser de l'aconitine dans son curry. Ensuite, elle a attendu qu'il le mange en compagnie de sa nouvelle fiancée.

– Elle est morte elle aussi ?

– Non, ils l'ont sauvée de justesse. Tu ne manges pas ?

– Je te déteste. Tu as gâché mon dîner, une fois de plus.

– Tu veux un peu de mes crevettes à la tropomyosine ? »

Ilaria laisse choir son front sur sa main, hilare.

« J'ai parlé à Grace, annonce Besana. Tu te souviens de mon amie criminologue ?

– Comment l'oublier ? Elle t'a donné un profil ? Ça nous serait bien utile, dit Ilaria en s'agitant sur sa chaise.

– Elle était à un colloque, donc assez occupée, mais oui, elle m'en a proposé un.

– Alors ? Qu'est-ce qu'elle dit ?

– Elle dit qu'il n'est pas exclu que tu aies raison, Piatti, mais ne te monte pas la tête.

– Elle pense qu'on a peut-être affaire à un tueur en série ?

– Ça se pourrait bien, admet Besana.

– Et son profil ?

– À vrai dire, elle m'en a donné plusieurs. Nous n'avons pas assez d'éléments, et les empoisonneurs sont une espèce complexe.

– C'est-à-dire ? Explique, explique !

– Pour commencer, ils se partagent en deux catégories. Le type S et le type R.

– Ça veut dire quoi ? S comme scorpion, R comme reptile ?

– N'importe quoi, Morpion, mais d'où tu sors ces conneries ? S pour *Specific victim*, un empoisonneur qui vise une personne en particulier, et R pour *Random victim*, un type qui fonctionne au hasard, capable d'empoisonner un aqueduc, par exemple. Mais c'est plus compliqué, parce que l'empoisonneur *camouflé* existe aussi, il se fait passer pour *Random* alors qu'il est *Specific*, pour fondre sa victime dans la masse. Grace m'a donné l'exemple d'un Texan de Pasadena qui, voulant tuer son fils pour toucher son assurance vie, a collé du cyanure dans les bonbons d'Halloween et empoisonné tous les gosses du quartier, pour embrouiller les enquêteurs. Ils ont tous fini à l'hôpital, mais son fils, lui, est bel et bien mort.

– Mon Dieu.

– Grace affirme que les empoisonneurs ne sont pas en majorité des femmes, comme on tend à le penser. Selon les statistiques, les hommes sont plus nombreux. Mais peut-être que les femmes se montrent plus malignes.

– Plus malignes ?

– En utilisant des substances moins évidentes, par exemple. Si tu évites l'arsenic, le cyanure, la strychnine, le thallium et autres métaux lourds, tu peux t'en tirer. Parce que, lors d'une autopsie, on fait un examen toxicologique de routine, en vérifiant qu'il n'y a pas de traces des substances incluses dans les protocoles standard.

– C'est pour ça qu'ils n'ont pas pensé à l'aconitine avant de retrouver le flacon dans le sac à dos ?

– Bravo.

– En fait, si tu ne sais pas quoi chercher, tu as peu de chances de trouver quoi que ce soit.

– Voilà. C'est comme chercher une aiguille dans une botte de foin.

– Et c'est quoi, le profil psychologique de l'empoisonneur ?

– Un psychopathe narcissique, dépourvu d'empathie, comme pas mal d'assassins. Il se différencie des autres surtout pour deux raisons, d'après Grace. Primo : il répugne à l'affrontement physique. Si tu poignardes quelqu'un, que tu l'étrangles ou que tu lui tires dessus, tu as un rapport direct avec cette personne. Là, non, puisque tu peux même ne pas le voir mourir.

– Donc c'est un lâche. Et deuxio ?

– Les empoisonneurs ont souvent des liens avec le monde de la médecine ou de la chimie et donc, une certaine familiarité avec les substances toxiques. Ils savent où se les procurer, comment s'en servir, et quels résultats ils obtiendront.

– J'en serais bien incapable.

– Je m'en doute, Piatti, mais tu es hors concours, en matière d'incapacités. Tu ne sais pas conduire, tu ne sais pas faire la cuisine, et j'en passe.

– Merci.

– De rien. Je te disais donc que ce type d'assassinat implique une somme de connaissances. Y compris au sujet des victimes. Et ça, c'est crucial. Parce que pour supprimer quelqu'un avec de la tropomyosine, il faut être au courant de son allergie aux crustacés. Pareil pour l'aconitine : l'assassin savait que cet homme utilisait ces gouttes contre la sinusite.

– À ce stade, l'homicide qui ne colle pas, c'est celui de Marta Guerra.

– Grace pense qu'il ne s'en éloigne pas tant que ça, car le suspect l'a frappée dans le dos, de nuit. La colère, ou l'urgence de faire taire un témoin gênant, peut expliquer ce brusque changement de *modus operandi*.

– C'est ma théorie, approuve Ilaria. D'autres détails pour le cerner ?

– Ah oui, j'oubliais. Grace estime que les empoisonneurs sont souvent infantiles, immatures. Le poison est l'arme préférée des enfants, ils s'en servent parfois pour faire des blagues qui finissent en tragédies. »

Ilaria hoche la tête.

« D'accord. Lâche et immature. Je crois que le nôtre est de type S : les victimes n'ont pas été choisies au hasard.

– C'est juste. Mais il pourrait aussi brouiller les pistes en se faisant passer pour *Random* alors qu'il est *Specific*.

– Tu veux dire qu'il visait une personne en particulier, et qu'il en a tué d'autres pour noyer le poisson ?

– Cela dit, en y réfléchissant, ça ne colle pas non plus.

– Et pourquoi ?

– J'ai l'impression que notre assassin a tout fait pour que ces morts ne soient pas reliées », conclut Besana.

8 août

« À demain », dit Marco devant l'entrée de l'hôtel. Elle le salue d'un signe de la main, les yeux rieurs.

Besana est content. Ses discussions avec Piatti lui manquaient. Au fond, il n'y a guère qu'avec elle qu'il peut parler de certaines choses des heures durant. Le fait divers est une sorte de drogue : ceux qui ne sont pas tombés dedans ne peuvent pas comprendre.

Il s'en veut vaguement de l'avoir maltraitée, elle ne méritait pas ça. S'il réfléchit avec un minimum d'honnêteté à leur relation, il est forcé d'admettre qu'elle a évolué. Qui des deux aide l'autre, à présent ? La chose n'est plus si claire. Il se sentait bien seul, sans Ilaria. Et elle a plus de chances que lui de rencontrer d'autres confrères qui partageront sa passion. Pour la première fois, il se rend compte qu'il est jaloux.

Il imagine Piatti associée à quelqu'un d'autre, évidemment plus jeune, et cette idée lui est insupportable. Il passe toute la rédaction en revue pour éliminer les rivaux potentiels, femmes comprises. Pas Martinelli, non – trop ambitieuse et individualiste pour pouvoir bosser en binôme, heureusement : elle soutirerait des infos à sa propre mère. Gavino ? Quel connard, celui-là ! Un gros nul, veule, et chafouin avec ça, complaisant et aimable avec tout le monde. Il faudrait s'en méfier : s'il s'aperçoit qu'Ilaria est bien plus douée que lui, il pourrait la lui barboter. Mais non, il est trop bête pour ça. Par chance, ce vieux renard de Milesi s'est fait embaucher à la télévision avant d'être mis sur la touche. Et s'il l'engageait ? Horreur. Non, Ilaria n'est pas télégénique : ses papiers sont excellents mais elle serait incapable de parler devant une caméra sans bafouiller. Ferrucci est sans doute le plus dangereux, avec son super-réseau de fils à papa. Ilaria et lui ont le même âge, mais il est plus dégourdi et il connaît du monde. Probablement trop. Grâce au ciel, Piatti manque de glamour et d'entregent.

Besana pousse un soupir de soulagement. Il pourra la garder pour lui encore un moment. Ce phénomène, que personne à part lui ne semble avoir repéré. Il se traite d'égoïste. Certes, mais s'il ne l'était pas, il ne lui serait pas d'une grande aide, maintenant qu'il est au rancart. Enfin, son travail est sa passion, c'est l'essentiel. Ilaria est de la même trempe que lui, tous deux sont d'une espèce différente. Alors forcément, ils se sont reconnus.

8 août

La chambre d'Ilaria est si douillette que c'en devient révoltant. La couette moelleuse, dont le coin replié invite à se glisser dessous, le chocolat de bienvenue sur la table de chevet, les serviettes déjà changées. Toutes ces attentions ne font que la renvoyer à sa solitude.

Elle pense à Nicola. Ils se sont rabibochés, n'empêche qu'il n'est pas là mais en vacances, avec sa femme. Où ça ? Dans un hôtel de luxe qui chaque soir les attend, leur offrant ces mêmes rituels câlins et impersonnels ? Croqueront-ils ensemble ces petits chocolats ? Se tendront-ils mutuellement des serviettes soigneusement roulées ? Déferont-ils de concert, avec un rire sensuel, ce lit impeccable ?

L'envie lui vient de mettre à mal toute cette horripilante perfection. Elle envoie balader les trop nombreux oreillers, balance sa dose de chocolat et d'endorphines à la poubelle, et marque un panier. Ultime défi à l'ordre établi : elle chiffonne toutes les serviettes.

Si elle osait, elle fracasserait aussi les lampes – à quoi bon cette lumière tamisée quand on n'a personne à regarder avec amour ? Elle lorgne son portable sur sa table de chevet, dangereuse tentation. Non, surtout, ne pas envoyer de message.

Ne le fais pas. Ne le fais pas. Elle allume la télé, dans l'espoir de se distraire. Mais elle tombe sur la mauvaise émission.

Deux vieillards, main dans la main, parlent de leur amour. Jamais elle n'a rencontré de vieux amoureux. Sa mère était jeune quand son père l'a tuée ; ses grands-mères, déjà veuves – elle n'a pas connu leurs maris, grands-pères virtuels qui ne l'ont pas prise dans leurs bras –, et sa tante vient de divorcer. La tendresse qui unit ces deux vieux lui est étrangère et le restera peut-être.

Alors elle s'énerve. Ce n'est pas juste. Ce n'est vraiment pas juste. Son téléphone lui fait de l'œil, l'air innocent. C'est un traître, et elle le sait, mais elle ne résiste pas.

« *Va te faire foutre !* » écrit-elle rageusement. Elle réfléchit un instant, en proie à une confusion grandissante. « *C'est fini entre nous* », ajoute-t-elle à la hâte, avant d'envoyer son message dans la foulée. Aussitôt, elle le regrette.

La réponse ne tarde pas. « *Mais pourquoi ?* » Ilaria ferme les yeux et cogite. Trop compliqué à expliquer. Il faudrait qu'elle commence par un chocolat sur son oreiller et par sa mère, qui n'a pas pu vieillir. Puis elle constate que c'est Besana qui lui a répondu. Elle éclate de rire. Elle s'est trompée de destinataire. Hoquetante, elle tape : « *Désolée, ça ne t'était pas destiné !* » « *Tant mieux*, finit-il par lui répondre. *Mais quand tu as des choses importantes à dire, dis-les face à face, jamais par texto. Fais-moi confiance.* »

9 août

La pluie menace. Le ciel est gris, prés et bois luisent d'un vert vif, le vent ride la surface fuligineuse de l'eau.

Ilaria, Vittoria et Marco marchent au bord du lac de Sils. Beck's ne cesse d'y plonger pour en ressortir en courant et venir s'ébrouer à côté d'eux, les éclaboussant. De temps en temps, il disparaît dans les herbes hautes, et en rejaillit avec une branche dans la gueule.

À présent, ils l'aperçoivent un peu plus loin, en grand conciliabule avec une vieille dame portant jupe longue et bottes, coiffée d'un chapeau en feutre orné d'une plume de faisan. Il aboie, tandis qu'elle le sermonne, l'index levé.

« Tiens, c'est Elsa, dit Vittoria en s'approchant.

– Une de tes amies ?

– Oui, Elsa Cattaneo. Elle est un peu spéciale. »

Quand ils arrivent, Beck's s'est assis et l'écoute, les oreilles basses.

« Sais-tu que les paysans utilisaient le tue-loup pour se débarrasser des renards, des loups et des chiens désobéissants comme toi ? »

Sur ce, elle se tourne vers eux.

« Il est à vous ? Il gambadait près d'un massif d'aconits, je lui ai dit de ne pas s'en approcher. Ils sont vénéneux, même par simple contact. On n'en meurt pas, mais on peut s'intoxiquer. » Elle reconnaît Vittoria. « Oh, bonjour, Vicky ! Je ne pensais pas rencontrer du monde ici, avec ce temps », et elle indique d'un signe de tête les éclairs, sur le col du Julier.

« Où est-il, ce massif ? demande Ilaria.

– Juste ici, ma chère, avec ces jolies fleurs violettes. Ne les touchez surtout pas. »

Ilaria observe les plantes, aussi hautes qu'elle.

« Vous les voyez ? poursuit Elsa, en lui posant la main sur l'épaule. Leurs pétales ont la forme de casques. En Suisse, on appelle cette fleur *Blauer Eisenhut*, "casque bleu". Et les Anglais l'ont baptisée *Devil's Helmet*, "casque du diable", ou encore *Monkshood*, "capuchon de moine".

– Superbes, commente Ilaria.

– C'est vrai, approuve la dame. Ovide raconte que les graines de l'*Aconitum napellus* proviennent de la bave de Cerbère.

– Pourquoi *napellus* ? demande Ilaria.

– À cause de la forme de sa racine, qui ressemble à un petit navet. C'est d'elle qu'on extrait son poison. »

Sourcils froncés, Besana examine la plante.

« En ce qui me concerne, je ne distinguerais pas un géranium d'une azalée, marmonne-t-il.

– Quant à cette fleur délicate, poursuit Elsa, en la montrant à Ilaria, c'est un colchique d'automne, qui fleurit dès l'été. On l'appelle aussi "tue-loup" ou "tue-chien", il est mortel.

– Vraiment ?

– Vous vous intéressez aux plantes vénéneuses, jeune fille ?

– Oui, je les trouve fascinantes.

– Je suis entièrement d'accord, répond la dame en les saluant de la main. Bonne promenade. »

Vittoria se rapproche de Marco et d'Ilaria.

« Le jardin de sa maison de Sils regorge de plantes vénéneuses, murmure-t-elle. On l'appelle "le *Poison Garden* de l'Engadine". Mais elle ne le fait visiter à personne. »

9 août

« On déjeune à Isola ? On pourra toujours rentrer en bateau, s'il pleut », propose Vittoria.

Besana approuve sans hésiter, il a hâte de boire une pinte de Calanda. Une serveuse leur apporte une planche de fromages et de viande des Grisons, Ilaria se lance. Pour sa part, elle n'est pas venue se promener avec Vittoria juste pour le plaisir de sa compagnie.

« Et Ginevra Landi ? Tu la connais ? lâche-t-elle de but en blanc.

– De vue. Elle ne m'est guère sympathique. Pourquoi cette question ?

– Parce que le corps de son mari a été retrouvé à la fin de l'été dernier, deux ans après sa disparition.

– En effet. Après quelques mois, ils avaient suspendu les recherches. Personne ne savait où il était allé marcher, même pas sa femme – ils vivaient séparés et ne s'adressaient plus la parole.

– C'est quel genre de femme ?

– Pour te donner une idée, elle est arrivée à la cérémonie funéraire de son mari avec une heure de retard. Nous étions tous devant l'Inn, sous la pluie, face à l'urne, à l'attendre.

Tous trempés, par un froid polaire. On a failli disperser ses cendres nous-mêmes.

– Dommage, commente Ilaria.

– Pourquoi ?

– Qu'on l'ait incinéré. Impossible d'exhumer ses restes, répond Piatti.

– Quelle horreur, dit Vittoria, et pour quelle raison ferait-on une chose pareille ?

– Pour procéder à un examen toxicologique plus approfondi.

– Les sempiternelles lubies de Piatti », soupire Besana.

Ilaria le foudroie du regard.

« Je t'en prie, Marco. »

Vittoria se crispe.

« Tu ne vas pas écrire que Ginevra Landi m'est antipathique ?

– Je ne travaille pas pour la chronique people, rétorque Ilaria. Je m'intéresse aux crimes, pas aux ragots.

– Livio souffrait d'hypertension, les médecins lui avaient d'ailleurs déconseillé de venir ici, à cause de l'altitude. Alors ces randonnées... Même ses amis lui faisaient la leçon. Tu devrais te documenter davantage, Ilaria. »

Quelques gouttes tombent sur la nappe et Vittoria se lève.

« Il est temps de rentrer, je crois. Le bateau ne va pas tarder. »

Elle saisit la laisse de Beck's, qui bondit aussitôt sur ses pattes. Ilaria lui lance un regard haineux. Même le chien est tombé sous son charme.

« Je rentre à pied », répond-elle.

9 août

En fin d'après-midi, Marco reçoit un message sur WhatsApp : « *J'ai fait un petit tour en douce au* Poison Garden *: j'ai pris des photos. Voyons-nous, ça urge !* » Vingt minutes plus tard, il pénètre dans le hall de l'hôtel d'Ilaria. Elle l'attend dans le salon de lecture.

« Tu es folle ou quoi ? C'est une violation de domicile. »

Tout sourire, Ilaria hausse les épaules.

« Tant pis.

– Comment as-tu fait ?

– Le jardin est fermé par un portail noir marqué de deux têtes de mort et de l'avertissement "*Achtung !* Ces plantes peuvent tuer". Comme il n'y avait personne dans les parages, je l'ai escaladé.

– Tu es givrée, commente Marco.

– C'est elle qui l'est, crois-moi. Elle s'est fait un jardin façon château d'Alnwick. Tu veux voir les photos ? J'ai utilisé PlantNet, une appli de botanique. Je saurais même te citer les noms scientifiques des plantes, du coup. »

Besana s'assied à côté d'elle et chausse ses lunettes.

« Ça, c'est le *Ricinus communis*, ou ricin commun, explique Ilaria, très fière de ses compétences toutes fraîches d'herboriste. Regarde ces jolies feuilles : elles contiennent de la ricine, une protéine très toxique, qu'on peut extraire en laboratoire. Il suffit d'un minuscule granulé de ricine pour tuer une personne.

– Je vois, répond Besana. En 1978, les services secrets bulgares s'en sont servis pour éliminer un opposant au régime, journaliste et réfugié à Londres, en le lui injectant dans la jambe avec la pointe d'un parapluie. Trois jours plus tard, il était mort.

– Il est superbe, cet arbuste, n'est-ce pas ? Admire ces splendides fruits rouges et épineux... J'adore.

– Laisse tomber, Piatti. Tu n'as même pas de balcon. Continue.

– Ici, nous avons l'*Atropa belladonna*, qui produit ces baies noires, comme tu vois. Avec quatre de ces baies, on peut tuer un enfant. Il y a plusieurs siècles, à Venise, les femmes utilisaient leur jus pour se dilater les pupilles et faire briller leurs yeux. C'est l'effet de l'atropine, l'alcaloïde qu'elles contiennent, qui est hallucinogène. À la longue, elles perdaient la vue. Même le contact avec ses pétales est à éviter.

– Tu n'as touché à rien, j'espère !

– Non, penses-tu. Bon, en escaladant le portail pour sortir de là, j'ai perdu l'équilibre et je me suis fichue par terre, mais rien de grave. » Ilaria poursuit. « Celle-ci, c'est la *Ruta graveolens*, la rue des jardins, plutôt commune. On s'en sert pour aromatiser la grappa, chez nous. Mais si tu te colles de son suc sur la peau et que tu prends le soleil, tes mains se couvrent d'ampoules : sans gants protecteurs, tu risques des brûlures au troisième degré. Et le laurier, tu le reconnais ?

– Il est aussi vénéneux ?

– Pas le *Laurus nobilis* qu'on utilise en cuisine, mais le *Prunus laurocerasus* ou laurier-cerise dont on fait les haies, oui.

Ses feuilles contiennent de l'acide cyanhydrique, c'est-à-dire du cyanure. Au XIXe siècle, les collectionneurs de papillons s'en servaient pour les tuer.

– Je l'ignorais.

– Je suis allée jusque dans la serre où elle cultive les plantes plus fragiles. Comme la *Brugmansia arborea*, ou datura. Regarde ces fleurs magnifiques ! On les appelle "Trompettes des anges", mais elles n'ont rien d'angélique, crois-moi : elles sont riches en scopolamine, un alcaloïde qui est aussi hallucinogène. Il paraît qu'autrefois, les *ladies* anglaises en flanquaient dans le thé pour droguer leurs amies et se faire confier leurs secrets, dit-elle en riant aux éclats.

– M'est avis que toi aussi, tu dois avoir inhalé quelque chose, Morpion.

– C'est bien possible. Et puis voilà de l'*Hoscyamus niger*, la jusquiame noire, dont l'odeur est si puissante qu'elle peut provoquer des vertiges et parfois des malaises. Je te déconseille d'y goûter : altérations de la vue, vomissements, hallucinations, convulsions et coma garantis ! Le père de Hamlet en est mort : c'est de la jusquiame qu'on lui a versée dans l'oreille pendant son sommeil. Et, bien évidemment, j'ai retrouvé le champion de toutes ces fleurs assassines : l'aconit. Le voici. Il n'a plus de secrets pour nous, désormais. »

9 août

Ilaria n'a aucune envie de dîner chez Vittoria, comme Marco le lui a proposé. Elle préfère de loin manger seule. On lui a recommandé une pizzeria tenue par des Portugais et fréquentée par les gens du coin. L'établissement est rempli de groupes bruyants. Elle cherche des yeux une table libre et, apercevant Dafne, la femme de l'autre soir, attablée dans un coin devant une chope de bière, la rejoint.

« Tu attends quelqu'un ?

– Pas du tout, je dîne en solo la plupart du temps. Viens donc t'asseoir ! » Et elle lui tend le menu. « J'ai déjà commandé.

– Qu'est-ce que tu as pris ?

– Une pizza au saucisson, un *rösti* à l'œuf et des *wienerli*[1] avec des frites. »

Ilaria écarquille les yeux.

« Mazette. Comment fais-tu pour rester aussi mince ?

– Je marche beaucoup, tôt le matin et au coucher du soleil.

– Je me contenterai d'une salade et d'une soupe d'orge. »

Au même instant, elle reçoit un message sur WhatsApp et pâlit. Ses mains tremblent, même s'il ne s'agit que d'un banal « *Tu me manques* ».

---

1. *Wienerli :* sorte de saucisses.

« Quelque chose ne va pas ?

– Ce n'est rien, répond-elle.

– Allez, crache le morceau. Un homme ?

– Marié, hélas, confirme Ilaria en baissant les yeux.

– Et tu n'arrives pas à rompre ?

– J'ai essayé plusieurs fois.

– Je peux t'y aider, annonce Dafne avec un sourire.

– Comment ça ?

– Avec l'hypnose, ou la bioénergie, si tu préfères. Et aussi avec la visualisation créative. Et d'autres techniques psycho-corporelles. C'est mon travail.

– *Life coach*, c'est vrai, sourit Ilaria.

– Pourquoi crois-tu que je fréquente des femmes comme Brunella et Vittoria ? Je ne fais pas du tout partie de leur milieu. Je ne leur ressemble en rien.

– C'est clair. Tu es très différente, heureusement.

– Toi aussi. Tu n'as rien de commun avec les journalistes snobs que j'ai croisées à leurs dîners.

– Tu as quel âge, Dafne ?

– Vingt-sept ans.

– Comme moi ! »

La chose émeut vaguement Ilaria. Enfin quelqu'un de son âge, et qui lui ressemble.

« Tu es revenue ici à cause de cette histoire d'aconit ? Vittoria m'en a parlé. Qui aurait pensé à un crime ?

– Pas seulement un », répond Ilaria, d'instinct. Puis elle regrette sa sortie, mais il est trop tard.

« Quoi ? J'ai raté un autre meurtre ? »

Ilaria hésite à se livrer.

« Tu me promets de ne rien dire à personne ?

– Promis, juré.

– Bon, j'ai une hypothèse. Je pense que toutes ces morts sont liées.

– Quelles morts ? »

Ilaria expose sa théorie. Elle s'emballe tellement qu'elle laisse refroidir sa soupe. Sa soif de parler l'emporte, elle en oublie même le message de Nicola.

« Un tueur en série ? » Dafne émet un sifflement.

« Tu pourrais peut-être m'aider.

– Volontiers, dis-moi comment ?

– J'ai besoin d'infos. Je ne sais pas grand-chose de ces gens. Toi, tu les connais mieux.

– Ça dépend. Essayons.

– Elsa Cattaneo ?

– Bien sûr, tout le monde la connaît ici, au moins de réputation. Elle possède un petit jardin très particulier, à ce qu'on raconte.

– Je sais. J'y suis allée tout à l'heure.

– Elle t'a laissée entrer ? Il paraît qu'elle ne le montre à personne.

– Pas vraiment. J'ai escaladé la grille, avoue Ilaria.

– Oh là là, tu es gonflée. Donc il existe bel et bien ?

– Et il est fabuleux. J'ai toujours adoré les plantes. Je viens de découvrir qu'elles peuvent être aussi dangereuses que les êtres humains, sans intention de l'être.

– Comme les animaux, comme l'ours » – son visage s'éclaire – « j'espère bien qu'on ne le retrouvera *jamais.* Je parle de Fulvio. Ce serait affreux s'il était abattu.

– Je suis bien d'accord. » Ilaria soupire. « Qu'est-ce que tu sais d'autre, au sujet d'Elsa ?

– Elle a pris sa retraite, maintenant, mais avant, elle enseignait à l'université. L'histoire, je crois.

– Elle vit seule ?

– À présent, oui. Elle est veuve et elle a perdu son fils unique. Suicidé, par amour. Il n'avait que dix-neuf ans.

– Quelle horreur.

– C'est pire encore que ce que tu crois : il n'a pas supporté la mort de Ruth, sa fiancée. C'est arrivé au début des années 1990. Une overdose. Pendant une fête, sur un yacht. Ils y étaient tous.

– Qui ça, "ils" ?

– Pallavicini, Rigamonti, D'Ambrosio et Moser.

– Quoi ? Mais c'est incroyable ! » Ilaria voudrait embrasser Dafne. « Il y a eu un procès ?

– Je n'en sais rien, on ne m'en a rien dit. Mais d'après la rumeur, toute la bande était impliquée et ils se sont couverts les uns les autres.

– La vache, quelle piste formidable ! » Ilaria est surexcitée. « Et Livio Moser, tu le connaissais ?

– Incinéré à la va-vite, répond Dafne. Alors qu'il avait dit à qui voulait l'entendre qu'il souhaitait être enterré au cimetière de Maloja, où repose Segantini[1].

– Et sa femme ?

– Tout le monde la déteste et en dit pis que pendre. Mais lui, d'après ce que je sais, c'était vraiment un sale type. Il refusait de verser la pension alimentaire de son fils, qui souffre d'une maladie dégénérative.

– Et Giacomo Pallavicini ?

– Je vais être directe. Ça reste entre nous, hein ?

– Naturellement.

– Un vrai saligaud, celui-là, pas seulement avec les femmes, mais avec tout son entourage, et dans son rapport à l'argent,

1. Giovanni Segantini (1858-1899), peintre italien.

ou en affaires. Il ne faisait jamais rien gratuitement. Seule Brunella comptait pour lui.

– Ils s'aimaient ?

– Absolument pas. À moins de considérer que l'amour vache est vraiment de l'amour. C'était devenu si terrible entre eux que Vittoria avait conseillé à Brunella de prendre physiquement de la distance.

– Et c'est pour ça qu'elle était à New York au moment de sa mort ?

– Exact. Ils en étaient arrivés à un point de non-retour, tu peux me croire.

– Et Carlo Rigamonti ?

– Fuyant.

– Dans quel sens ?

– Je ne saurais le dire. Ils sont tous tellement faux-culs, dans ce milieu, je finis par ne plus savoir qui j'ai en face de moi. » Dafne boit une gorgée de bière. « Disons que Carlo était… très distingué. Un grand monsieur, indéniablement. Toujours aimable et souriant. Pourtant, lui aussi avait sa part d'ombre et il savait la masquer à la perfection. C'étaient de mauvaises personnes. Je n'ai pleuré aucun d'eux. »

9 août

Dafne se lève et propose à Ilaria de rentrer à pied en coupant à travers bois.

« Mais il fait nuit ! répond celle-ci, guère rassurée.

– De quoi as-tu peur, de l'ours ?

– Bah, franchement…

– Ce serait pourtant fantastique de le rencontrer. Ils sont rares, ceux qui ont une telle chance dans leur vie.

– Pour ma part, je m'en passerais sans problème.

– Il ne te ferait rien, tu sais.

– Si tu le dis. Mais toi, tu n'as pas vu dans quel état était le corps de D'Ambrosio. Moi, si, hélas.

– Il a dû le provoquer, lui lancer quelque chose dessus. Quand on tombe sur un ours, il faut surtout garder son calme.

– Facile à dire.

– Il faut s'arrêter, ne pas le déranger et attendre en silence qu'il s'en aille. S'il est tout proche, éviter de l'effrayer. Hurler, agiter un bâton ou lui balancer un caillou est une grave erreur qui peut déclencher une réaction défensive très violente. Si tu te tais et que tu recules lentement, il se bornera à grogner et à gronder, s'il a peur de toi.

– Tu es sûre ?

– Allez, trouillarde, j'ai une torche. Le truc, c'est de se faire entendre, en tapant des mains, par exemple, ou en marchant bruyamment. Les ours tiennent beaucoup à leur tranquillité. La première règle, c'est de "ne pas envahir l'espace d'autrui sans s'annoncer". En Amérique du Nord, on n'a jamais relevé d'attaques de grizzly contre des groupes de plus de cinq personnes.

– Mais on n'est que deux.

– Bah, il suffit qu'on bavarde à voix haute. Ils sont dotés d'une très bonne ouïe, même si elle n'est pas aussi fine que celle des cerfs. »

Au beau milieu du bois, Dafne pose la main sur l'épaule d'Ilaria.

« Chut, murmure-t-elle, il y a un animal. Je sens son odeur. »

Ilaria s'agrippe à son bras, terrorisée. Un bruissement se fait entendre. Muettes, elles reculent lentement. Dafne garde sa torche pointée vers le bas, pour ne pas effrayer la bête. Un autre bruissement, des branchages qui craquent, puis un bruit sourd sur le sentier. Ilaria va crier, mais Dafne la bâillonne d'une main.

« N'aie pas peur, chuchote-t-elle à son oreille, ce n'est qu'un chevreuil. »

Elles regardent l'animal et l'animal les regarde. Puis, en deux bonds, il disparaît.

Ilaria est surexcitée, à présent.

« Quelle émotion, mon Dieu, quelle émotion !

– Tu vois que ça en valait la peine. »

9 août

Rentrée à l'hôtel, Ilaria s'attaque à cette histoire de jeune fille morte d'overdose lors d'une fête. Son nom de famille lui dit vaguement quelque chose. Elle fouine tant et plus, quand soudain… elle se prend la tête entre les mains. Il faut qu'elle appelle Besana, tout de suite, et tant pis s'il est une heure du matin.

« Tu ne dormais pas, si ?

– Moi, non. Mais tu as réveillé Vittoria, répond-il, irrité.

– Vittoria, Vittoria, tu n'as plus que son nom à la bouche. Tu es ici pour bosser, ne l'oublie pas.

– Non, désolé. Je passe des vacances chez une amie. Et toi, tu es venue jusqu'ici me les briser.

– Je m'abstiendrai de tout commentaire.

– Tu t'es montrée très agressive à son égard, tout à l'heure. Elle n'a pas apprécié.

– Agressive, moi ? Si tu veux savoir le fond de ma pensée…

– Non, Piatti, l'interrompt Besana. Je ne veux pas le savoir. Tu n'as toujours pas compris qu'il faut commencer par annoncer le scoop ?

– Quel scoop ?

– Si tu ne le sais pas toi-même, pourquoi tu m'appelles, alors ?

– Ce n'est pas vraiment un scoop, répond Ilaria, en bafouillant presque, comme à ses débuts.

– Bon, ça commence mal, commente Besana.

– C'est une découverte, Marco. J'ai trouvé une piste. C'est bien comme ça qu'on déniche les scoops, non ?

– Pas de polémique, Ilaria. À cette heure-ci, on évite de polémiquer.

– D'accord. » Ilaria inspire un grand coup. « Voilà le titre : "Une jeune fille meurt lors d'une partie fine à bord d'un yacht sur la Costa Smeralda[1]." Cette jeune fille, c'est Ruth Vital, fille d'Andreas Vital, pharmacien. Celui-là même qui a vendu le flacon d'aconitine à Pallavicini. Et tu sais qui était aussi sur ce bateau ? Pallavicini, Rigamonti et Moser.

– Continue.

– Ça se passe au début des années 1990. Ruth Vital, seize ans, est en vacances avec des amis sur la Costa Smeralda. Un matin, on la retrouve morte dans les toilettes d'un yacht amarré à Porto Cervo. Le propriétaire du yacht, un financier de Brescia, affirme n'être au courant de rien, la jeune fille était encore en vie quand il est allé se coucher. La vérité, c'est que, sur ce yacht, une orgie a eu lieu, rassemblant de nombreux invités. La police scientifique trouve à bord des dizaines de bouteilles vides de champagne, de vodka et de whisky, ainsi que de grosses quantités de cocaïne, d'amphétamines et de sextoys. Des ouvriers du port affirment que toute la nuit, il y a eu un va-et-vient d'hommes et de femmes sur le quai. D'après les policiers, le cadavre ne présente aucune

1. Costa Smeralda : côte nord de la Sardaigne, devenue une zone de villégiature de luxe à partir de 1961 sur l'initiative de l'Aga Khan.

marque de violences et le décès pourrait avoir été provoqué par un abus de drogue et d'alcool. Mais les journaux de l'époque évoquent d'étranges traces sur le corps de la jeune fille. Les participants à la fête se sont évanouis dans la nature, mais une fois en garde à vue, le propriétaire du yacht ne tarde pas à lâcher des noms, et tous appartiennent à la haute bourgeoisie lombarde. C'est là qu'il est question de nos trois lascars, qui sont inculpés et jugés pour homicide involontaire avec le propriétaire du yacht. Tous sont acquittés. Le seul condamné, pour trafic de stupéfiants, est un jeune matelot. L'affaire est classée comme mort accidentelle. Et sais-tu qui était le fiancé de Ruth Vital ?

– Pourquoi, où est le rapport ?

– Il s'appelait Federico. Federico Orlandi. Le fils d'Elsa Cattaneo.

– La folle au jardin vénéneux ?

– Elle-même. Son fils s'est suicidé à dix-neuf ans, à cause de ça.

– Par amour pour Ruth Vital ? Malheur…

– Un mois après l'orgie.

– Putain, commente Besana. Joli coup.

– En fait, non. Parce que ça n'explique pas le cas de D'Ambrosio. Dafne, qui m'a raconté tout ça, s'est emmêlé les pinceaux. D'après mes recherches, il y a vingt-cinq ans, Achille ne pouvait pas être là avec eux : il habitait au Brésil, où il a vécu plusieurs années. Toujours pour éviter des problèmes financiers. Mais je reste convaincue que tout est lié.

– La tropomyosine a peut-être échoué par erreur dans ce chocolat.

– Je ne crois pas. Je pense plutôt qu'on a affaire à un assassin attentif au moindre détail et qui taille à chaque victime un homicide sur mesure.

– On a déjà le titre : "Poison *ad personam*", conclut Besana. Il ne nous manque plus que l'article à coller en dessous.

– Joli. J'aime bien, répond Ilaria.

– Et moi, c'est toi que j'aime, Piatti. Putain, tu es un crack, laisse-moi te le dire. »

Besana doit apprendre à ne pas la rudoyer, même quand elle le dérange en pleine nuit ou qu'elle se montre grossière avec sa maîtresse. Il ne peut pas se passer d'un cerveau comme le sien.

« Tu me fais un compliment, là ? Tu vas bien, Marco ? »

Ilaria semble réellement inquiète.

Silence. Besana se sent démasqué.

« Je dis juste que c'est une piste intéressante. Je peux aller me recoucher, maintenant ? »

Palerme, octobre 1788

Sans la plainte de la mère d'une de ses victimes, Giovanna Bonanno n'aurait peut-être jamais été confondue.

« Mon nom est Maria Costanzo, veuve de Lorenzo. Je tiens une boutique de vin dans le quartier de l'Olivuzza, où je demeure. J'avais un fils prénommé Francesco, époux de Rosa Mangano. »

Elle raconte qu'au mois d'août, son fils s'est présenté chez elle un jour à l'aube, furieux, car il venait de surprendre son épouse au lit avec un certain Emanuele Cascino, et que celui-ci l'avait frappé. Le couple se réconcilie par la suite, mais un jour de septembre, Francesco commence à se sentir mal. Il ne cesse de vomir et se plaint d'une « terrible ardeur dans l'estomac et dans le gosier ». Les soins de don Giuseppe Ciofalo, médecin, n'y feront rien : le 27 septembre, il meurt.

Inconsolable, Maria est aussi convaincue que la mort de son fils n'est pas naturelle. « Je soupçonne ma belle-fille de lui avoir fait jeter un sort parce qu'il avait découvert le commerce adultérin qu'elle avait lié avec Cascino, à la suite de quoi il lui était resté un certain ressentiment », raconte-t-elle.

Elle s'en ouvre auprès d'une amie et de son confesseur, lequel lui conseille d'aller « porter plainte devant la justice ».

« Je m'adressai alors à don Matteo Fodale, commissaire du capitaine de justice de cette ville, auquel j'exposai ce que je viens de vous déclarer. »

Rosa Costanzo, la veuve de Francesco, a vingt-trois ans. Elle s'est mariée lorsqu'elle en avait quinze et elle en a vingt quand elle et son mari se lient d'amitié avec le dénommé Emanuele Cascino, « jardiniste ». Un an ou deux plus tard, étant donné qu'Emanuele vit quasiment chez eux (« nous mangions ensemble et nous dépensions pour la nourriture aussi bien son argent que celui de mon mari »), elle et lui tombent amoureux.

Une nuit, Francesco est appelé pour apporter du foin à la campagne. Aussitôt, Cascino en profite pour s'introduire dans la maison. Rosa et lui commencent à discuter : elle est allongée sur son lit (« qui est par terre ») et lui, assis sur la dernière marche de l'escalier. Le mari rentre sur ces entrefaites, et les trouve ainsi. Pris de panique, Cascino saisit un bâton et le brandit en hurlant : « Espèce de chien, *allargati !* va-t'en ! »

Peu après, Rosa rencontre Emanuele dans la rue et lui raconte que son mari l'a frappée. « *Lu sacciu*, je le sais », répond-il. Et il lui dit avoir croisé l'une de ses connaissances en habits de deuil. Elle lui a confié que son mari était mort en sept jours après qu'elle lui a administré une certaine eau. Une eau obtenue par le truchement d'une certaine Maria Pitarra, une autre connaissance de Cascino. « *Tu ci la voi dari a tu maritu ?* Veux-tu en donner à ton mari ? » demande-t-il à Rosa. Celle-ci lui répond : « *Acchianila.* Apporte-m'en. » Cependant, Emanuele se méfie : « Et si tu ne lui en donnes pas, de cette eau, moi, j'y perdrai des sous… » Elle réplique aussitôt : « Et si mon mari meurt en me laissant à la rue ? » Voilà la promesse extorquée. « Je t'épouserai, tu as ma parole. » Rosa sourit, et décide qu'elle ne donnera l'eau à son époux que s'il la frappe à nouveau. Ce qui, hélas, advient.

Le code pour se faire donner le poison est : « Le grenadier de ma tante est tombé. » Pour commencer, Rosa perd la moitié du liquide en le transvasant dans une gourde en terre qui l'absorbe. Mais Cascino lui en procure davantage. Rosa verse le vinaigre dans un plat de pâtes aux lentilles et dans du vin, et son mari est pris de nausées. Le médecin le soigne avec du raifort enveloppé dans une hostie, en vain. Les vomissements de Francesco continuent. Cinq jours plus tard, vers deux heures du matin, il meurt.

Emanuele et Rosa peuvent enfin se marier. Les bans doivent être publiés le 9 octobre, mais la nuit précédente, vers deux heures, ils reçoivent la visite de don Matteo Fodale, commissaire du très honorable capitaine de justice de Palerme, accompagné de plusieurs officiers, qui les arrête.

10 août

Le val Roseg est envahi de VTT, de vélos électriques, de carrioles tirées par des chevaux et de poussettes. Un groupe d'enfants nourrit les écureuils devant l'objectif de leurs parents – Beck's poursuit ces derniers comme un dératé et finit invariablement sous un pin, le museau dressé en l'air, à regarder leurs queues danser parmi les branches.

« Tu marches trop lentement, Piatti, dit Besana en rattachant son chien.

– Je suis crevée, j'ai passé la nuit à faire des recherches sur Elsa Cattaneo.

– Tu as trouvé des infos valables ?

– Oh, oui, tout un tas. Sur son mari, pour commencer. C'était un éditeur de renom. On l'a découvert raide dans son lit. Un infarctus, semble-t-il.

– Empoisonné lui aussi ?

– Va savoir. Il n'y a pas eu d'enquête. En tout cas, Elsa a hérité une fortune. Elle a dirigé la maison d'édition pendant un temps, peut-être en pensant à l'avenir de son fils. Mais après le suicide du gamin, elle l'a vendue à un grand groupe.

– Bah, ça n'est pas un crime. C'était plutôt une sage décision, au vu de ce qu'est devenue l'édition.

– Elle avait surtout un autre métier, et elle l'a exercé encore un bon bout de temps. Elle n'a pris sa retraite que l'an dernier.

– Qu'est-ce qu'elle faisait ?

– Professeur titulaire d'histoire moderne. Spécialiste de l'Inquisition et de la sorcellerie.

– Plantes vénéneuses, Inquisition, sorcellerie. Pas mal, comme carte de visite. Elle n'aurait pas donné des cours sur la Vieille au Vinaigre, par hasard ?

– Ça, je l'ignore. Mais elle a écrit plusieurs livres. Elle vient d'en publier un sur la sorcellerie en Suisse qu'elle va présenter aujourd'hui même au Waldhaus, à Sils-Maria.

– On devrait y aller.

– On ne peut pas louper ça, à mon avis.

– Quoi d'autre ?

– Elle adorait son fils. Elle lui a dédié son *Poison Garden* et elle a créé une fondation un peu particulière qui porte son nom.

– Quel genre de fondation ?

– Un petit musée du poison.

– Je ne savais même pas que ça existait.

– Moi non plus. On devrait y faire un saut. J'ai lu qu'on y proposait un parcours interactif pour expliquer comment les substances toxiques peuvent aussi bien tuer que soigner. On y expose des plantes vénéneuses et des animaux venimeux, comme l'araignée des recoins et la mygale rose, qui viennent du Chili, ou encore la veuve noire. Et puis il y a une section historique, avec les grandes affaires d'empoisonnement. Socrate et la ciguë, l'empereur Claude, l'aspic de Cléopâtre et, bien sûr, Lucrèce Borgia, pour arriver au KGB et aux services secrets bulgares, et à l'élimination d'opposants politiques au moyen de ricine, de gaz sarin ou de polonium radioactif.

– C'est une véritable fixation. Le poison, drôle de façon de rendre hommage à un fils suicidé.

– C'est ce que je me suis dit, moi aussi. D'ailleurs j'étais convaincue que ce garçon s'était empoisonné. Pas du tout. Aucun rapport : il s'est pendu. »

10 août

Quand Ilaria et Marco arrivent à l'hôtel Waldhaus, la conférence a commencé depuis une demi-heure. Dans le grand salon, dont la baie vitrée donne sur la forêt, il ne reste qu'une table libre, à côté de celle qu'occupe Vittoria qui les salue en posant l'index sur ses lèvres. Pour mimer un baiser, ou leur intimer de ne pas faire de bruit, c'est selon.

« La Suisse a été la patrie de la chasse aux sorcières, affirme Elsa Cattaneo. En l'espace de trois siècles, plus de dix mille personnes accusées de pratiquer la sorcellerie ont été envoyées au bûcher, et l'immense majorité d'entre elles étaient des femmes. Tous les cantons n'avaient pas la main aussi lourde, les pires massacres ont eu lieu dans le canton de Vaud, alors qu'à Genève, les tribunaux étaient plus indulgents. Les motifs les plus divers pouvaient préluder à cette chasse : un vol ou un incendie dans le voisinage, ou encore la perte d'un enfant qu'on attribuait à un maléfice. Ce pouvait être aussi une calamité naturelle, une épidémie de peste ou une averse de grêle, comme celle qui détruisit la totalité des récoltes d'un village des Grisons, au milieu du XVIe siècle. Furieux, les paysans empoignèrent leurs fourches et partirent arrêter une par une toutes les sorcières locales avant de les brûler en place publique. Leurs diableries avaient provoqué cette catastrophe. Plutôt que d'en vouloir au ciel, ou au destin, il était plus simple de désigner un bouc émissaire. »

Un coup de tonnerre fait vibrer la grande baie vitrée et quelques rires fusent dans le public.

« Qui étaient ces sorcières ? Presque toujours des femmes, comme je l'ai déjà dit. À cette époque, qu'elles soient cuisinières, guérisseuses ou sages-femmes, leurs métiers impliquaient l'usage des plantes, la préparation de potions et d'onguents. On pouvait donc aisément les soupçonner de pratiquer la magie noire. On les représentait d'ailleurs souvent spatule à la main en train de touiller leur chaudron. Leur savoir était à double tranchant : "Qui sait guérir sait aussi tuer", déclara ainsi l'une d'elles devant les juges de l'Inquisition. La plupart du temps, la sorcière avait au moins cinquante ou soixante ans, un âge alors avancé. En effet, c'est seulement après la ménopause qu'elles pouvaient s'occuper des accouchées et des enfants des autres, et la société d'alors était pleine de préjugés à l'égard des femmes ménopausées. »

À la fin de son exposé, le modérateur, un poète romanche pourvu d'une barbe à la Segantini, demande au public s'il a des questions à poser à Elsa. Aussitôt, Ilaria lève la main.

« Je viens de lire un ouvrage passionnant consacré à une empoisonneuse en série du XVIIIe siècle, Giovanna Bonanno, dite la Vieille au Vinaigre. Vous en avez entendu parler, j'imagine. Peut-on considérer qu'il s'agit d'un cas de sorcellerie ? »

Le visage d'Elsa s'illumine.

« C'est une bonne question, répond-elle. En effet, j'ai bien étudié ce procès : Giovanna Bonanno a été condamnée à mort pour "vénéfice" et non pour "maléfice". Quand on l'accusait de jeter des sorts, elle répliquait qu'elle en était bien incapable car elle ne connaissait rien à la magie.

En somme, elle est considérée *comme une meurtrière et non comme une sorcière.* En 1789, il n'y a plus d'Inquisition à Palerme. Le vice-roi, Domenico Caracciolo, est un partisan des Lumières proche des *philosophes*[1] français, il ne croit pas à la magie et il abolit le tribunal du Saint-Office en 1783. C'est pourquoi la Bonanno qui, quelques années auparavant, aurait subi le sort d'une sorcière, a droit à un procès régulier, avec un défenseur. Un procès laïc, moderne. Certes, la torture est encore utilisée et la peine de mort existe toujours à l'époque. Mais le principe de base est très différent. Giovanna est jugée coupable d'assassinat.

– Peut-on la considérer comme une tueuse en série du XVIIIe siècle ?

– Sans aucun doute, répond Elsa. Ses victimes sont au nombre de six, si ma mémoire est bonne, or trois suffisent pour mériter ce titre, n'est-ce pas ? »

Pendant les applaudissements, Besana, qui meurt d'envie d'une cigarette, se lève et sort du salon. Ilaria le rejoint à l'extérieur.

« "Vénéfice" et non "maléfice" », répète-t-elle à Marco avec un sourire.

À cet instant, le tonnerre retentit et la grêle s'abat sur le sol, dense, furieuse et violente.

1. En français dans le texte.

10 août

La salle à manger du Waldhaus est remplie d'Italiens, tous invités au cocktail donné en l'honneur d'Elsa Cattaneo en clôture de sa conférence. Ilaria tombe sur Dafne et l'embrasse. Besana s'est lancé dare-dare à l'assaut du bar et en revient avec deux coupes de champagne. Bientôt, Vittoria les rejoint, un verre à la main.

« Cet hôtel est une splendeur ! dit Ilaria.

– Ah, c'est un monument national, répond Vittoria. Tous les grands noms du XXe siècle y sont passés : Einstein, Jung, Thomas Mann, Moravia et Elsa Morante, Richard Strauss, Luchino Visconti... Hermann Hesse y revenait chaque été, il disait que Sils était un paradis sur terre. As-tu vu le Welte-Mignon ? C'est un piano mécanique à cartes perforées qui jouait des polkas, des valses et des fox-trot lors des fêtes. Ils l'ont restauré et de temps en temps ils le font fonctionner.

– Quel bel endroit, commente Ilaria.

– La conférence vous a plu ?

– Oui, Elsa est vraiment excellente », répond Besana. Puis il se retourne d'un bloc. « Mais c'est Furlan ? Qu'est-ce qu'il fout ici ? Qui l'a invité ? »

Il indique du menton un type dégingandé en veston de velours, avec des lunettes prétentieuses, qui virevolte autour du buffet en saluant tous ceux qui passent à sa portée. Bientôt, le voilà en grande conversation avec Brunella.

« Tu devrais voler au secours de ton amie, dit Besana à Vittoria.

– Pourquoi ? Qui est-ce ?

– Un confrère que je connais trop bien : une vraie planche pourrie. Tristement renommé pour ses bidonnages et ses interviews imaginaires. »

Vittoria éclate de rire.

« Tu me fais tellement rire avec tes histoires !

– Ça n'a rien de marrant, tu peux me croire. Un jour, à la mort d'un musicien célèbre, on nous envoie en reportage, moi pour mon journal et Furlan pour le sien. D'emblée, je fonce chez la veuve, mais elle s'est enfermée chez elle et refuse tout contact avec la presse. Je dois me contenter d'un entretien avec un vieux violoniste. Eh bien, figure-toi que le lendemain, Furlan écrit qu'il a sonné chez la dame, qu'elle l'a reçu à bras ouverts, l'a prié d'entrer et lui a raconté une foule d'anecdotes au sujet de son défunt mari. Les anecdotes étaient véridiques, mais l'interview n'a jamais eu lieu. C'est la marque de fabrique de Furlan. Il assiste à la conférence de presse d'un acteur et la refourgue comme une exclusivité. Il saisit au vol une saillie d'un politique au cours d'un dîner et la transforme en déclaration officielle. Il met à sa sauce tout ce qu'on lui dit. Brunella devrait faire gaffe.

– Je ne peux tout de même pas lui interdire de parler à un journaliste.

– Si ça se trouve, elle ignore que c'est un journaliste. C'est le genre à ne pas se présenter. Tu discutes avec un quidam quelconque et le lendemain, tout est dans le journal. »

Pendant ce temps-là, Ilaria est retournée au buffet chercher quelques canapés. Elle y voit Cattaneo trinquant avec un homme qu'elle appelle Andreas. Serait-ce Vital, le pharmacien ? Un coup d'œil sur Facebook : c'est bien lui. Elle s'approche en catimini sous prétexte de faire remplir sa coupe par le serveur.

« Ils ont fait allusion à Ruth ?

– Les policiers ? Non », répond Vital.

Mais quand Elsa s'aperçoit de la présence d'Ilaria, elle change illico de sujet.

« Ta femme a toujours mal au dos ?

– Depuis qu'elle s'est mise au Pilates, ça va un peu mieux. »

10 août

« Coucou, devine où j'ai une réunion, aujourd'hui ?

– Où ça ?

– À Zurich, soi-disant, répond Nicola. En fait, je suis ici, dans le hall de ton hôtel. »

La première chose à laquelle pense Ilaria, c'est qu'elle ne s'est pas épilée.

« Oh, bon sang ! s'exclame-t-elle.

– Tu n'es pas contente ?

– Bien sûr que si, je suis ravie, bredouille-t-elle.

– Donne-moi le numéro de ta chambre, j'arrive.

– Ah non, répond Ilaria, un peu trop sèchement. C'est moi qui descends, laisse-moi un moment.

– Mais pourquoi ? »

Ilaria ne peut pas lui dire qu'elle doit impérativement se raser les jambes, et tant pis si la repousse sera plus rude.

« C'est l'occasion de prendre un verre au bar, en amoureux, invente-t-elle. Un peu de rituel, de cérémonial, pour une fois. »

Silence. Sans réfléchir, Ilaria vient d'énoncer une chose importante, et Nicola le reconnaît. Tant et si bien qu'il se sent embarrassé. Quelle goujaterie, de vouloir se ruer ainsi dans sa chambre. Alors qu'ils ne risquent pas ici de croiser une connaissance et pourraient enfin, pour une fois, jouer les fiancés.

« Tu as raison, dit-il. Tu as raison, excuse-moi. Je ferai semblant de ne pas te connaître et quand je te verrai dans le hall, je me demanderai : "Mais qui est cette belle jeune femme ?" Et je me mettrai en quatre pour t'aborder. »

Ilaria éclate de rire. S'il savait.

« Je vais te faire ramer, tu sais. Ce ne sont pas les prétendants qui manquent », lui dit-elle d'une voix sensuelle. Mieux vaut voiler un peu son autodérision.

« Je t'attends », lui répond-il, tout excité.

Prise de panique, Ilaria se rase à sec et se coupe, après quoi elle fouille sa valise : pas une culotte décente, rien que des vieilleries synthétiques et fatiguées, pas de bas autofixants, que des grosses chaussettes. Ce qu'elle peut détester les surprises. Elle farfouille dans sa trousse à la recherche de maquillage, mais n'y trouve qu'un fond de mascara qui lui tache aussitôt les paupières. Elle brosse ses cheveux un peu gras. Peut-être vaudrait-il mieux les attacher. Faute de parfum, elle s'applique une larme de la lotion hydratante fournie par l'hôtel, qui sent bon. Ensuite, elle se hâte de descendre. Elle s'étudie dans le miroir de l'ascenseur en cherchant à se convaincre : « Je suis une belle femme. Si, si, somme toute, je suis une belle femme. » Mais sa thérapie antistress n'a pas l'air de fonctionner. Les portes s'ouvrent et un garçon de chambre la heurte avec son chariot.

Elle ne s'avoue pas vaincue et s'efforce de traverser le hall en adoptant le port altier de Vittoria, toujours le dos bien droit et le menton levé, la garce. En arrivant devant Nicola, hélas, son corps cède. Elle reste plantée là comme une souche, voûtée, les bras ballants. Le voir ici lui paraît incroyable, c'est trop d'émotion.

« Ilaria », dit-il.

Elle attend, n'osant même pas imaginer la suite, craignant de tout gâcher.

« Ilaria, mon amour, ma chérie. »

La chérie en question reste en apnée.

« Il faut que je te dise qu'on ne pourra pas dormir ensemble parce que ma femme va m'appeler cette nuit ou tôt demain matin alors je me suis pris une chambre. » Tel quel, sans virgule, sans un espace de respiration.

11 août

Ilaria entend sonner son téléphone mais elle s'est couchée tard et n'a pas la force d'ouvrir les yeux. « Encore cinq minutes, par pitié. » Elle pose son doigt sur l'écran pour l'éteindre. Mais quelques secondes plus tard, rebelote. Elle voit le nom de Marco apparaître. Il n'est pas encore huit heures.

« Qu'est-ce qui se passe ?

– Un mort de plus, Piatti. »

Ilaria se redresse.

« Quoi ?

– Hier soir, une voiture a plongé dans le lac de Sils. Sais-tu qui était au volant ?

– Non, dis-moi.

– Roger Fuchs, architecte.

– Ça ne me dit rien.

– Un ami de Rigamonti, celui qui était en avion avec lui. En fait, je l'ai appris par Vittoria.

– Quel manque de bol, tout de même. Un rescapé d'accident d'avion qui meurt quelques années plus tard dans un accident de voiture, au même endroit. Sauf si le manque de bol n'y est pour rien. Au fond, c'était un témoin. Et si c'était un homicide ?

– C'est bien ce qu'on s'est dit.

– On ?

– Vittoria et moi.

– Alors allez donc voir les flics, rétorque Ilaria, énervée.

– Piatti, s'il te plaît. Ne réagis pas comme ça. Appelle Hofer tout de suite, vous vous entendez bien. S'ils ne font pas le rapport, ils ne se lanceront jamais dans des analyses toxicologiques poussées. Va savoir quelle substance il a utilisée, cette fois.

– À vos ordres », répond Ilaria.

Elle se lève et enfile un sweat-shirt. Ce *on* l'exaspère. Elle allume la machine à café installée dans sa chambre et se fait un expresso, elle déjeunera plus tard.

Avant d'appeler le médecin légiste, elle effectue quelques recherches sur Fuchs. Un reportage sur les demeures de luxe publié par une revue d'architecture lui apprend qu'il fait partie du cercle : c'est lui qui a rénové la maison de Vittoria, celle de Brunella ainsi que celle de Crivelli, le chirurgien esthétique. Comment choisit-il ses victimes ? Ils sont tous issus du même monde, d'accord. Mais pourquoi eux ? L'assassin cherchait-il à l'empêcher de parler ou a-t-il voulu le tuer dès la première fois ? Non, Fuchs est monté dans l'avion à la dernière minute, sa présence n'était pas prévue. Besana et elle ont commis une grave erreur. Ils auraient dû aller le voir tout de suite. Maintenant, il est trop tard.

11 août

« On est arrivés, c'est ici que ça s'est passé. » Besana désigne une voiture de police garée non loin, au bord du lac de Sils. Deux agents sont en train de relever des indices.

« Tu vois ? Il y a des travaux en cours et la rambarde a été enlevée.

– D'après Hofer, le taux d'alcoolémie de Fuchs était très élevé, dit Ilaria. En plus, il faisait nuit et il pleuvait à verse. Bref, il a défoncé les barrières, et il a fini dans le lac.

– C'est tout ?

– Il dit aussi qu'il est mort noyé. Il était encore vivant quand la voiture a coulé. Un touriste a tout de suite appelé les secours, mais tout est allé trop vite. Fuchs a réussi à ôter sa ceinture de sécurité, mais pas à ouvrir la fenêtre de sa portière parce qu'au contact de l'eau, les circuits électriques se bloquent en quelques secondes. Son pare-brise était fêlé : il a essayé de le casser avec son parapluie, il l'avait encore à la main.

– Grosse erreur, commente Besana. C'est du verre feuilleté, presque impossible à briser sous l'eau. Il aurait dû tenter le coup avec la vitre de sa portière.

– Pourquoi ne l'a-t-il pas ouverte ?

– La pression l'en a empêché.

– Comment sais-tu cela ?

– J'ai suivi l'affaire de deux touristes tombés à la mer en débarquant d'un ferry. Ils n'avaient pas trente ans, noyés tous les deux.

– Raconte.

– Le ferry venait d'accoster et les voitures étaient en train d'en descendre. Les deux jeunes sortaient en marche arrière, ils n'ont pas vu que le bateau avait bougé et que la rampe s'était éloignée du quai. Elle avait encore sa ceinture. »

D'un geste, les policiers leur intiment de dégager.

« Laissons tomber, ils ne nous diront rien », commente Besana.

11 août

Dans la pharmacie bondée, les clients font la queue à la manière suisse : sagement, bien en ordre, derrière la ligne jaune. C'est bientôt le tour d'Ilaria et de Marco. La blonde juste devant eux réclame des médicaments en vente libre en Italie.

« Comment ça, pas de cardio-aspirine ?!

– Pas sans ordonnance, madame.

– Bon, tant pis. Donnez-moi des comprimés de mélatonine, s'il vous plaît.

– Désolée, madame.

– Il vous faut aussi une ordonnance pour la mélatonine ? » La blonde s'impatiente et fait nerveusement claquer son portefeuille sur le comptoir. « Mais mon médecin est en vacances, qu'est-ce que je vais faire ?

– Navrée, c'est le règlement.

– D'accord, alors je voudrais une boîte de suppositoires à la cortisone. »

Embarrassée, la pharmacienne secoue la tête une fois encore.

« Je peux vous donner quelque chose d'équivalent et de très efficace, aux plantes, répond-elle, mais sans cortisone. »

Exaspérée, la blonde se retourne vers Piatti et Besana.

« On marche sur la tête, ici, non ?

– Réclamez-leur donc du poison, lui suggère Besana, ils vous le vendront sans moufter. »

Hilare, la blonde pouffe, tourne les talons et s'en va.

« *Allegra !* les salue la pharmacienne, en romanche. Que puis-je faire pour vous ?

– Nous sommes journalistes et nous voudrions parler à Andreas Vital. »

La femme leur montre un homme en blouse blanche qui sort à l'instant de l'arrière-boutique, une boîte à la main.

« Le voici », dit-elle. Elle s'approche du pharmacien et lui glisse quelques mots à l'oreille. Andreas Vital les regarde, pose les médicaments sur le comptoir et les rejoint.

« *Grüezi*, bonjour, leur dit-il en allemand. Vous souhaitez me parler ?

– En privé, ce serait préférable, monsieur Vital, répond Besana. C'est au sujet de Ruth. »

Le regard grave, le pharmacien hoche la tête.

« Suivez-moi, je vous prie. »

Une fois dans l'arrière-boutique, il leur montre deux chaises. Lui reste debout.

« Je suis content que vous soyez venus, ma fille n'intéresse plus personne. Justice n'a jamais été rendue. Son meurtre est resté impuni.

– Son meurtre ?

– Ruth était une jeune fille très saine. Elle ne consommait pas de drogue. Elle ne buvait pas d'alcool non plus. *Elle ne le pouvait pas.*

– Pourquoi ?

– Parce que son entraîneur la surveillait constamment. Elle allait intégrer l'équipe nationale.

– Dans quelle discipline ?

– Ski de fond. À seize ans, elle était arrivée deuxième au marathon de ski de l'Engadine. C'était l'un des espoirs du ski nordique.

– D'après vous, elle ne serait donc pas morte d'une overdose ?

– Il est impossible qu'elle ait volontairement absorbé ces substances, répond le pharmacien. Ma fille n'aurait compromis sa carrière sportive pour rien au monde. Elle avait fait tant de sacrifices, pour y arriver. C'était toute sa vie.

– Avec Federico ? »

Vital secoue la tête.

« Encore une victime, pauvre garçon. Lui aussi était l'un des espoirs du club de ski. Mais il avait choisi la descente. Il remportait toutes les compétitions dans sa catégorie, il était le champion du slalom géant. Ils ne vivaient que pour le sport, tous les deux.

– Vous voyez souvent Mme Cattaneo ?

– Bien sûr, elle habite ici. Nous sommes amis.

– Vous arrive-t-il d'évoquer la mort de Ruth ?

– C'est un sujet que nous évitons, désormais. Mais nous en avons beaucoup parlé. Elsa pense comme moi que Ruth a été tuée.

– Pourquoi ont-ils tous été relaxés ?

– Faute de preuves.

– Comment votre fille s'est-elle retrouvée sur ce yacht ?

– Rien d'extraordinaire, elle était en vacances chez une amie. Elles ont été invitées à une fête.

– Vous savez que ce soir-là, Pallavicini aussi était présent. Ne craignez-vous pas que cela puisse vous créer des ennuis ?

– Écoutez, Pallavicini fréquentait ma pharmacie depuis des années, et je l'ai toujours traité comme tous mes autres clients. C'est lui qui faisait mine de ne pas me reconnaître.

– Rigamonti et Moser venaient-ils aussi chez vous ?

– Non. Ils préféraient sans doute aller à Saint-Moritz, ou bien ils envoyaient quelqu'un à leur place. Ce sont souvent les femmes qui s'en chargent. Elles nous disent : "Mon mari est enrhumé" ou bien "Mon mari a mal au dos" et nous ne savons même pas à quoi ressemblent ces fameux maris.

– Mais Pallavicini achetait ses gouttes d'aconit tout seul.

– Ce flacon était scellé, répond le pharmacien. Et si j'avais voulu l'empoisonner, croyez-moi, je l'aurais fait depuis bien longtemps. »

11 août

Quand Marco ouvre la porte, la maison est plongée dans l'obscurité. « C'est moi, je suis rentré ! » crie-t-il. Silence. Vittoria n'est peut-être pas là. Ou bien elle est dans son bain. Il suspend sa veste et entre dans la cuisine : le sol est jonché de verre cassé et de fragments de porcelaine. Que s'est-il passé ? Il prend un couteau dans un tiroir et s'avance dans le couloir obscur, dos au mur. Il se glisse dans le salon : personne. Il poursuit jusqu'à la chambre de Vittoria dont il pousse la porte et là, dans la pénombre, il entend renifler. Il se précipite vers le lit.

« Tu es blessée ?

– Quoi ? »

Sa parole est pâteuse, comme si elle avait pris trop de calmants. Elle pleure tout doucement, en respirant par à-coups. Marco s'assied à côté d'elle et lui prend la main.

« Ça ne va pas ? »

Elle secoue la tête.

« Qu'est-ce qui t'arrive ?

– C'est ma fille, Margherita, souffle-t-elle d'une voix altérée par l'angoisse. Je ne sais plus quoi faire d'elle. »

Marco pousse un soupir de soulagement.

« J'ai cru qu'on t'avait agressée, dit-il.

– Pourquoi ?

– À cause de ce saccage, par terre, dans la cuisine.

– J'ai sacrifié un peu de vaisselle. J'avais besoin de me défouler. »

Marco découvre une femme inconnue, une Vittoria hors de contrôle.

« Et qu'est-ce qu'elle a fait, ta fille ?

– Elle s'est enfuie de son centre de cure, une fois de plus.

– Des problèmes de drogue ?

– Oui, hélas. Depuis des années. Elle arrête, puis elle rechute. On n'en sort plus. »

Besana lui caresse tendrement les cheveux.

« Je suis désolé.

– Tout est de ma faute. Je n'ai pas su la défendre.

– Contre qui ?

– Quelqu'un qui lui a fait du mal.

– Un petit ami ?

– Laisse tomber.

– Pourquoi tu ne m'en as rien dit ?

– Je n'aime pas parler de ça, répond Vittoria en détournant le regard.

– Et il est où, ce centre ?

– En Brianza. C'est le quatrième que j'essaie, les autres étaient trop laxistes. On m'avait assuré qu'elle ne pourrait pas quitter celui-ci, que la surveillance était très stricte.

– Tu veux que j'appelle mes amis flics ? Ils pourraient donner un coup de main pour la retrouver ?

– Merci, acquiesce Vittoria dans un filet de voix.

– Tu veux manger quelque chose ?

– Non. J'ai besoin d'être seule et de dormir un peu.

– Ça t'ennuie si je reste ?

– Oui.

– Tu ne crois pas que ça te ferait plutôt du bien d'en parler ? Je t'apporte un verre de vin et tu me racontes ?

– Il n'y a rien à raconter. »

Besana se lève et soupire.

« Bon, je te laisse tranquille. »

11 août

Alessia a tellement insisté qu'Ilaria a dû accepter son invitation. Elle se demande la raison d'un tel acharnement. Après tout, elles ne se sont pas vues depuis cinq ans et ça ne leur a guère manqué. Jamais un message ni un coup de fil. Si Alessia éprouve un besoin aussi pressant de lui montrer sa maison en Suisse, à elle et à personne d'autre, c'est sans doute qu'elle est la seule à savoir ce qu'était sa vie d'avant, à pouvoir apprécier son ascension sociale. Ilaria se rappelle bien l'appartement où a grandi Alessia, fille d'un chauffeur de taxi et d'une employée municipale. Une cuisine comme salle de séjour, parce qu'il ne faut pas salir le salon. Une chambre partagée avec son frère et une salle de bains pour quatre.

Ilaria entre dans une pièce immense où se mêlent meubles anciens de style alpin et mobilier design. Un énorme lustre moderne aux couleurs vives est suspendu aux poutres en bois clair. Alessia la prend par la main et l'entraîne dans la cuisine, toute de lambris et d'acier, avec un îlot central et des équipements dernier cri, et même une cave à vin de vieillissement. Elle lui fait ensuite visiter une par une les chambres à coucher – elles sont toutes à peu près semblables, débordantes de couvertures et de coussins en fourrure écologique – et leurs salles de bains en bois et en pierre, dont l'une dispose d'un sauna.

« C'est formidable, dis donc, commente Ilaria.

– *Charmante*, non ? J'ai cru devenir folle, avec cette maison. Il fallait que je monte voir le chantier chaque semaine, je n'en pouvais plus ! Hors saison, il n'y a personne, par ici, c'est à se pendre. Et toi, comment se fait-il que tu viennes en vacances dans le coin ? »

Le fait que d'aucuns travaillent lui est déjà sorti de l'esprit.

« Je ne suis pas en vacances, comme je te l'ai dit, je suis journaliste.

– Journaliste sportive ? Tu écris sur le polo ? Mon mari adore le polo !

– Non, j'enquête sur des crimes. »

Alessia pousse un cri d'enthousiasme.

« Les crimes ! J'en raffole !

– Grand bien te fasse », répond Ilaria.

Elle a également oublié que sa mère était morte assassinée. Quant à elle, Ilaria se souvient parfaitement de la nuit d'été passée à lui raconter son histoire, toutes deux allongées dans l'herbe d'un parc désert, avec l'aide de quelques bouteilles de bière.

« Je connaissais très bien Giacomo Pallavicini. Il ne faisait pas partie de mes amis – il était bien trop vieux pour cela – mais il fréquentait mon beau-père. Mais qui peut l'avoir empoisonné ?

– J'aimerais beaucoup le savoir, tu peux me croire. »

L'espace d'un instant, Ilaria est tentée de lui poser des questions pour en apprendre davantage sur la victime. Mais l'envie de fuir cette demeure trop parfaite et cette femme qui n'a plus rien de commun avec la fille qu'elle a connue finit par l'emporter.

« Bon, il faut que j'y aille. Contente de t'avoir revue, et en si grande forme.

– Déjà ? Mais je ne t'ai même pas offert l'apéritif, et j'ai du champagne au frais !

– Merci, mais je suis vraiment charrette : un papier à rendre avant ce soir », fabule-t-elle.

Au même moment, elle aperçoit un type en chaussettes qui traînasse dans le salon en bâillant : son mari, l'unique accessoire de la maison que son ancienne amie a omis de lui montrer.

11 août

« Dafne ? Qu'est-ce que tu fais, ce soir ?

– Que veux-tu que je fasse ? Je dîne en solitaire, comme d'habitude. Allez, rejoins-moi ! »

Ilaria ne se fait pas prier. Elle adore Dafne, la seule personne semblable à elle dans toute la vallée. Les coordonnées qu'elle lui a transmises sur WhatsApp la mènent tout droit à un autre restaurant portugais. « Restaurant typique », annonce l'enseigne, ce qui signifie qu'à l'exception de quelques plats (*pastéis de bacalhau*, *arroz de polvo*, *francesinha*) on y sert essentiellement de la cuisine engadinoise.

Enfin, Ilaria peut se défouler, elle lui déballe tout : la visite surprise de Nicola, son émotion, ses craintes et sa déception. Et lui qui pour finir se dérobe, comme d'habitude.

« Bah, *descends-le* ! » suggère Dafne.

Ilaria éclate de rire.

« Avec un peu d'aconit ?

– Puisque maintenant, tu as accès au jardin d'Elsa ! » Dafne lui fait un clin d'œil. « Si tu préfères, je peux toujours siffler Fulvio, il est bien dressé, tu sais. »

Elles rigolent comme des bossues. Du reste, il faut bien conjurer le malheur et qui a dit qu'on ne pouvait pas plaisanter sur la rubrique faits divers, lugubre par essence ?

Tout à coup, Dafne tourne la tête : Brunella vient de pousser la porte.

« Qu'est-ce qu'elle fait dans un endroit pareil ? s'étonne Ilaria.

– Elle vient *saluer* son professeur d'équitation, répond Dafne avec un sourire coquin. Brunella est dingue de ses profs. De tennis, de golf, de ski. C'est une grande sportive. »

Et de rire. Après quoi, elles lèvent le bras pour la saluer et voilà que Brunella les rejoint. Couinante et hennissante, à la fois écureuil et pouliche mais surtout, tellement adolescente. Elle ponctue ses propos en mimant des guillemets avec ses doigts et en jetant des « hashtag quelque chose » de-ci de-là.

« Hey, regardez qui voilà ! Je viens de m'échapper d'un dîner *so boring*, hashtag *bonnet de nuit* », et elle trace des guillemets dans l'air. « J'avais trop *le seum* alors j'ai inventé une migraine et allez, au revoir ! Ici, au moins, il y a un peu de vie ! Des gens plus jeunes, hashtag *bestoftheday* ! »

Brunella s'esclaffe, Dafne et Ilaria la considèrent, consternées.

« Bon, je me sauve, les filles, sans quoi mes amis vont râler : sans moi, la fête ne commencera pas ! » Elle part d'un rire perlé totalement artificiel. « Amusez-vous bien ! »

Dafne et Ilaria se regardent.

« La pauvre, commente Dafne.

– Même à quatorze ans, j'étais moins niaise que ça, dit Ilaria.

– Elle est à côté de la plaque. Où qu'elle aille. Dans son petit milieu snob comme chez les montagnards, et elle ne s'en rend pas compte. Le pire, c'est qu'on ne se moque pas trop d'elle parce qu'elle est richissime, et qu'on ne sait jamais. »

12 août

La sonnette retentit longuement. L'employée de maison doit être sortie faire des courses. Besana va ouvrir la porte. Sur le seuil : Brunella, dans tous ses états. Il la salue.

« Vittoria dort encore ?

– Je ne sais pas, elle est dans sa chambre et ne veut pas être dérangée. Elle ne va pas fort.

– Mais il faut que je lui parle ! Il est arrivé une chose *terrible* », insiste Brunella en forçant le passage.

Une fois dans le salon, elle se jette sur le canapé et sort son téléphone. Elle pianote sur le clavier puis le tend à Marco.

« Lis cette interview, lui dit-elle. Je n'ai donné aucune interview ! Qui est ce type et d'où sort-il tout ça ? Je n'ai jamais prononcé ces mots. »

Besana parcourt l'article en diagonale, de toute façon, il a compris.

« Tu as discuté avec lui pendant une demi-heure au Waldhaus.

– Le barbu ? Il ne m'a pas dit qu'il était journaliste. Il a prétendu être un ami d'Elsa.

– Il se trouve que c'en est un, et pas des plus corrects. Comme je le connais bien, j'ai conseillé à Vittoria de te prévenir. Elle ne l'a pas fait ? »

Brunella secoue la tête.

« Non. Et je me suis laissée avoir, hashtag *quelleconne.* »

Sourcils froncés, Besana fixe cette gamine de presque quarante ans. Comment peut-on se comporter ainsi à son âge ?

« Et maintenant, qu'est-ce que je peux faire ?

– Envoyer un démenti.

– Un quoi ? »

Besana perd patience, un peu comme lorsqu'il aide son fils à réviser.

« Je t'en rédige un, si tu veux. Tu n'auras plus qu'à le signer. Ça te va ? »

Brunella hoche la tête.

Elle porte un parfum épicé, puissant, que Marco trouve écœurant. Il l'a tout de suite reconnu, une de ses ex portait le même : Poison de Dior. Coriandre, piment, prune, anis, rose, tubéreuse, œillet, ambre, santal, opopanax et musc. Un vrai poison pour son odorat. Il se lève et ouvre la fenêtre.

« Qu'est-ce qu'elle a, Vittoria ? » Elle fouille son sac et en sort un paquet de cigarettes ; elle s'en glisse une entre les lèvres avant de fouiller son sac derechef, à la recherche d'un briquet.

« Meg ? Elle s'est encore sauvée ?

– Elle t'en parle, à toi ? » demande Besana, surpris.

Brunella secoue la tête tout en tirant sur sa cigarette.

« Penses-tu. Elle n'en parle à personne. Mais je le sais.

– Tu la connais ?

– Margherita ? Bien sûr. Mais la réciproque est peu probable. Les rares fois où je l'ai croisée, elle était complètement défoncée. Je ne crois pas qu'elle en sortira un jour.

– Cocaïne ? Héroïne ? Cachetons ?

– Tout ce qui se présente. De préférence en cocktail, si possible avec de l'alcool.

– Vittoria va souvent la voir ?
– Elle ne peut pas.
– Comment ça ?
– Les médecins ne veulent pas. Ils disent que Meg entre en crise à chaque visite de sa mère.
– C'est affreux.
– Eh oui, conclut Brunella. Mais c'est encore pire quand elle rentre à la maison sans prévenir. En état de manque, cette jeune fille peut se montrer très violente. »

12 août

« Allô, Ilaria ?

– Docteur Hofer ! Merci de m'avoir appelée. Alors ?

– C'est bien un accident, ça ne fait plus aucun doute. Nous avons fait toutes les analyses possibles, ma collègue a recherché les substances les plus exotiques, sans résultat. De l'alcool, et rien d'autre. Un taux d'alcoolémie de 1,6 pour mille rend inapte à la conduite – avec ça dans le sang, on ne marche déjà plus droit, alors imaginez un peu au volant. Ce type doit s'être descendu au moins une bouteille de vin, plus quelques verres de vodka. Il roulait à une allure folle, plus de cent à l'heure sur une route tout en virages, et sous la pluie.

– Bah, alors, commente Ilaria, déçue.

– Il y a plusieurs années, on lui a retiré son permis pendant six mois pour excès de vitesse, poursuit Hofer. Si une patrouille l'avait contrôlé la nuit dernière, elle lui aurait peut-être sauvé la vie, mais il aurait passé un moment en prison. On ne plaisante pas avec la loi, en Suisse.

– Il était donc seulement ivre quand il est tombé dans le lac ? Pas d'autre produit suspect, vous en êtes certains ?

– À cent pour cent. L'autopsie le confirme. Organes internes en conditions normales, sauf le foie, un peu gras, typique des alcooliques. Et un début d'emphysème pulmonaire, typique des fumeurs. Des restes de *capuns*[1], de fricassée de cerf et de polenta dans l'estomac. Bref, aucune trace de poison. Il était en surpoids et manquait sans doute d'agilité. J'ai relevé des ecchymoses sur ses mains et sur son front : il a dû lutter de toutes ses forces pour s'extraire de l'habitacle. Il était bien trop gros pour passer par la fenêtre de sa portière, c'est pourquoi il a tenté de casser le pare-brise. Et dire qu'à cet endroit, le lac n'est profond que de quelques mètres. Il aurait pu s'en sortir.

– Les secours ont peut-être tardé, suggère Piatti.

– Nous sommes en Suisse, ne l'oubliez pas. Les plongeurs sont arrivés sur place en un quart d'heure. Mais Fuchs n'était déjà plus qu'un cadavre, et toutes les tentatives pour le réanimer ont été vaines. Du reste, chez un sujet comme lui, de plus de soixante ans avec des problèmes respiratoires et, probablement, d'hypertension, la noyade se produit très vite. Une seule minute peut mener à la perte de conscience. En somme, je peux vous assurer qu'après quelques secondes de panique, il est mort rapidement, presque sans s'en rendre compte.

– Oui, D'Ambrosio et Pallavicini n'ont pas eu cette chance. Ils doivent avoir horriblement souffert.

– Sans aucun doute. Mais croyez-moi, cette affaire n'a rien à voir. Même si quelqu'un lui voulait du mal, Fuchs s'est débrouillé tout seul. Pour le procureur, son décès est accidentel. Le dossier est classé.

---

1. *Capuns* : spécialité des Grisons à base de pâte, de viande de bœuf séchée et de feuilles de bette.

– Et si on avait saboté sa voiture ? insiste Ilaria.

– Les mécaniciens de la police ont passé sa Jaguar au crible : pas même un boulon desserré. Il venait de la faire réviser chez un garagiste de Samedan. Ne vous mettez pas martel en tête, Ilaria, pas de scoop cette fois-ci. Il fait si beau, pourquoi n'iriez-vous pas plutôt faire une balade, l'air de la montagne vous ferait le plus grand bien ! »

12 août

« On dîne ensemble ?

– Non, merci. Je préfère manger seule.

– Au fait, Vittoria reste à la maison, ce soir.

– Volontiers, dans ce cas ! répond Ilaria, soudain radieuse.

– Tu as vraiment du mal à la supporter, hein ?

– Plutôt.

– Tu es jalouse ? »

Ilaria éclate de rire.

« Ça va pas la tête ? »

Une demi-heure plus tard, Besana pousse la porte du restaurant.

Ils sont assis sur un banc en bois, dans un coin tranquille. Marco parcourt la carte des vins en secouant la tête.

« Ils se font une marge scandaleuse, commente-t-il. Pas une boutanche à moins de trente euros, tu te rends compte ? »

Il commande le rouge le plus abordable et croque un morceau de pain.

« Explique-moi pourquoi tu la détestes à ce point ?

– Je la trouve snob et arrogante, sous son vernis urbain, elle manque de cœur. Elle vit dans sa petite bulle et croit que tout l'univers tourne autour d'elle. Elle n'a pas le moindre sens des réalités, ni aucune curiosité pour les autres. Tu sais qu'elle ne m'a jamais posé une question ? Je ne fais pas partie de son milieu donc, à ses yeux, je n'existe pas. Entre autres.

– Entre autres ?

– Oui. Elle m'ennuie, avec son *name dropping*. Ça ne m'intéresse pas deux minutes, le bottin mondain.

– Tu n'as pas tout à fait tort, Piatti. Mais tu exagères. » Les coudes sur la table, Marco appuie le menton sur ses poings. « Vittoria est bien plus écorchée qu'il n'y paraît. »

Ilaria fait la grimace.

« Ne viens pas me dire que la mort de son mari l'a dévastée. Quand elle en parle, c'est avec une totale indifférence : on croirait qu'il s'agit d'un vague cousin éloigné.

– Ce n'est pas à lui que je faisais allusion. Sa plaie à vif, c'est sa fille, qui a une vingtaine d'années. Elle passe de centre de cure en centre de cure.

– Addiction ou problème psychiatrique ?

– Disons les deux : elle se drogue. De temps en temps, elle se fait la belle et sa mère pète les plombs. Tu ne la reconnaîtrais pas, je t'assure : elle dévisse carrément. Quand je suis rentré hier, la cuisine était ravagée : de la vaisselle cassée partout. J'ai cru qu'on l'avait tuée elle aussi, mais non, c'était son œuvre.

– Elle se sent peut-être coupable.

– Ce n'est pas moi qui la jugerai. Je ne sais rien de leur histoire. Impossible de l'aider : elle se referme comme une huître. Je me sens complètement inutile et impuissant.

– Je ne sais pas pourquoi, mais j'ai du mal à compatir, commente Ilaria. Qu'est-ce que je devrais dire, moi, avec mon père en prison à perpétuité parce qu'il a tué ma mère ? Je ne suis pourtant pas devenue comme elle. »

Besana boit une gorgée de vin et réfléchit.

« Tu sais, à vingt ans, on est souvent radical. Ensuite, on s'assouplit un peu, on est moins sûr de ses jugements. Il m'arrive de trouver ça dommage : ça a de la classe, l'intransigeance. En même temps, c'est tout de même une libération. Je préfère sans doute savoir que je ne sais rien : qui sont les autres, par exemple. »

13 août

Au poste de police de Samedan – *Polizia chantunala dal Grischun* –, Piatti et Besana sont reçus par le sergent Urs Ackermann, le seul agent qui parle couramment l'italien. Aussitôt, il se dépêche d'énoncer les règles suisses de confidentialité. Interdit de citer les noms des personnes mises en cause. Entre autres. Sur ce, il se lève pour répondre à un appel urgent et les laisse seuls dans la pièce.

« En fait, on a le droit d'écrire que dalle, dit Besana.

– Ça ne concerne peut-être que la presse suisse, répond Piatti.

– Tu paries combien qu'il ne va rien nous dire ?

– On s'en moque, on a d'autres sources. »

Le sergent Ackermann revient et s'excuse de les avoir fait attendre. Il leur raconte qu'ils s'intéressent à un certain pharmacien, dont il doit taire le nom, qui aurait vendu à la victime le flacon d'*Aconitum* homéopathique.

« Qu'on peut se procurer sans ordonnance. Vous vendez vraiment n'importe quoi en pharmacie, vous autres. Il vous faudrait des règles plus strictes, comme chez nous », ricane Besana.

Cela ne déride pas le sergent Ackermann qui, imperturbable, reprend le fil de son récit : le pharmacien persiste à dire que si le contenu du flacon ne correspond pas à ce qu'annonce son étiquette, le problème vient du laboratoire pharmaceutique. Ils sont en train de procéder à des contrôles directement à l'usine, dont il doit taire le nom.

« Par conséquent, si M. Andreas Vital est innocent, il faut chercher le coupable chez Natur-Pharm, à Bâle, le provoque Marco.

– Nous ne sommes pas en Italie, monsieur Besana, répond le sergent, glacial.

– Mais nous sommes venus en amis, pas pour vous mettre en difficulté. Soyez tranquilles, nous utiliserons d'autres sources. Permettez-moi juste une question.

– Je vous écoute.

– Envisagez-vous que cette affaire ait un lien avec la mort de Ruth Vital ?

– Je ne peux rien vous dire, désolé.

– C'est bien ce que je pensais », commente Besana.

Ils se lèvent et serrent la main du sergent. Juste avant de passer la porte, Besana se retourne.

« Excusez-moi, encore une petite question. Trois autres Italiens sont morts dans les Grisons, ces deux dernières années : Livio Moser, Carlo Rigamonti et Achille D'Ambrosio. Vous ne pensez pas que ces homicides puissent être liés ?

– Je vois très bien à quels décès vous faites allusion, il s'agissait d'accidents. L'hypothèse d'homicides n'a pas été retenue.

– D'accord, merci, sergent. »

13 août

Furieux, Besana regagne à grands pas la voiture, le dos rond. En voyant qu'on leur a collé une amende, il explose.

« Mais comment tu veux bosser correctement, dans ce pays ? Il faudrait se contenter de publier les communiqués des flics, comme dans les années 1950 ? Autant foutre direct nos cartes de presse à la benne. Ou bien plaquer les faits divers pour étudier les ours, tout ce que j'aime, quoi.

– Et si on allait boire un chocolat quelque part ? »

Besana consulte sa montre.

« Il est midi, Piatti, pas de blagues : on a droit à une bière. »

Ils s'installent à la terrasse d'une pâtisserie. Ravie, Ilaria commande un bretzel au beurre.

« Voilà une invention suisse de premier ordre ! dit Ilaria en croquant son bretzel.

– Bof, répond Marco, on en trouve partout, en Alsace comme à Vienne ou à Bolzano. Mais, bretzel mis à part, ce pays est plus inventif que ce qu'on croit.

– Pour ma part, la Suisse ne m'évoque que le chocolat, les montres et ces couteaux de poche rouges avec plein d'outils.

– Tu la sous-évalues, Piatti, dit Marco avant de boire une gorgée de bière locale. Tiens, pense au Velcro. C'est un type du canton de Vaud qui en a eu l'idée en revenant d'une balade dans les bois. Il a dû ôter un tas de fruits de bardane de ses vêtements et du pelage de son chien, tu vois ce que c'est, ces petites boules qui s'agrippent ? Il les a observées au microscope et il a compris qu'il pouvait en faire quelque chose. L'ennui est une source d'inspiration, par ici.

– D'autres exemples ?

– Le bouillon cube, inventé par un demi-Italien, Julius Maggi. Ou le cellophane, conçu par un Zurichois. La feuille d'aluminium. Et puis la brosse à dents électrique, tu te rends compte, Piatti ? Née de l'imagination d'un dentiste de Genève. Qui aurait cru qu'un dentiste genevois avait de l'imagination ? »

Ilaria rigole.

« J'ai gardé le meilleur pour la fin : le flacon à tête de canard, qui a révolutionné le nettoyage des cuvettes de chiottes. Eh bien, le premier prototype est né à Zurich dans les années 1980.

– La vache, ils ont changé le monde !

– Tu vois ? Tu es bourrée de préjugés, répond Besana. Hélas, en matière de canards, ils ont aussi commis le pire : l'*Ententanz*, mieux connue sous le nom de « Danse des canards », est également *Swiss made*.

– L'ennui est une chose dangereuse.

– Ça dépend, reprend Besana. Sans les Suisses, pas d'absinthe, et qui sait si sans elle, Verlaine et Mallarmé auraient écrit des poèmes ? C'est un médecin de Neuchâtel qui l'a créée à des fins thérapeutiques. Ensuite, heureusement, elle a été utilisée à meilleur escient à Paris.

– C'est vrai ?

– Même chose pour le LSD, sorti des laboratoires Sandoz de Bâle grâce au grand Albert Hofmann, chimiste de génie qui, soit dit en passant, est mort à l'âge vénérable de cent deux ans. Comme quoi, cette substance n'est pas si néfaste. »

13 août

Ilaria rentre à l'hôtel en car. La journée est splendide et le soleil a des inconvénients : il pousse tous les touristes à sortir à l'air libre. Une foule bien trop sportive à son goût. Les bateaux et les planches à voile ont envahi les lacs, les cerfs-volants pullulent dans le ciel, les vélos électriques et les VTT sillonnent les routes, et dans les champs, les cavaliers et les joueurs de golf grouillent. Certains patinent, d'autres courent, les autres, en grande tenue de randonneurs, s'élancent, sac au dos, sur les sentiers. Cette frénésie lui est insupportable. Elle préfère encore les orages.

Assise à côté d'un enfant casqué incapable de tenir son vélo, qui ne cesse de lui tomber sur les pieds, Ilaria reçoit un appel. Le sujet est délicat, elle aimerait mieux en discuter ailleurs que dans un car. Mais l'agent immobilier est pressé, il doit clore ses dossiers avant la mi-août, lui aussi voudrait pouvoir fermer et partir.

« J'espère que vous comprenez, madame Piatti. Au village, tout le monde sait qu'il y a eu un crime dans cette maison. Trouver des gens d'ailleurs n'est pas facile. Il ne vient plus que des immigrés qui n'ont pas les moyens de s'offrir un pavillon comme le vôtre. Je l'ai fait visiter de nombreuses fois, vous savez. Au début, ils sont tous enthousiastes, ensuite ils se renseignent et ils renoncent.

– Et donc ?

– Il faut que nous baissions le prix, madame. Dans ce cas, quelqu'un passera peut-être l'éponge sur cette histoire. Je connais bien les gens, faites-moi confiance. Ils font un tas de chichis, mais devant une bonne affaire, ils s'accommodent de tout. »

Ilaria ferme un instant les yeux. Entendre parler de sa vie en ces termes est assez brutal.

« Vous plaisantez ? Le prix est déjà très bas. Je ne pourrai même pas m'acheter un studio à Milan.

– Je vous donnerai un coup de main, si vous voulez, insiste l'agent. Nous avons une filiale là-bas.

– Vous m'avez demandé de la brader et j'ai accepté. Et vous voudriez à présent que j'en fasse cadeau.

– Vous souhaitiez vous en débarrasser au plus vite. Seulement voilà, madame : personne ne veut de cette maison. Il faut bien vous le mettre dans la tête : personne n'en veut. »

L'enfant à côté d'elle fait tomber une fois de trop son vélo sur son pied.

« Merde à la fin », laisse-t-elle échapper.

Le gamin ricane. Ilaria se tourne vers lui et le foudroie du regard.

« Fais ça encore une fois et je balance ton vélo par la fenêtre !

– Pardon ?

– Ça ne vous était pas adressé, répond-elle à l'agent.

– Réfléchissez, madame. »

Ilaria acquiesce dans un murmure. Elle coupe la communication et flanque un coup de pied au vélo du gamin, en guise d'avertissement. Ce n'est pas le moment de la contrarier.

13 août

Marco s'arrête à la station-service, derrière une file de véhicules. Il regarde son téléphone, aucun message. En levant les yeux, il aperçoit une blonde aux prises avec la pompe, incapable de dévisser son bouchon de réservoir. C'est son ex-épouse. Il descend de voiture et court la rejoindre.

« Je t'avais pourtant appris à le faire. Un cours de rattrapage ? »

Marina l'embrasse, sans lâcher le pistolet.

« Donne-moi cette arme », lui dit-il.

Confuse, elle se passe la main dans les cheveux.

« Je ne sais pas ce que j'ai fabriqué, admet-elle.

– Ce n'est pas grave ! » lui dit Marco gentiment.

C'est sans doute le rappel de petits gestes quotidiens qui les met à présent dans l'embarras. Mais cela ne dure pas. Une fois la manœuvre achevée et le plein effectué, ils entrent dans un bar, le ventre vide et l'estomac noué. Marina ne gronde pas Marco quand il commande une bière au lieu d'un sandwich. D'ailleurs elle en prendra une, elle aussi. Histoire de se faire tourner la tête.

« Je ne m'attendais pas à te trouver ici, dit-elle.

– Moi non plus, répond Besana.

– Tu oublies qu'Armando a une maison à Celerina. » Marina hausse les épaules. « C'est celle de ses parents. Je voulais qu'on parte en voyage mais il préfère économiser en venant ici. Et toi, où loges-tu ?

– À l'hôtel, répond Marco. Je suis sur une affaire. »

Un deuxième mensonge, déjà. Mais plus grave.

« Cette histoire d'empoisonnement ? C'est intéressant ? »

Voilà une question qu'elle ne lui aurait jamais posée du temps de leur mariage, alors il esquive et change de sujet.

« Assez. Jacopo est avec vous ?

– Il devait venir, mais il a changé d'avis au dernier moment. Il préfère travailler.

– Travailler ? Lui ? » Besana n'en revient pas. « Je dois m'inquiéter ? »

Jamais, de toute sa vie, Jacopo n'a sacrifié ne serait-ce qu'une semaine de vacances pour un boulot d'été. Marco a dû louper un épisode.

« Oui, tu devrais, Marco, répond Marina. Il t'a parlé de sa copine ?

– Il m'a envoyé des photos. Elle est plutôt canon.

– Donc, il ne t'en a pas parlé.

– Où est le problème ?

– Ses parents. Ils tiennent une ferme d'agritourisme dans la Valteline.

– Et alors ? Ils gagnent probablement plus que moi. »

Marina éclate de rire, puis elle secoue la tête.

« Il a décidé de s'installer là-bas et de travailler avec ceux qu'il considère déjà comme ses beaux-parents, après seulement trois mois. »

Besana boit une gorgée de bière pour faire passer la nouvelle.

« C'est pour ça qu'il ne veut plus s'inscrire à l'université, dit-il. Mais putain, il n'a que dix-huit ans. Et ça le réjouit de vivre avec sa belle-famille ?

– C'est peut-être notre faute, murmure Marina en baissant la tête.

– C'est la tienne, rétorque-t-il, brutalement. C'est ta faute.

– Je t'en prie. » Marina pose une main sur la sienne. « Les fautes sont toujours partagées.

– Depuis quand ? Si je me souviens bien, quand on s'est séparés, tous les torts étaient de mon côté.

– Quel rapport ?

– C'est pourtant clair, répond Marco. Et il est tout aussi clair que la décision de notre fils est liée à tes projets de mariage.

– Ne sois pas cruel.

– Je suis juste réaliste. Pas la peine d'être un ponte de la psychanalyse. Il vient de devenir majeur et il va essayer de se marier avant toi, bordel !

– Tu dois l'en empêcher, Marco.

– Désolé, mais je vais commencer par toi », répond Besana.

Marina relève la tête, inquiète.

« Tu ne veux plus de divorce à l'amiable ? »

Besana allume une cigarette, ses mains tremblent légèrement.

« Si, si, répond-il. À l'amiable, vite fait. Dès que possible. »

Marina le regarde, à la fois soulagée et confuse.

« Mais j'ai vu Armando en galante compagnie, ajoute-t-il. Je crois qu'il est bon que tu le saches. »

Il n'avait pas l'intention d'en arriver là, mais autour de lui, la vie des uns et des autres part à vau-l'eau et plus personne n'a rien à perdre.

13 août

« Où es-tu ? On peut se voir un moment ? Je viens de découvrir un truc inquiétant. »

Vaguement embarrassé, Besana se lève de table pour lui parler.

« Je suis avec ma femme. Mon ex-femme, je veux dire, répond-il.

– Tu as rencontré Marina ?

– Pour des raisons de confidentialité, je ne peux pas citer de nom.

– Crétin. Tu peux passer à l'hôtel tout à l'heure ?

– D'accord. »

Ilaria l'attend dans le jardin. Besana lâche la laisse de Beck's qui la rejoint au grand galop et manque faire trébucher une passante.

« Me voici, annonce Marco en s'asseyant à côté d'elle.

– Comment ça s'est passé ?

– Parlons d'autre chose.

– Vittoria est au courant ?

– J'ai passé toute la journée à travailler avec toi.

– Entendu.

– Alors, ce scoop ?

– Le commissaire Ricci m'a transmis une info qui change quelque peu la donne. La femme de D'Ambrosio a refusé l'héritage qui n'était constitué que de dettes, mais elle va encaisser plusieurs millions grâce à l'assurance vie de son mari. Et si c'était un crime à part, sans rapport avec les autres ?

– Ah, le lien entre poison et assurance vie est historique, commente Besana. Avant le XIXe siècle, on s'empoisonnait surtout dans les hautes sphères. Les cours royales, entre autres. C'étaient des homicides aristocratiques. La Vieille au Vinaigre, qui œuvrait en milieu populaire, est une exception. La création des assurances a tout changé. Même chez les gens ordinaires, la vie s'est mise à avoir un prix. Et le poison, surtout en famille, est devenu l'arme la plus fiable et la plus difficile à identifier. Je ne parle pas seulement d'arsenic, de cyanure et de strychnine. Certains sont allés chercher des substances vraiment bizarres.

– Comme ?

– Il y a eu un cas célèbre, au début du XIXe siècle, à Paris, un assureur escroc du nom d'Henri Girard qui a empoisonné une bonne dizaine de personnes pour empocher leurs primes. Il utilisait des bactéries pathogènes ou leur servait des amanites phalloïdes.

– Moi qui croyais que notre assassin avait une imagination extraordinaire. Les empoisonneurs en série ne sont donc pas si rares ?

– Tiens, je me rappelle aussi cette femme au foyer de l'Oklahoma qui, dans les années 1950, a occis pas moins de cinq maris, deux de ses enfants, sa mère, deux de ses sœurs et un neveu. Onze homicides, tous classés comme morts naturelles, jusqu'à ce qu'un légiste un peu scrupuleux décide d'autopsier le cinquième époux et découvre dans son corps une quantité d'arsenic vingt fois supérieure à la dose létale. Elle déclare à la police qu'elle les a tués parce qu'elle les trouvait *ennuyeux*. On l'a surnommée "l'empoisonneuse romantique".

– Incroyable, dit Ilaria en riant.

– Elle adorait les romans-photos, figure-toi, et il lui semblait que sa vie n'était pas à la hauteur des idylles dont elle rêvait. "Je cherchais le mari idéal, le grand amour, le vrai" : c'est ce qu'elle a avancé pour se justifier. »

13 août

Vittoria lui avait promis une soirée tranquille, en tête à tête, mais elle n'a pas pu résister. À la dernière minute, elle a invité dix personnes à dîner.

« Encore ? La barbe. Je ne sais pas quoi leur dire, moi, à ces gens-là.

– Écoute, trésor, Chicca était toute seule. Ensuite, Giulio m'a appelée. Nous n'allions pas passer la soirée avec eux deux. Les Crivelli m'ont invitée plusieurs fois, il fallait bien que je leur retourne la pareille.

– Ça me gonfle, grogne Besana. On n'est jamais tranquilles, putain. »

Son portable vibre à cet instant précis. C'est son ex-femme. Au secours. Impossible de la laisser en plan après ce qu'il vient de lui balancer au sujet d'Armando. Par chance, on sonne à la porte une seconde plus tard, et Vittoria s'y précipite. Besana s'enferme aux toilettes.

« Je te dérange ? » Marina est en larmes.

Marco ouvre le robinet pour couvrir sa voix.

« Pas du tout, répond-il. Je suis vraiment désolé, je n'aurais rien dû te dire.

– Au contraire, tu as bien fait. J'ai pris une chambre à l'hôtel, je rentre à Milan demain. Je ne vais tout de même pas dormir avec lui. Et toi, où es-tu ?

– À une fête.

– Une fête ? Mais tu détestes ça !

– C'est pour le boulot », esquive-t-il.

Sur ce, on frappe à la porte.

« Marco ? Tout le monde est là. Nous t'attendons.

– J'arrive », crie-t-il, sans ouvrir.

Marina renifle, entre deux sanglots.

« Tu dois y aller ?

– Désolé. J'essaie de te rappeler plus tard.

– Oui, s'il te plaît. Ne me laisse pas seule ce soir. Je suis effondrée. Je n'ai qu'une envie : me jeter par la fenêtre.

– Ne dis pas de conneries. »

Le visage fermé, Besana rejoint ses hôtes au salon. Il serre çà et là des mains. Vittoria le prend par le bras.

« Un problème ?

– Non, j'étais au téléphone avec Piatti. »

Mais le téléphone vibre à nouveau dans sa poche. Marina ne va pas le lâcher. Il préférerait mille fois l'écouter pleurnicher que d'échanger des banalités avec sa voisine. Seulement voilà, il est coincé.

« Que faites-vous dans la vie ?

– Journaliste à la retraite.

– Intéressant.

– Quoi, la retraite ?

– Non, le journalisme, dit la dame en riant.

– Et vous, qu'est-ce que vous faites ?

– De la peinture sur céramique. Si cela vous tente, il y aura une vente de charité dimanche après-midi, chez les Laudomia. »

Prononcer le mot « intéressant » est au-dessus de ses forces. Déprimé, Besana lui verse un verre de vin.

« Vous connaissez les Laudomia ?

– Non. »

Il se détourne de sa voisine pour écouter Crivelli. Le chirurgien parle justement de Fuchs.

« Roger et moi, nous nous connaissions bien. Il a rénové ma maison et moi, j'ai rénové sa femme », s'esclaffe-t-il, sans réaliser que ses propos sont déplacés. Il a un coup dans le nez et il dérape. « Est-on sûrs qu'il ne s'agit pas d'un autre meurtre ?

– On en a parlé avec le légiste, intervient Besana, il exclut formellement cette hypothèse. C'est un accident, ça ne fait aucun doute. »

L'employée de maison sert la soupe d'orge et Crivelli, désormais en roue libre, se lâche :

« Qui goûte le premier ? »

Autour de la table, le silence se fait. Personne n'ose saisir sa cuillère. Vittoria le foudroie du regard.

« Il fera beau, demain, dit-elle. Si nous allions à la cabane Segantini ? »

13 août

« Brunella est cleptomane, raconte Dafne en plongeant une pomme de terre dans la casserole de fondue. Elle s'est fait arrêter à la Coop avec des ciseaux à ongles et du déodorant dans son sac. Des trucs de quatre sous, tu comprends ça, toi ? Avec tout le fric qu'elle a.

– C'est une maladie, répond Ilaria.

– Quand elle allait chercher des œufs frais à la ferme, elle ne mettait pas de pièces dans la *Honesty box*. Ici, les gens achètent même la viande de cette manière, personne n'aurait l'idée de partir sans payer.

– Elle a un boulot, ou elle ne fait rien de ses journées ?

– C'est une dame, maintenant. Avant son mariage, elle était hôtesse dans des congrès, un truc de ce genre. Je ne crois pas qu'elle ait le moindre diplôme.

– Elle a l'air fragile, dit Ilaria. L'air d'une femme qui essaie d'être à la hauteur et qui n'y arrive pas.

– Elle manque d'assurance à mon avis, elle souffre d'un sentiment d'infériorité sociale. Tu sais, son père était buraliste. Son mariage l'a catapultée dans un autre monde, sans parachute ni filet. Tout le monde est fils ou fille de quelqu'un, par ici. Ensuite, bien sûr, elle a appris à se débrouiller dans cette jungle, surtout grâce à Vittoria, d'ailleurs. Mais ça lui a pris des années.

– Elles sont très proches, ça se voit, même si elles sont très différentes.

– Vittoria est une compulsive de la socialisation. Elle est incapable de passer une soirée sans organiser quelque chose. Au fond, Brunella est sa seule véritable amie. Les autres ne sont que des relations mondaines. Tu sais, si tu la prends à part, Vittoria est une excellente personne, et généreuse, avec ça. Mais elle s'entoure de gens horribles.

– Je deviendrais folle à mener une vie pareille. En ce qui me concerne, je préfère mille fois la solitude.

– Ne m'en parle pas. Je suis capable de m'isoler des mois entiers.

– La tête de Turc de ce petit monde, c'est Ginevra Landi, à ce qu'il semble.

– C'est vrai qu'ils la détestent. C'est un outsider, elle aussi. Quand elle s'est séparée de Livio Moser, ils ont tous pris son parti à lui. Mais depuis qu'elle a hérité la galerie, ils se sont radoucis. Elle leur est redevenue utile, soudain, qu'ils aient une œuvre à revendre ou un peu de fric à placer dans l'art contemporain. Les galeries ne pullulent pas, dans les parages.

– Et Nicoletta D'Ambrosio, elle est comment ? Je ne l'ai pas encore rencontrée.

– Tu n'as rien perdu. En voilà une qui se la joue à fond. C'est une aristocrate, une marquise ou une comtesse de je ne sais plus quoi, un quelconque nom à rallonge. Elle ne roule pas sur l'or mais elle possède un palais de famille en Vénétie et doit faire des pieds et des mains pour l'entretenir. Ça se prend pour une grande dame et ça regarde tout le monde de haut.

– Une qui m'était bien sympathique, c'était Marta Guerra », dit Ilaria.

Dafne se mord la lèvre et ses yeux s'emplissent de larmes. « Excuse-moi », dit-elle en secouant la tête. Puis elle se mouche dans sa serviette en papier. « Marta était différente. Je suis tellement désolée pour elle. On partageait beaucoup de choses, l'amour des animaux, entre autres. C'était une brave personne qui s'intéressait sincèrement aux autres. Elle était juste un peu dingo. »

Sur ces entrefaites, un grand jeune homme barbu s'approche de leur table – queue-de-cheval et chemise écossaise aux manches roulées au-dessus d'avant-bras bronzés – et se penche pour embrasser Dafne.

« J'ai demandé à mon ami Simone de passer. Il vient du Trentin, je voulais te le présenter parce qu'il est zoologue et spécialiste des ours.

– Enchanté, dit ce dernier en serrant la main de Piatti. Dafne m'a longuement parlé de toi.

– Tu es venu ici pour voir Fulvio ? demande Ilaria.

– Si seulement ! Je donnerais tout ce que j'ai pour le croiser. Mais un ours peut parcourir cinquante kilomètres en une journée, qui sait où il est maintenant.

– Vraiment ?

– Je te l'assure. Malgré sa masse, l'ours est un athlète accompli. Il peut courir dans les descentes comme dans les côtes, et super vite, en plus. On en a vu escalader en quelques heures des parois rocheuses de cotation deux ou trois, ou traverser des glaciers pour passer d'une vallée à l'autre. Ils sont capables de nager sur de longues distances, de grimper aux arbres et de marcher avec de la neige jusqu'au poitrail.

– Tu fais un bien beau métier, dit Ilaria.

– Oui, je suis amoureux de cet animal. Il est tellement intelligent. De tous les carnivores, c'est celui qui a le plus gros cerveau, proportionnellement à son corps. Il apprend très vite, y compris quand il s'agit de nous berner. Il creuse par exemple sous les clôtures électrifiées, ou il les abaisse en pesant sur les poteaux de soutien. On en a filmé un qui est monté dans un arbre pour sauter à l'intérieur de l'enclos des brebis.

– Tu en as vu souvent ?

– Seulement quand j'ai eu de la chance. Parfois, on reste embusqué des journées entières et on ne voit passer qu'une ou deux marmottes.

– Simone est l'un des meilleurs, commente Dafne.

– Vous faites quoi, les filles, le week-end du 15 août ?

– Moi, je dois rentrer à Milan, le journal me coupe les vivres. Demain, je saute dans le car et ensuite, dans le train. Bien obligée.

– Si tu veux, je t'accompagne jusqu'à Chiavenna, j'y vais pour acheter du matériel de grimpe.

– Volontiers, répond Ilaria. C'est gentil ! »

13 août

Bon Dieu, où je suis tombé ? Tout ce que Giacomo sait, c'est qu'il est coincé, la tête en bas, dans un endroit sombre et froid. Quand il essaie de bouger, il glisse vers le bas de plusieurs centimètres. Son épaule gauche le fait souffrir, il doit se l'être cognée dans sa chute, peut-être est-elle brisée. Une de ses pommettes saigne. Ses mains sont livides et enflées. Il tâte la paroi de glace. La paroi de *son* glacier. Il est venu marcher tant de fois ici, crampons aux pieds. *Gletscherwanderung*, comme disent les Suisses, une simple randonnée, à la portée des enfants. Comment ça a pu tourner aussi mal, merde ! Il a fait des choses tellement plus dangereuses, dans sa vie.

D'accord, il sort toujours du tracé, mais les risques sont minimes, on n'est pas au Népal, ni dans les Andes. Il vient ici pour se détendre, pour se purger de ses décharges d'adrénaline. Pour jouir de la solitude de la haute montagne, du sifflement du vent, du grondement des moraines qui s'effondrent, du vol des gypaètes autour des cimes de la Bernina.

Mais ce matin, il n'était pas dans son assiette, il était déjà en route quand il s'en est aperçu. Un mal de tête pénible. Sa maudite sinusite, encore une fois. Mais ça ne l'a pas arrêté, il a poursuivi son chemin, malgré les nuages au-dessus du piz Palü. Peu après, la neige a commencé à tomber. Ses maux de tête devenant insupportables, il a décidé de prendre quelques gouttes. Aussitôt, ses lèvres et sa langue se sont engourdies. Un fourmillement étrange a vite envahi tout son visage, puis l'extrémité de ses doigts et enfin, l'ensemble de son corps. Il était comme anesthésié. En plus de la neige, le brouillard s'y est mis. Mais était-ce vraiment du brouillard, ou sa vue qui se troublait ? Puis il a senti monter une bouffée de chaleur, un subit accès de fièvre. Son rythme cardiaque s'est emballé et il a eu du mal à respirer. Un comble, pour lui qui est affûté à l'extrême. Bizarre, vraiment bizarre. Maudite sinusite.

Il avance, malgré tout, il connaît ce parcours par cœur. Pourtant, il a l'impression d'être perdu. Il ne voit même plus où il met les pieds, la neige a tout recouvert et la brume s'est encore épaissie. Non, pas par ici, plus vers la droite, peut-être ? Non, de ce côté, il y a les séracs. Ses jambes flageolent, il titube.

Et soudain, le vide sous ses pieds, il entend l'écho de son propre cri rebondir sur les roches du Munt Pers. Il se cogne la jambe et bascule en avant, son crâne heurte la glace une fois, deux fois, trois fois… il perd le compte. Il descend toujours, pendant un temps interminable, de plus en plus profondément, en se demandant quand il touchera le fond. Quand cela va-t-il cesser ? Puis il s'évanouit.

Quand il reprend conscience, il ne distingue même pas une fenêtre de ciel au-dessus de lui, seulement des stalactites et un dédale de glace verdâtre. Il tente d'appeler à l'aide mais l'écho de sa voix résonne en vain dans ce piège.

Depuis combien de temps est-il là-dedans ? Deux heures, trois ? Sa montre s'est cassée dans sa chute. Mais la lumière qui filtre de là-haut est de plus en plus faible. Il tremble de froid, trempé d'une sueur gluante. Soudain, il est pris d'une violente nausée, et ses vomissures dégoulinent dans ses yeux, sur son front, dans ses cheveux. Il frappe la neige des poings et des pieds, son corps est comme parcouru de décharges électriques. Il se sent suffoquer. De l'air, de l'air, aidez-moi. Putain, est-il possible qu'il n'y ait personne, là-haut ? Un refrain que lui chantaient ses grands-parents jadis lui revient en mémoire. « Dieu du ciel, Seigneur des cimes, tu as rappelé un de nos amis. » Il vomit encore. Il n'a jamais eu aucun ami. Il n'a jamais cru en rien. Mais s'il existe un Seigneur des cimes, Il doit l'avoir vu. Un gloussement de rire, désespéré, lui échappe. Mais la fatigue et la nausée prennent le dessus, et il se laisse partir. Dormir un peu, ça vaut peut-être mieux.

Ilaria se réveille avec de la tachycardie. Elle allume la lumière et va dans la salle de bains, boire une gorgée d'eau fraîche au robinet. Voilà que ces meurtres hantent ses nuits. Vivement que ce cauchemar prenne fin, elle n'en peut plus.

13 août

« Tu as fait un mauvais rêve ? demande Vittoria en caressant l'épaule de Besana, couché à côté d'elle.

– Quoi ? Pourquoi ? répond Marco, encore assoupi.

– Tu as marmonné des trucs bizarres, du style "Alors c'est fini, hein ? Bon, eh bien je saute !"

– Ah, oui, c'est vrai… quel rêve absurde.

– Raconte ! » Vittoria se redresse et allume la lumière.

Besana bâille en se frottant les yeux.

« Je suis dans une grande villa, en Toscane, peut-être, comme tes amies doivent en avoir, dans la vallée du Chianti. On y donne une fête assez chic – que du beau linge, du même genre qu'ici : des Italiens d'âge mûr, élégants, un peu snobs. Dans une des pièces, il y a une causerie autour d'un bouquin dont je me contrefiche, dans une autre, on picole, ce qui m'intéresse nettement plus.

– Ça n'a rien d'un cauchemar, jusqu'ici, dit Vittoria en riant.

– Attends… C'est l'été, le soleil brille. Je m'ennuie, alors je sors dans le jardin. Un tas de gens s'y baladent. Je tombe sur une dame qui court, tout essoufflée : "Vous n'avez pas vu Mario ? Je ne le trouve nulle part. Qu'est-ce qui m'a pris d'épouser un vieux gaga ?"

– C'est plutôt réaliste, comme rêve, commente Vittoria. Et ensuite ? Qu'est-ce qui se passe ?

– Le parc est vaste, fermé par un grand portail en fer forgé. Derrière, je vois un type bien mis qui lit un journal, peut-être le mien. À un moment donné, il le referme d'un geste agacé et il lâche : "Mais qu'est-ce qu'ils essaient de nous faire avaler ? La barbe, c'est insupportable !" Et il le balance dans le jardin, à mes pieds. Ça me fait de la peine et je lui réponds : "J'ai été journaliste pendant trente ans, et je sais bien que nous n'avons plus beaucoup de lecteurs. Mais si même les personnes cultivées et aisées, comme vous, cessent de lire le journal, je n'ai plus qu'à aller me jeter dans les calanques."

– Les calanques ?

– Oui, la villa est au sommet d'une colline, et un peu plus loin, on aperçoit des falaises. D'instinct, j'ai l'idée de sauter de là. Mais le type, qui est avec un ami, se met à rigoler, ils me prennent chacun par un bras en me disant : "Mais non, allons. Ne faites surtout pas ça."

– C'est tout ?

– Oui, c'est tout. »

Besana a vaguement honte. Il n'a pas l'habitude de raconter ses rêves.

« Décidément, tu as ce métier dans le sang. Assister à son déclin te fait souffrir, n'est-ce pas ?

– Juste un peu », répond Besana en éteignant la lumière.

14 août

Avant de partir, Ilaria veut faire un saut jusqu'au petit cimetière où repose le peintre Giacomo Pallavicini. Besana l'accompagne, en traînant les pieds.

« Les Suisses sont parmi les plus grands recycleurs du monde, lui raconte-t-il en chemin. Je ne parle pas de l'argent sale qu'ils blanchissent dans leurs banques, mais des déchets. Le tri sélectif, par ici, a commencé bien plus tôt que chez nous. Les Coop récupèrent les ampoules grillées, les piles usagées, les bouteilles en plastique et même les vieux aspirateurs et les grille-pain cassés. Pas un village sans containers pour le verre, les boîtes de conserve, le papier et le carton. Et gare aux contrevenants : les caméras de surveillance veillent, et les amendes sont monstrueuses. Mais la forme la plus extrême, en Suisse, ce sont les tombes.

– Oh mon Dieu, comment ça ?

– Tu verras qu'au cimetière, la plupart des sépultures datent de moins de vingt-cinq ans. À part les caveaux de famille, qui ont été achetés, les tombes sont en général louées pour une vingtaine d'années. Après quoi, la fosse est réutilisée, souvent par la génération suivante. Même la pierre tombale est recyclée si personne n'en veut : elle est concassée et on en fait du gravier pour les allées. Ça peut paraître inhumain, mais la Suisse est un petit pays et elle ne peut pas se permettre de gaspiller de terrain pour ses défunts.

– Et Pallavicini, alors, comment a-t-il fait pour trouver un espace dans ce cimetière, lui, un Italien, qui n'avait pas de famille ici ?

– Tout a un prix, j'imagine que quelqu'un lui a loué sa fosse. »

Ils attachent Beck's à l'extérieur du cimetière. Le chien, penaud, se couche sous un banc de pierre, à l'ombre.

Ilaria et Marco s'avancent parmi les tombes. Lorsqu'ils arrivent devant la sépulture de Giacomo Pallavicini, ils restent bouche bée. Quelqu'un a posé sur le granit un bouquet de fleurs d'aconit. Toutes fraîches.

« Pute borgne, quel hommage ! commente Besana.

– Hommage, ou message ? » demande Ilaria.

Marco secoue la tête, abasourdi.

« Qui peut avoir apporté ça ?

– Une seule personne, d'après moi, répond Ilaria. Forcément.

– Elsa ?

– Elsa. Qui d'autre peut avoir eu cette idée ?

– L'assassin », répond Marco.

14 août

Le cimetière est flanqué d'une chapelle blanche. À l'entrée, un panneau résume son histoire, qui remonte à la période carolingienne. Elle était à l'origine rattachée à un couvent de nonnes et, pour les Suisses, reste un lieu de spiritualité, riche d'énergie et de magnétisme.

« On entre ? propose Piatti.

– Si tu y tiens. »

À l'intérieur, deux fresques : un Christ bénissant et un saint Georges terrassant le dragon. Une niche s'ouvre dans un mur latéral, fermée par une grille en bois. Ilaria y jette un coup d'œil et fait un bond en arrière.

« Horreur ! Un ossuaire. »

Besana s'approche. Dans la niche, s'empilent des centaines de tibias et de crânes. Au-dessus, cette sympathique adresse aux visiteurs, en allemand : « Ce que nous sommes, vous le serez. Ce que vous êtes, nous l'étions. » D'instinct, la main de Marco effleure ses testicules pour conjurer le sort.

« Les ossements des nonnes, sans doute, dit Ilaria.

– J'aurais préféré que ce soient ceux des criminels.

– Quel rapport avec les os des criminels ?

– Toujours la Vieille au Vinaigre. Après sa mort sur la potence, à Palerme, on l'a décapitée. Son corps a été enterré dans le cimetière Lo Sicco, à la sortie de la ville. Sa tête, en revanche, a fini dans la pyramide formée de crânes de criminels qui se dressait face à l'église de la Madonna del Fiume, très semblable à cet ossuaire.

– Tu exagères. Pauvres nonnes.

– Mais on tenait les restes des criminels en grande estime, sais-tu ? Pendant au moins un siècle, les Palermitains sont allés en pèlerinage devant le crâne de Giovanna, pour le consulter comme un oracle. C'est un rite qu'on appelait *ascultа*, "écoute". Il fallait attendre en silence que le crâne envoie un signe. Par exemple, un tintement signifiait que la grâce demandée t'avait été accordée.

– Et que demandaient les gens ?

– Bah, tout et n'importe quoi : éloigner les maladies ou le mauvais œil, gagner à la loterie, protéger un enfant en voyage. Les jeunes filles désiraient trouver un mari, ou avoir de la chance en amour. Tu devrais essayer.

– Tu te moques de moi ?

– Du tout. Tu as pas mal de trucs à demander, non ? »

Ilaria se prend au jeu. Elle ferme les yeux et fait mine de se concentrer. Puis elle relève brusquement la tête.

« Qu'est-ce que c'était que ce bruit ? »

Un mouvement imperceptible a fait vibrer la pyramide d'ossements. Effrayée, Ilaria saisit le bras de Marco.

« Un rat, Piatti, probablement.

– J'espérais une grâce. »

14 août

« Je suis venue ici en juillet pour écrire un article sur cet homme dépecé par Fulvio, raconte Ilaria à Simone Bertoldi, tandis qu'ils descendent, en voiture, du col de la Maloja. Si je t'avais rencontré avant, je t'aurais interviewé. C'est fréquent, ce genre d'attaques ?

– Non, c'est rare. Le plus souvent, c'est de l'autodéfense. L'ours n'est pas difficile comme le lynx, qui ne veut que de la viande fraîche. Il se nourrit de ce qu'il trouve, fruits, racines, baies, herbes et tubercules, mais aussi fleurs, bourgeons, fourmis, abeilles, jusqu'aux saumons, aux cerfs ou aux chamois selon la région où il se trouve. Il est friand de miel, comme chacun sait, mais il est capable de dévorer une charogne grouillante de vers. Plus que l'homme lui-même, il apprécie tout ce qu'il cultive ou élève – pommes, poires, raisin, prunes, poules, lapins, moutons, ânes et vaches. Et puis, ça s'est passé en juillet, il n'était donc pas affamé.

– Pourquoi ?

– C'est à l'approche de la période d'hibernation, à l'automne, que l'ours est pris d'une faim dévorante. On parle d'"hyperphagie". Comme il va jeûner trois ou quatre mois, de novembre à mars, en gros, et rester totalement immobile, il a besoin d'accumuler des réserves de graisse.

– Il ne sort jamais de son sommeil ?

– En général, non. Il ne mange pas, il ne boit pas, pas plus qu'il ne pisse ou ne chie. Bref, il ne fiche que dalle. Il dort tout le temps. Mais si quelqu'un le dérange, je t'assure qu'il se réveille aussitôt, et qu'il n'est pas de bonne humeur. Ce n'est pas le seul animal à hiberner : les marmottes et les loirs le font aussi, mais eux entrent vraiment en catalepsie et deviennent tout froids. Pas l'ours. Sa température corporelle s'abaisse juste un peu, sa respiration et son rythme cardiaque ralentissent, mais pas tant que ça. Il n'est donc pas complètement abruti et il ne lui faut qu'un instant pour réagir.

– Mieux vaut ne pas l'embêter, alors, dit Ilaria.

– Voilà. Ils n'attaquent pas tant qu'on les laisse en paix. L'ours est un animal solitaire et farouche, qui cherche à éviter le contact avec nous. Et il sait comment faire : il nous flaire de très loin. Il y a un proverbe indien qui dit : "Une aiguille de sapin est tombée ; l'aigle l'a vue ; le cerf l'a entendue ; l'ours l'a flairée." Son sens de l'odorat est dément : il repère une carcasse en décomposition à des kilomètres. Et la nuit, il voit bien mieux que nous. Mais, à la différence de l'humain, l'ours ne se fie pas à ce qu'il voit si sa truffe ne le lui confirme pas.

– D'après toi, Fulvio est particulièrement agressif ?

– On n'en a pas eu l'impression. Quand on pouvait encore le surveiller avec le collier, on n'a pas constaté d'incidents. Je suis convaincu qu'il s'est senti agressé. Tu sais, les ours sont des individus, chacun a son caractère. C'est comme pour les humains : certains sont dangereux.

– Je m'en suis aperçue », commente Ilaria.

14 août

« Tu dois vraiment rentrer à Milan ce soir ? »

Surprise par la question, Ilaria secoue la tête.

« Pourquoi ?

– Tu me plais, Ilaria, répond Simone. Je t'inviterais bien à dîner. Il y a de bons restaurants dans la vallée. On pourrait trouver un chouette petit gîte, et demain, je t'emmènerais marcher dans les bois. Avec un peu de chance, on verrait un ours. »

Ilaria devient toute rouge. Simone est un beau garçon, mais elle n'hésite pas.

« Désolée, je ne peux pas, lui dit-elle.

– Tu es fiancée ?

– Non, amoureuse. C'est pire, je crois.

– Heureux homme », répond-il en descendant de voiture pour lui rendre sa valise.

Parle-t-il sérieusement ? Elle n'a pas l'habitude de s'entendre dire ce genre de choses. Elle rejoint Simone qui vient d'ouvrir le coffre.

« Attends, je m'en charge. »

Mais déjà, Simone pose la valise par terre.

Ilaria fixe un piolet d'alpiniste identique à celui qui a tué Marta. Il est taché de sang. Elle se fige en retenant son souffle. Puis elle décide de le provoquer et saisit l'outil.

« Tu as brisé le crâne d'un chasseur ? »

Simone éclate de rire.

« Si seulement ! répond-il. Mais non, hélas, une amie m'a blessé par mégarde. Je ne ferai plus jamais d'escalade avec elle. »

Il remonte sa jambe de pantalon et lui montre sa cheville bandée.

« Ta petite copine ?

– Tu veux savoir si elle l'a fait exprès ? » Il rigole de plus belle. « Moi aussi, je me suis demandé si c'était vraiment un accident. Ça m'a fait un mal de chien.

– Drôlement rancunière, dis donc.

– Ne jamais sous-estimer les femmes. »

Sans plus tarder, ils se mettent en route vers la gare, Ilaria risque de louper son train.

« Tu es sûre que tu ne veux pas voir l'ours ?

– Et toi, tu es sûr que tu réussiras à le voir ?

– Ah, ça, non. Mais je sais comment le chercher. Disons qu'avec moi, tu aurais plus de chances de ton côté. »

Elle l'embrasse.

« Merci pour le bout de chemin », lui dit-elle.

Simone la salue de la main.

« Tu as tort, c'est une rencontre qui change la vie. »

14 août

« Tu fais quoi, ce soir ?

– Tu as déjà oublié qu'on m'a coupé les vivres et que j'ai dû rentrer à Milan ? »

Ilaria est agacée. Depuis que Marco fréquente Vittoria, elle déteint sur lui. C'est insupportable. Tout le monde ne possède pas de villa en Suisse.

« Je te repose la question, répond Besana, rigolard. Tu fais quoi, ce soir ?

– Qu'est-ce que tu veux que je fasse ! lui lance Ilaria, exaspérée.

– Alors, tu es libre ?

– Pour quoi faire ?

– Pour dîner avec moi. »

Ilaria tombe des nues.

« Toi aussi, tu es rentré ?

– Je passe te chercher à huit heures, Morpion ! » conclut Besana, fraternel, à sa façon.

Une heure plus tard, ils sont installés à la terrasse d'un restaurant, l'un des rares qui soient ouverts, au bord d'un canal infesté de moustiques. Tous les Milanais sont partis en vacances et dans les rues, on ne croise plus que des travailleurs immigrés.

« J'en ai eu marre, avoue Besana. Tu avais raison. Je ne serai jamais qu'un ours en cage, dans ce monde-là. Au début, les visiteurs sont ravis de te voir, puis dès qu'ils en ont assez, tu te retrouves tout seul à te gratter les burnes. Je me rappelle encore cet ours au zoo de Milan qui se masturbait pour tromper son ennui.

– Et Vittoria, elle l'a pris comment ?

– Dis-toi bien que je suis entraîné à fuir. Le truc, c'est d'agir par surprise. Tu laisses juste la porte de la cage ouverte avec un panneau : “Je reviens de suite.” C'est du pipeau, bien sûr, tout ce qui compte, c'est de gagner du temps. »

Ilaria glousse en se frappant l'avant-bras du plat de la main car les moustiques la dévorent, malgré la lotion répulsive dont elle s'est enduite.

« Je n'ai jamais pu la supporter.

– Non, tu m'en diras tant. Quelle comédienne épatante tu fais.

– Arrête de te moquer de moi, grogne-t-elle, le regard rieur.

– En réalité, c'est seulement une femme malheureuse.

– Tu es amoureux d'elle, hein ? »

Besana s'esclaffe.

« Piatti, je ne suis plus un perdreau de l'année, comme toi. C'est très difficile de tomber amoureux, à mon âge.

– Tu m'avais l'air bien gaga, tout de même », commente-t-elle, innocemment.

Marco rigole à nouveau.

« Bah, encore une fois, à mon âge, c'est un processus presque inexorable. Ça ne peut qu'empirer. »

Puis il secoue la tête, avec sympathie : « Mange, Piatti, ça te fera du bien.

– J'ai l'estomac noué.

– À cause de ce type, ou de ta maison ?

– Un peu des deux. Lui, il est en vacances avec sa femme, et la maison me reste sur les bras. Quand les acheteurs apprennent pour le meurtre, ils exigent de baisser le prix. »

Marco soupire et lui verse du vin.

« Alors trinquons. Boire l'estomac vide est très efficace. » Il lève son verre : « Trinquons au tueur en série qu'on *doit* absolument démasquer, si on ne veut pas sombrer dans la dépression. »

14 août

« Au fond, sans cette histoire d'ours, nous n'en serions pas là. Et si, ce soir-là, Marta s'était assise ailleurs, l'annonce de son agression ne m'aurait pas fait cet effet. On pense fatalement au destin quand les coïncidences sont aussi bizarres. »

Ilaria est déjà ivre. Il lui suffit de peu, ce n'est pas une grande buveuse.

« Tu es trop imaginative, Piatti. La réalité est toujours plus prosaïque. Si nous en sommes là, c'est parce qu'il y a six mois, l'Innommable a cassé sa pipe.

– Qui ça ?

– C'est lui qui s'occupait des animaux, au journal. Personne ne se serait avisé de lui piquer une histoire de chien écrasé. Quant à l'article sur l'ours, je te garantis qu'ils lui auraient remboursé un mois entier en Suisse. Il était à la retraite depuis des lustres mais ils l'ont laissé faire des piges jusqu'à l'âge de quatre-vingt-dix ans. Bien portés, il faut l'admettre. Ce mec était tabou.

– Et pourquoi ça ? »

Avant de répondre, Besana fait le signe des cornes des deux mains.

« Prononcer son nom portait malheur. Moi, je n'y crois pas à ces choses-là, mais sait-on jamais. »

Ilaria ricane tout en cherchant un objet en fer sur la table. Hélas, les couverts sont en aluminium. La salière ?

« Dès qu'une info tombait au sujet d'un toutou veillant son maître allongé sur sa tombe, ou d'un chat qui avait parcouru des centaines de kilomètres pour rentrer chez lui, il se ruait à la rédaction. Rien qu'en le voyant débouler du fond du couloir, tout le monde était pris de panique, certains couraient même s'enfermer aux chiottes.

– Le pauvre. Qu'est-ce qu'il avait fait de si terrible pour mériter cette réputation ?

– Eh bien, pendant la guerre, il avait survécu à un naufrage.

– Et alors ?

– Attends, je t'explique : il était dans la marine. Un beau jour, il embarque sur un destroyer chargé d'escorter, avec deux autres navires, un cargo qui transporte des munitions en Libye. Alors, il a un pressentiment et il dit à ses camarades : “D'après moi, cette nuit, on y a droit.” Et en effet, un peu après minuit, une escadrille anglaise passe à l'attaque et coule par le fond tous les bateaux, sauf le sien.

– Bon, il a seulement eu de la chance.

– Peut-être, mais il a porté la scoumoune aux autres. Mille sept cents gars y sont restés. Par ailleurs, ça a continué après la guerre. Tiens, une fois, on lui commande un article sur un jeune jockey qui a gagné je ne sais plus quel prix, et lui conclut sur ces mots : “Il ne nous reste plus qu'à lui souhaiter une longue et brillante carrière.” La semaine suivante, le jockey tombe de cheval et se tue. »

Ilaria éclate de rire.

« Pas de quoi rigoler, Piatti. Une autre fois, il part faire du ski de fond avec le directeur : à un moment donné, il s'arrête pour souffler, et il lui dit : "Mets-toi là, que je te tire le portrait !" Au moment où il déclenche, le directeur glisse et se fracture le fémur : comme ça, à l'arrêt. Sans parler du collègue qui le raccompagne en voiture et vlan, un type grille un feu et lui rentre dedans !

– Quelle déveine épouvantable, commente Ilaria. Tu t'imagines, susciter la terreur chez tout le monde…

– Tu as sans doute raison, mais il en jouait. Un peu comme ce personnage dans la comédie de Pirandello, qui se procure une patente de jeteur de sorts pour exploiter les craintes des autres. Pour se le concilier, et chasser le mauvais œil, la direction le faisait écrire sur les sujets les plus absurdes : les massacres de lapins en Patagonie, l'avenir du mouflon ou les colonies de phoques moines en Sardaigne, quitte à négliger des événements de la plus haute importance. »

Ilaria secoue la tête.

« Incroyable que des journalistes, qui sont censés être instruits, soient victimes de ces superstitions.

– C'est qu'à force d'entendre des histoires pareilles, n'importe qui finit par douter. Tu sais qui était Niels Bohr ? Un grand scientifique danois, prix Nobel, un des pères de la physique quantique. Eh bien, sur la porte de sa maison de campagne, il avait accroché un fer à cheval. En voyant ça un jour, un de ses élèves lui demande : "Vous ne croyez pas vous aussi à ces sornettes ?" Et lui : "Pensez-vous, bien sûr que non. Mais il paraît que ça porte bonheur même quand on n'y croit pas !"

– Donc, à ton avis, c'est de la faute de l'Innommable si nous en sommes là ?

– Je n'aurais jamais dû accepter de m'occuper de l'ours », répond Besana.

15 août

Onze heures du soir. Le dernier petit train rouge en circulation est presque vide, on n'y trouve même pas un seul jeune ivre de retour d'un pub de la Basse-Engadine – mais il est vrai qu'ils préfèrent se déplacer en voiture, quand la police cantonale ne leur met pas la main dessus. Le contrôleur, seul à bord, somnole dans un wagon désert quand, soudain, un brutal coup de frein le projette contre le dossier du siège devant lui.

Il remonte le train en courant et se rue dans la cabine du chauffeur.

« *Was ist los*, Daniel ? Qu'est-ce que c'est que ce bordel ?

– On vient de heurter une grosse bête.

– *Scheisse.* »

Le pare-brise de la loco est éclaboussé de sang.

« Merde, il fallait que ça tombe sur moi, dit le machiniste. Descendons voir. »

En vingt ans de service à la Rhätische Bahn, Daniel Rüegg a déjà percuté un bel échantillon de faune sauvage – cerfs, chamois, chevreuils, renards –, de quoi remplir une salle à manger de trophées. Il est assez fréquent que les hôtes de la forêt finissent sous un train, par ici, environ deux cents bêtes par an pour toute la Suisse, selon les chiffres officiels des Chemins de fer rhétiques. Mais là, c'est le pompon.

« Seigneur, un ours ! » souffle-t-il.

Il a déboulé par surprise sur la ligne droite juste avant la gare de Cinuos-chel alors que le Bernina Express sortait du tunnel à soixante kilomètres-heure. Daniel a entraperçu sa silhouette et ses yeux brillants illuminés par ses phares, mais quand il a actionné le frein d'urgence, il était trop tard. Le choc a été terrible : presque deux quintaux d'os, de muscles et de fourrure contre le nez de la locomotive. Le machiniste a failli s'assommer contre son pare-brise, mais l'ours a eu moins de chance.

À la lueur de sa torche, il gît à présent sur les rails, éventré, ses grosses pattes en l'air, les pupilles dilatées et éteintes. Manifestement mort.

« J'appelle tout de suite Thomas. »

Thomas Keller, le garde-chasse de Zernez, arrive sur les lieux en moins d'une demi-heure. Il lui suffit d'un coup d'œil pour identifier la victime, avec son collier émetteur défectueux depuis des mois.

« C'est lui, sans l'ombre d'un doute, lâche-t-il. M18.

– L'ours qui a bouffé l'Italien ? » s'enquiert Daniel.

Mais Thomas ne daigne pas lui répondre. Il s'agenouille à côté du cadavre et ôte sa casquette marquée de l'écusson du parc national.

« Qu'est-ce qui t'a pris de t'aventurer sur les rails ? » Il secoue la tête et flatte le pelage ensanglanté. « Fulvio, mais pourquoi ? »

Puis il se relève, inspire à fond, et se donne une contenance.

« Son frère aussi s'est pris un train régional, dit-il. Sauf qu'il s'en est tiré. Pour se faire abattre ensuite parce qu'il était "à problème", soi-disant. Malheureusement, les ours trouvent que les rails sont la voie la plus pratique pour passer d'un côté de la forêt à l'autre. Va falloir appeler le vétérinaire fédéral. Il voudra sûrement examiner sa dépouille. »

15 août

La ville est déserte. Ilaria grimpe l'escalier de l'immeuble, tout aussi désert. Elle presse la sonnette. Besana ouvre la porte et la trouve en larmes.

« Qui est mort ?

– Fulvio.

– Non.

– Il est passé sous un train. »

Marco la prend dans ses bras et lui caresse doucement les cheveux. Mais Ilaria sanglote éperdument.

« Tu vois ? C'est pour un ours que je pleure, pas pour toutes ces personnes assassinées. Je suis un monstre, un monstre. »

Beck's les observe, attentif, se demandant s'il doit s'approcher. Il ignore ce qui se passe et reste là, tendu, tous ses sens en alerte. Ilaria s'en aperçoit et se penche vers lui, elle lui saisit la tête et embrasse son museau. Sentir la chaleur de son pelage sous ses doigts et son haleine sur son visage la calme un peu. Elle s'essuie les yeux du dos de la main et se redresse.

« On le démasquera, dit-elle. Le véritable assassin, je veux dire.

– Bien sûr ! » répond Besana.

Il n'a pas le courage de la contredire maintenant. Lui aussi, il est désolé que cet ours soit mort. Sans compter que des individus bien plus dangereux que lui circulent librement sans que personne s'en inquiète.

Ilaria se laisse choir dans le canapé, en silence.

Elle fixe le mur en caressant Beck's qui l'a rejointe d'un bond.

« À quoi tu penses ?

– Au destin de l'ours, répond Ilaria. Si triste et si solitaire.

– Je sais.

– On l'a accusé de tuer les hommes, et ce sont les hommes qui l'ont tué. On dirait un message.

– N'exagérons rien. C'est un accident, il n'a pas été abattu. »

Ilaria secoue la tête.

« Un accident de plus, commente-t-elle. J'ai beau savoir que ce n'était pas intentionnel, mais tout de même, ça me fait réfléchir. Il faut qu'on reprenne tout à partir de cette mort. Et nous devons le faire *pour lui.* »

TROISIÈME PARTIE
DÉCEMBRE

8 décembre

C'est le pont de la Saint-Ambroise[1], à la rédaction, tout le monde est penché sur les photos d'une première à la Scala et commente les tenues de soirée. Ilaria se présente vêtue de ce que Besana appelle son « paletot de chien mouillé », chaussée de bottes en caoutchouc. Elle lance un salut à la ronde et cherche un bureau vide pour s'y installer. Elle travaille sur une affaire de viol dans une discothèque. Elle allume l'ordinateur et parcourt les dépêches.

« Roberto ! crie-t-elle, encore un !

– Encore un quoi ? répond le rédacteur en chef en bâillant.

– Un autre homicide en Suisse. Écoute ça : "Un entrepreneur italien a été retrouvé mort ce matin dans le jardin de sa villa à Pontresina. Les causes du décès restent pour l'instant inconnues : le parquet de Coire a diligenté une enquête."

– Qui est-ce ?

– Ils ne le disent pas. La confidentialité helvétique, tu en as entendu causer ?

– Mais ils ne parlent pas non plus d'homicide !

1. La Saint-Ambroise, le 7 décembre, est traditionnellement fériée à Milan, dont Ambroise est le saint patron.

– Ils ne lâchent jamais rien. Laisse-moi voir avec le commissariat central, peut-être qu'ils ont des infos. »

Ilaria se lève et va s'isoler dans une salle de réunion vide pour appeler le commissaire Ricci. Une dizaine de minutes plus tard, elle revient et fonce vers le bureau du rédacteur en chef.

« Diego Padovani, un producteur de vins. Pour le moment, ils n'ont pas beaucoup d'informations eux non plus. Le seul détail intéressant qu'ils m'ont appris, c'est qu'on l'a retrouvé dans la neige, nu comme un ver.

– Waouh ! s'exclame Roberto. Et si c'était un beau scandale sexuel ? »

Ilaria l'implore du regard, on dirait Beck's quand il espère qu'on va lui refiler un morceau de viande.

« Je te vois venir, soupire Roberto. Bon, vas-y, mais trouve-toi un hôtel moins cher. Je te rappelle que nous sommes en période de restrictions. »

Ilaria reste plantée là, sans cesser de le fixer.

« OK, d'accord, lâche le rédacteur en chef. Besana aussi. »

Ilaria trépigne de joie, puis elle se penche sur lui et l'embrasse.

« Merci, merci, merci ! » Sur ce, elle détale.

Une heure plus tard, elle attend en bas de chez Besana, équipée de pied en cap. Coiffée d'un bonnet d'aviateur rose vif doublé de fourrure artificielle, acheté sur Internet pour onze euros cinquante-neuf, et chaussée de Moon Boots vert pétard (une affaire : soixante-deux euros en soldes).

« Oh, Morbac, tu comptes te pointer en Engadine dans cette tenue ?

– Un mètre et demi de neige est tombé, là-bas ! » Sur ce, elle gratte les oreilles de Beck's. « Tu ne lui mets pas une doudoune ?

– Je refuse de trimballer un chien avec un manteau, déjà que j'ai honte de me balader avec toi. »

Ravi de partir, Beck's saute dans le coffre d'un bond enthousiaste.

« On doit tout reprendre à zéro, annonce Ilaria, une fois montée à bord. Diego Padovani n'a rien à voir avec Ruth Vital, j'ai vérifié.

– Du calme, Piatti, dit Besana en doublant un camion. L'autopsie est en cours, on ne sait encore rien. D'après les légistes, il existe au moins cinq modalités de décès : mort naturelle, mort accidentelle, suicide et c'est seulement quand toutes les autres hypothèses ont été écartées qu'on peut envisager un homicide.

– Et la cinquième ?

– Cause indéterminée. Quand personne n'y pige que dalle.

– En tout cas, sa femme a un alibi en béton. Regarde-la, toute embijoutée, à la soirée de la Scala. » Et elle lui montre l'une des nombreuses photos publiées sur le site du journal.

Besana jette un coup d'œil à la tablette, sans perdre de vue l'Audi derrière eux.

Il siffle : « Canon ! Qui c'est ?

– Veronica Ballarin. Son père a fondé le domaine viticole que dirige son mari. Qu'il dirigeait, pardon. Cinq cents hectares de vignes en Vénétie. Vingt millions de bouteilles par an, exportées dans le monde entier. Un chiffre d'affaires de cent soixante-huit millions d'euros.

– La vache ! Tu crois que si on démasque l'assassin, ils nous offriront une ou deux caisses de merlot ?

– Tu ne parlais pas de cinq modalités de décès ?

– J'ai changé d'avis, Morpion. Combien de litres vaut un tueur en série ?

– Du vinaigre antipoux en échange de vin ? C'est une affaire. »

9 décembre

Comme d'habitude, Rudi Hofer, le légiste de Coire, est le seul à bien vouloir leur parler. Le rigorisme helvétique le hérisse.

« Quand j'ai constaté le stade de décomposition, j'ai tout de suite su que l'autopsie s'imposait.

– Le stade de décomposition ?

– Quelque chose clochait : le réseau veineux était déjà putréfié, le corps dégageait une odeur douceâtre. En seulement quelques heures, dans la neige, par moins dix degrés, le processus ne peut être aussi rapide. Et puis j'ai vu les images de la caméra de vidéosurveillance des voisins, alors, j'ai compris. Cet assassin est un malin : si cet homme ne s'était pas rué à l'extérieur, ç'aurait été un crime parfait.

– C'est donc bien un homicide ?

– Ça ne fait aucun doute. Diabolique, même. Je peux vous montrer la vidéo. C'est très impressionnant, vous êtes partants ? »

Besana acquiesce, puis il se tourne vers Ilaria.

« Tu n'es pas obligée », lui dit-il.

Piatti secoue la tête.

« Si, si. Je veux comprendre. »

Hofer allume son ordinateur et éteint la lumière.

« C'était la nuit et il neigeait, les images ne sont pas nettes. Et la vidéo dure trois heures, je passerai donc certains passages en accéléré. »

Ils voient un homme nu se traîner dans la neige en direction de la maison voisine. Son corps est secoué de spasmes, il agite la tête, lance des ruades, tente de se retourner, mais finit par s'effondrer, les bras en croix. Il bouge encore une main, puis se raidit et se fige. Hofer active l'avance rapide.

« Regardez, maintenant. Une heure est passée. »

Le cadavre s'est mis à enfler, telle une atroce poupée gonflable. Sa tête prend l'aspect d'un ballon, ses jambes maigres deviennent deux énormes poteaux, son ventre se distend jusqu'à effleurer la branche basse d'un pin.

« Excusez-moi, il faut que je sorte, souffle Ilaria en se levant. Où sont les toilettes ?

– Moi, je reste », dit Besana.

Hofer avance encore la vidéo.

« Deux heures plus tard. »

Le corps désenfle aussi vite que si on lui avait troué la peau.

« Bon Dieu, qu'est-ce qui se passe ? demande Marco.

– De l'uréthane, répond Hofer. Si je n'avais pas convaincu le procureur de faire procéder sur-le-champ à une autopsie, nous n'aurions rien trouvé. Le carbamate d'éthyle est une substance volatile qui ne laisse aucune trace. Il disparaît en quelques heures, en se transformant à quatre-vingt-quinze pour cent en dioxyde de carbone et en éthanol. Mais la dissection a permis de découvrir des bulles de dioxyde de carbone et une nécrose hémorragique polyviscérale qui ne pouvaient qu'être causées par de l'uréthane. Nous savions ce que nous devions chercher, et le toxicologue nous l'a confirmé.

– Je ne savais pas qu'on pouvait utiliser cette substance comme poison, dit Besana.

– En effet, la littérature scientifique n'en fait pas mention, répond Hofer. Enfin, à l'exception d'une affaire, il y a quelques années, chez vous, d'ailleurs. Un médecin a tué sa femme de cette manière. Sans l'intuition d'un de ses confrères, c'était le crime parfait. Le procureur allait classer le dossier comme une mort naturelle, mais le légiste a insisté : certains détails le chiffonnaient, comme la boursouflure du corps et la putréfaction du réseau veineux, très rapidement après la mort. Ils ont donc procédé à l'autopsie le soir même, puis aux analyses toxicologiques en un temps record. Et ils ont découvert des traces d'uréthane, ou carbamate d'éthyle. S'ils avaient attendu ne serait-ce que quelques heures, le diagnostic aurait été difficile et la preuve de l'empoisonnement, introuvable.

– Ah, je ne me rappelle pas cette histoire, avoue Marco, blessé dans son orgueil de fait-diversier.

– Pour en revenir à M. Padovani, je ne pense pas que ce poison ait été choisi au hasard, poursuit Hofer. C'est de toute évidence une référence à la profession de la victime. Le carbamate d'éthyle est naturellement présent dans les boissons alcoolisées, comme le vin. C'est un produit de la réaction entre l'éthanol et l'urée qui se forme pendant la fermentation.

– Comme un message qui s'autodétruit », dit Besana, songeur.

9 décembre

« Écoute, j'ai trouvé des informations intéressantes à propos de ce Padovani, dit Ilaria tandis qu'ils roulent en direction de l'Engadine. Il y a une dizaine d'années, les services de l'action sanitaire lui cherchaient des poux dans la tête et en inspectant son exploitation de l'Alta Marca Trevigiana, où il produisait du prosecco et de la grappa, ils ont saisi sept mille hectolitres de moût et de vin nouveau en cours de fermentation. Plus une tonne de sucre "de provenance étrangère, découverte par les militaires à l'intérieur d'un hangar à outils – sur une palette étaient empilés quarante sacs de vingt-cinq kilos chacun, dépourvus des étiquettes censées en établir la traçabilité". Sans oublier mille hectolitres de "produits vineux qui n'avaient pas été signalés à l'inspection centrale du contrôle de la qualité et de la répression des fraudes des produits alimentaires", et trois litres d'acide sulfurique, une substance interdite. Presque trois millions d'euros de marchandises au total.

– Joli préjudice, commente Besana. Si tu savais combien de producteurs mettent du sucre dans leur vin. C'est illégal, mais ça fait augmenter le degré d'alcool. Et si seulement ils se contentaient de sucre… Ils y fourrent de tout, désormais, dans leurs cuves : des copeaux de bois, de la gomme arabique, des sulfites, des protéines de lait et d'œuf, des additifs et des adjuvants. En somme, pas mal de cochonneries.

– Je vois que tu t'y connais en vinification, le taquine Ilaria. Mais je n'avais pas fini. Les services sanitaires ont aussi reproché à Padovani les taux trop élevés de carbamate d'éthyle dans sa grappa.

– De l'uréthane. Tiens donc, justement la substance qui l'a tué. L'ancien talion, dirait-on, commente Marco.

– Ce n'est peut-être pas une coïncidence.

– C'est vrai que l'uréthane est une substance naturelle produite par la fermentation, mais il est aussi toxique et potentiellement cancérigène, et j'ai lu que l'Union européenne recommande de le limiter à des taux infinitésimaux, notamment en utilisant peu d'engrais azotés ou de levures qui peuvent favoriser son développement.

– Mais quand tu commandes du vin, toi, tu demandes d'abord les résultats de l'analyse chimique ? demande Ilaria.

– Je préfère picoler sans réfléchir à ce genre de détail. À propos, ça te dirait, un verre de prosecco ? »

9 décembre

Comme il neige dru, Piatti et Besana décident de passer l'après-midi à l'hôtel. Ils s'installent dans un salon pourvu d'une cheminée, Beck's s'allonge sur le tapis devant le feu. Il mordille une vache en caoutchouc qu'Ilaria lui a achetée au supermarché et qui couine.

« Comment veux-tu que je me concentre avec ces *pouic-pouic*, ronchonne Besana. Tu ne pouvais pas plutôt lui offrir une baballe ? »

Ilaria relève le nez de son ordinateur.

« De quoi te plains-tu ? J'ai pratiquement écrit ton article. »

Marco se frotte les yeux.

« Je suis encore sous le choc de ces images. J'ai croisé un tas de cadavres, dans ma carrière, mais voir quelqu'un crever de cette façon…

– Dis-toi que l'assassin n'a rien vu de ce que toi tu as vu.

– Tu as raison ! » Besana se lève brusquement, et se met à faire les cent pas dans la pièce. « C'est d'ailleurs là qu'est la clef, je le sens.

– Explique.

– Eh bien, c'est ça qui distingue les empoisonneurs des autres tueurs en série ! On aurait dû y penser avant. Ils restent cachés dans les coulisses, sans jamais entrer en scène, laissant la mort faire leur sale boulot.

– C'est juste.

– *Nous* avons vu la tête d'Achille D'Ambrosio détachée de son corps, *pas l'assassin*, poursuit Marco. La personne qui l'a tué n'était pas à ses côtés quand il a fait un malaise, ni quand il s'est fait bouffer par l'ours. Elle n'était pas sur le glacier quand Giacomo Pallavicini s'est mis à tituber, ni avec lui dans la crevasse pendant son agonie. Elle n'était pas non plus dans l'avion de Carlo Rigamonti quand il a pris feu. Et je suis sûr que Livio Moser est mort tout seul dans cette forêt. C'est déjà un *modus operandi* cohérent. Ce sont tous des meurtres en l'absence du meurtrier. Des morts en différé.

– Et le meurtre de Marta Guerra, toujours la même fausse note, lui fait remarquer Ilaria.

– En effet. Pourquoi ne pas l'avoir empoisonnée elle aussi ?

– L'assassin n'avait peut-être pas prévu de la tuer, dit Ilaria. Ces crimes ont un autre point commun : ils sont planifiés avec soin, dans les moindres détails. Et tous sont conçus pour faire croire à une mort accidentelle.

– Au fond, toutes ces années, notre tueur en série a bénéficié d'une veine de cocu. Ce n'est plus le cas, semble-t-il. Quel manque de bol, tout de même, qu'un stupide drone se glisse dans cette crevasse et tombe sur un macchabée que personne ne cherchait plus. Si cet ours ne s'était pas pointé au mauvais endroit au mauvais moment, on aurait sans doute fait moins de foin autour de la mort de l'autre allergique. En retrouvant des traces de tropomyosine dans son estomac, on aurait conclu à une banale erreur – du reste, c'est ce qui s'est passé : ce n'était pas suffisant pour que le légiste suspecte un homicide.

– L'assassin espérait peut-être qu'on le retrouve un an plus tard, comme Moser, dit Piatti.

– Le vent a tourné. Et cette fois, il a commis une erreur. L'uréthane se dissout sans laisser de traces, mais il n'a pas pensé à la caméra des voisins. Pour une trace, c'en est une belle.

– Oui, peut-être qu'il a vérifié qu'il n'y avait pas de vidéosurveillance chez sa victime, sans aller plus loin : il n'imaginait sans doute pas qu'elle aurait la force de se traîner jusqu'au jardin de la villa d'à côté. »

9 décembre

Dehors, la tempête de neige fait rage, ils décident de commander des clubs-sandwichs au bar. Les clients de l'hôtel sont tous au restaurant, personne n'est venu les déranger dans ce petit salon.

« Je ne comprends toujours pas ce que les victimes ont en commun, dit Ilaria.

– Recoupe encore une fois leurs noms sur Internet, on en a un de plus, maintenant », suggère Marco.

Et tandis qu'elle se concentre sur son écran, il se lève, car Beck's a visiblement envie de sortir. Ils reviennent tous deux saupoudrés de blanc. L'échine recouverte de flocons, les moustaches givrées, Beck's se roule sur le tapis pour se réchauffer.

« Quel froid de gueux ! grogne Besana. Tu as trouvé quelque chose ?

– Une histoire de caisse noire qui remonte à plusieurs années. D'Ambrosio, Pallavicini et Padovani avaient monté une société ensemble, laquelle s'est retrouvée au cœur d'un scandale financier. Ils s'en sont tirés, leur directeur général a écopé d'une peine de prison, avec assignation à domicile. Apparemment, il a endossé toutes les responsabilités.

– Ils ont dû acheter son silence et mobiliser leurs avocats pour le sortir de là. Qu'est-ce qu'on sait de ce gars ?

– Je vais te dire ça... Le voici, on peut remercier les bons vieux réseaux sociaux. Arturo Zago. Il s'est installé à Lugano où il est consultant financier, à son compte.

– À deux pas d'ici, commente Besana. Et il a un mobile d'enfer.

– OK. Mais pour les autres ?

– On n'a aucune preuve pour les autres, Piatti, n'oublie pas ça. Il est tout à fait plausible que Rigamonti ait fait un infarctus en plein vol. Et personne ne sait de quoi est mort Livio Moser. »

Songeuse, Ilaria boit une gorgée de bière.

« Et s'ils étaient tous ses clients ?

– Les clients de qui ?

– De Moser. L'art contemporain est une filière notoire pour le blanchiment d'argent et la fraude fiscale. Ils ont tous l'air collectionneurs, par ici. Tu as bien vu toutes les œuvres accrochées chez Vittoria et chez Brunella.

– Vittoria a ses défauts, mais c'est une femme cultivée.

– Ils le sont tous, rétorque Ilaria en tapotant sa tablette. Et ils ne se privent pas de l'afficher. Regarde. »

Elle lui montre les photos de la maison de Diego Padovani et de Veronica Ballarin, parues dans une revue de design. Besana y jette un coup d'œil.

« Ce n'est tout de même pas un crime d'apprécier l'art contemporain.

– Non, mais c'est une piste qui pourrait nous mener jusqu'au criminel. »

10 décembre

Au *kantonspolizei* de Saint-Moritz, la conférence de presse va commencer. Les journalistes s'installent dans la salle, déjà presque comble. Ilaria et Marco reconnaissent quelques confrères et les saluent d'un signe de la main. Des micros sont posés sur une longue table rectangulaire derrière laquelle siègent le procureur et le commissaire en chef de la police criminelle des Grisons. Toutes les caméras sont pointées sur eux et les photographes les mitraillent.

« Bonjour à tous », dit le procureur en allemand, tandis que les étrangers s'équipent de casques pour la traduction simultanée. « Les résultats de l'autopsie confirment l'hypothèse d'un homicide par empoisonnement. Les caméras de surveillance de la maison voisine ont filmé les derniers instants de la victime et les transformations très particulières de son corps *post mortem* – pour résumer : un gonflement anormal, suivi d'un dégonflement rapide – ont éveillé les soupçons des enquêteurs. J'ai donc chargé le médecin légiste Rudi Hofer de procéder dans les plus brefs délais à une autopsie. Sans cette célérité, il nous aurait été impossible de définir les causes et les modalités du décès. L'examen toxicologique a montré que la victime avait d'abord absorbé de l'alcool et des barbituriques, avant qu'on lui injecte une dose massive d'uréthane, ou carbamate d'éthyle. La victime était seule chez elle. Son épouse se trouvait à Milan et l'employée de maison, interrogée, a déclaré que son patron lui avait accordé un congé et qu'elle était partie voir ses parents à Brescia. Le corps a été retrouvé vers quatre heures du matin par le conducteur d'un chasse-neige. L'absence de tout signe d'effraction laisse supposer que la victime connaissait son assassin. Nous ne négligerons aucune piste. Je passe la parole au commissaire Reto Schwab.

– Bonjour, nos effectifs sont à pied d'œuvre sur cette affaire. La police scientifique continue à effectuer ses recherches sur la scène du crime, malheureusement, deux jours plus tôt, dans la soirée du 6 décembre, une fête a eu lieu dans la maison, rassemblant de nombreux invités. En l'absence de l'employée de maison, le ménage n'a pas été fait : identifier les traces papillaires ou l'ADN du suspect parmi tous les autres sera une tâche ardue. Par ailleurs, il a neigé toute la nuit, aucune empreinte n'a donc pu être relevée sur le terrain alentour. Enfin, autre élément d'importance, le téléphone portable de la victime a disparu, sans doute emporté par le suspect, lequel en a ôté la batterie pour le rendre intraçable. Mais nous sommes en train d'analyser la liste de ses appels téléphoniques. Si vous avez des questions, je suis à votre disposition. »

Une journaliste suisse se lève, se présente et pose une question en allemand :

« Sait-on pourquoi la victime était nue ?

– Nous supposons que l'assassin l'a déshabillée pour éviter que ses vêtements ne se déchirent pendant la phase de gonflement du cadavre. »

Un journaliste se lève et demande en français :

« Les voisins n'ont rien vu, ni rien entendu ?

– Ils étaient à l'étranger. Mais ils se sont montrés très coopératifs et nous ont immédiatement fourni accès à la caméra de vidéosurveillance qui donne sur leur jardin. »

Ilaria se lève à son tour.

« Avez-vous trouvé des traces d'ADN sur le corps de la victime ?

– Nous y travaillons activement, bien entendu. Si nous relevons des correspondances, nous vous le ferons savoir.

– Une dernière question, commissaire. »

Reto Schwab répond d'un signe de tête.

« Pensez-vous que cet homicide ait un lien avec l'empoisonnement à l'aconitine de Giacomo Pallavicini ?

– Pour le moment, nous n'avons pas suffisamment d'éléments pour relier les deux affaires.

– Merci, commissaire Schwab. »

10 décembre

Après la conférence de presse, Ilaria et Marco rentrent à l'hôtel pour jeter un coup d'œil aux journaux télévisés. Dans la chambre d'Ilaria, la télé allumée diffuse un talk-show en allemand. Beck's les attend, sur le lit, en mâchouillant la télécommande. Il a renversé la poubelle et attaqué la porte avec ses griffes.

« Oh, merde, lâche Besana. Ils vont nous faire payer les dégâts.

– Bah, il se tient au courant », répond Ilaria en lui arrachant l'objet de la gueule.

Beck's grogne, il ne supporte pas qu'on le prive de ses jouets.

Quelques minutes de zapping plus tard, ils constatent que la plupart des chaînes de télé sont en effervescence : toutes évoquent un empoisonneur en série, reliant l'affaire de l'uréthane à celle de l'aconit.

« Bravo pour ta sortie, Morpion, commente Besana. Demain, quand notre article sortira, nous serons les derniers.

– Oh, non. Nous avons une sacrée avance, rétorque Ilaria.

– Pardon ? s'agace Besana. Nous n'avons rien de solide pour l'instant, seulement des conjectures. Si on s'amuse à écrire ce qu'on pense, on va droit au procès.

– Mais non. Ça t'est déjà arrivé ?

– Une fois. J'ai toujours fait gaffe à ce que j'avançais, des faits vérifiés, sourcés. Mais ce jour-là, je me suis laissé aller. C'était à propos d'un médecin, un habitué des émissions télé de l'après-midi, qui fourguait des thérapies miraculeuses contre un tas de maladies. Je l'ai comparé aux bonimenteurs du téléachat. Il a aussitôt porté plainte pour diffamation. Il n'y a pas eu moyen de régler l'histoire à l'amiable et ça s'est fini au tribunal. Juste après moi, un dealer attendait son tour. Le plus humiliant, c'est que les magistrats ont été obséquieux avec le plaignant, et m'ont traité comme un délinquant de base. Ils m'ont condamné à une lourde amende, et le journal a dû la payer. Enfin, presque vingt ans plus tard, j'ai eu la satisfaction de voir cette enflure en prison, pour une affaire de corruption liée aux firmes pharmaceutiques. J'avais bien écrit ce qu'il fallait, mais personne n'effacera cette condamnation.

– Je préférerais éviter d'être traînée en justice, répond Ilaria.

– Remarque, certains basent leur carrière là-dessus. Ils pondent des reportages bien clinquants, bourrés d'exagérations voire de mensonges éhontés qui font mouche. Les lecteurs s'indignent et les personnalités mises en cause sont salies à vie. Quand ils obtiennent un démenti, il se borne à quelques lignes en page dix-sept. Les procès pleuvent, le journal doit raquer, mais les reporters vedettes deviennent des stars des plateaux télé. »

10 décembre

Le lobby du Grand Hotel Kronenhof de Pontresina est somptueux – canapés et fauteuils de velours framboise, tapis, rideaux de brocart, miroirs encadrés d'or, immense lustre doré, fresques au plafond, piano à queue et compositions florales. N'y circulent que des personnes de la plus grande élégance.

Veronica Ballarin est assise près de la baie vitrée qui donne sur la chaîne de la Bernina. Sa demeure a été mise sous scellés, le temps que la police scientifique termine ses relevés. Elle est venue reconnaître le corps de son mari, et pour être interrogée par la police. À côté d'elle, son avocat, Gualtiero Lanza, l'un des pénalistes milanais les plus réputés.

Il les prie de s'installer. La veuve leur accorde à peine un regard.

« Avant tout, je tiens à préciser que Mme Ballarin n'est nullement inculpée, elle n'a été interrogée qu'en tant que témoin. Elle a déjà tout expliqué aux enquêteurs et ne souhaite pas que l'on cite son nom dans cette affaire. Elle fait une exception pour vous.

– Merci, madame », dit Besana.

Le visage figé, les yeux dans le vague, elle ne bronche pas.

« Avez-vous une idée de la personne qui a pu commettre un tel acte ? Votre mari avait-il des ennemis ? demande Besana.

– Mme Ballarin a fait remarquer hier aux policiers que l'uréthane se trouve dans les vins, et plus encore dans les eaux-de-vie, répond l'avocat. Le choix de la substance n'est donc, à son avis, pas un hasard. Elle leur a suggéré d'enquêter dans ce milieu, parmi le personnel ou chez les concurrents.

– Pensez-vous à quelqu'un en particulier, madame ? »

Sans se départir de son flegme, elle secoue la tête.

« Ma cliente ne souhaite incriminer personne, répond Lanza. C'est un rôle qui revient exclusivement aux enquêteurs.

– Que vous inspire ce rapprochement avec l'affaire Pallavicini ? Le connaissiez-vous ?

– Nous nous connaissons tous de vue, lâche Veronica, l'air blasée.

– Mais croyez-vous qu'il puisse y avoir un lien entre les deux homicides ? »

Elle tourne les yeux vers son avocat.

« Ma cliente est sceptique à l'égard de cette piste, répond ce dernier. Du reste, les enquêteurs le sont également. À notre avis, ce n'est qu'une pure spéculation journalistique.

– C'est votre opinion, ou celle de madame ?

– C'est la nôtre », répond Lanza sans se démonter.

Quand ils sortent de l'hôtel, Besana est hors de lui. Ilaria doit lui courir après.

« Comment veux-tu mener une interview dans ces conditions, bordel ! C'est impossible de travailler en Suisse. Cette conne n'a quasiment pas ouvert la bouche, elle est encore pire que les flics suisses. Elle n'avait qu'à dire qu'elle refusait de parler à la presse, point barre. On vient de se faire humilier et basta.

– Elle t'a paru affectée ?

– Irritée, surtout. Comme si quelque chose était allé de travers et qu'on avait perturbé son planning ; et puis furieuse qu'on lui interdise de rentrer chez elle et qu'on l'oblige à séjourner dans un hôtel cinq étoiles. Qu'elle aille au diable. »

10 décembre

« Tiens, tiens. C'est l'événement de la saison, on dirait. »

Ilaria montre à Marco un article en ligne. Au centre, une photo de Fulvio taxidermisé et coiffé d'une couronne : l'œuvre a d'ores et déjà été achetée par un musée. C'est la nouvelle exposition d'Ausstopfer à la galerie Moser.

« Quand a lieu le vernissage ?

– Ce soir, à sept heures.

– On pourrait y faire un saut. Je te parie que tout le monde causera de ce meurtre et nous, on a tout intérêt à laisser traîner nos oreilles. »

Il y a foule, surtout dans les parages du buffet. On y sert un mousseux médiocre et de pauvres tartines au chèvre surmontées d'une miette de viande des Grisons.

« Taxidermie artistique, bah ! commente Besana.

– Je trouve ça obscène, dit Ilaria en observant une marmotte avec des lunettes montée sur un snowboard. L'auteur mérite des gifles.

– Absurde et cruel, en effet », ajoute Marco.

L'ours trône dans une salle à part, il faut faire la queue pour le voir. C'est l'attraction de l'exposition, on se croirait au cirque. Quand vient leur tour d'entrer dans la salle obscure, close par un rideau, Beck's, les pattes raidies, se met à grogner. C'est un grondement particulier : sourd et grave.

« Il sent l'ours, c'est dingue, l'instinct ! » dit Ilaria.

Puis elle regarde Fulvio, sur son piédestal de velours rouge, sous un faisceau lumineux. Cette couronne sur sa tête est une humiliation.

« Pauvre créature », dit-elle.

Marco doit quitter la salle, car le chien est intenable. Il attend Ilaria au buffet, un verre à la main.

« Je ne sais pas ce qui est le plus débectant, du mousseux ou de l'expo. »

Mais Ilaria le fait taire d'un geste. Elle vient de saisir des propos intéressants.

« Quel mauvais goût, dit une dame. Achille était un ami cher. Nicoletta est outrée.

– Tout le monde l'est, mais personne n'aurait voulu manquer ça, répond un monsieur.

– Pauvre Livio, s'il voyait ce que sa galerie est devenue, commente une autre. Ils étaient à deux doigts de se séparer et regardez-la maintenant, qui se pavane. Jamais il n'a laissé Ginevra choisir les artistes, elle n'était rien d'autre qu'une secrétaire.

– Bah, avant cela, elle était infirmière, rappelle quelqu'un. Que voulez-vous qu'elle y comprenne ?

– Elle a même licencié Miriam, qui était bien plus experte qu'elle.

– Forcément, Miriam n'était pas *seulement* l'assistante de son mari ! » Et tous de ricaner.

Sur ces entrefaites, l'artiste s'approche, au bras de Ginevra Landi, et tout ce beau monde se précipite pour trinquer.

« Félicitations, quelle exposition formidable ! Ginevra, ma chère, c'est un coup de génie ! »

Ilaria et Marco échangent un regard amusé. Pendant ce temps-là, l'artiste, qui signe Ausstopfer l'embaumeur, mais que tous appellent Fritz, dégoise un tas d'inepties au sujet de la couronne dorée sur la tête de l'ours, qu'il convient d'interpréter comme une protestation antispéciste (« l'homme n'est pas le roi de la création ! »).

L'air inquiète, Ginevra discute avec l'une des femmes, en agitant fébrilement les mains.

« Je suis tellement désolée que Nicoletta l'ait mal pris. J'ai essayé de l'appeler plusieurs fois, mais elle ne me répond pas. Moi aussi j'étais perplexe, au début. Fritz et moi nous en avons parlé pendant des mois. Mais l'œuvre a été achetée par un grand musée, elle sera montrée à la foire de Bâle. Certains considèrent qu'il s'agit de son chef-d'œuvre, je ne pouvais pas l'exclure de son exposition. »

C'est alors que Besana voit entrer Vittoria. Terriblement belle, avec ses cheveux blonds parfaitement coiffés, malgré la bourrasque. Elle porte des bottes cavalières et se tient droite, comme pendant une épreuve de dressage. Sa vie n'est sans doute qu'une longue épreuve de dressage, quelle tristesse. Mais son regard piaffe. Une lueur de sauvagerie hante ses yeux pailletés, et Marco ressent un pincement.

Vittoria commence par faire semblant de ne pas le voir – elle l'a bien évidemment repéré d'emblée – et, comme tous les autres, pénètre dans la salle de l'ours. Mais elle ne s'y attarde guère, et en ressort en écartant le rideau d'un geste agacé. Après un instant de réflexion – ou de trouble ? – elle jette un coup d'œil à la ronde. Tout, sauf innocent. C'est lui qu'elle cherche. Elle lève une main pour le saluer, feignant la surprise. Puis, de sa démarche élégante – pur dressage –, elle s'avance vers lui.

« Comment vas-tu, Marco ? » Elle lui pose deux baisers mondains sur les joues, pour marquer une distance polie.

« Tu as l'air en forme, Vittoria, dit Marco sur le même ton, tu es splendide. »

Elle rit, et s'ébouriffe vaguement les cheveux, craignant de paraître trop parfaite – mais peut-être a-t-elle peur de ses véritables failles.

« Qu'est-ce que tu penses de l'œuvre ?

– Bah, à la place de la couronne, je lui aurais accroché un insigne.

– Un insigne ?

– Les ours font d'excellents détectives. »

Vittoria rit.

« Je ne plaisante pas, poursuit Besana, il y a quelques années, un ours a aidé la police à élucider un homicide. Ça s'est passé dans un patelin au Tyrol, tout près de la frontière suisse. L'ours a fait tomber un arbre sur des câbles électriques. L'impact a provoqué un incendie. Pendant que les pompiers tentaient d'éteindre le feu, ils ont trouvé le cadavre d'un homme d'une quarantaine d'années. Il n'était pas mort de causes naturelles, ni à cause de l'incendie. On l'avait assassiné. »

Depuis cinq minutes, Ilaria s'efforce de saluer Vittoria, par simple courtoisie, mais celle-ci l'ignore. À ses yeux, elle est transparente.

« Excuse-moi, Vittoria, j'ai essayé cent fois d'appeler Dafne, mais son portable est toujours éteint. Faut-il que je m'inquiète ? »

Vittoria se retourne brusquement. Visiblement, elle a du mal à se maîtriser. Une rage profonde, enfouie, se lit sur son visage.

« Ciao, Ilaria, dit-elle, glaciale. Moi non plus, je n'ai pas de nouvelles de Dafne. Elle est dépressive, tu sais, elle a même été internée, il y a quelques années. Quand elle ne va pas bien, elle disparaît. » Puis elle se tourne vers Besana. « On dîne ensemble, Marco ? »

L'invitation s'adresse uniquement à Marco, sans équivoque. Ilaria espère de toutes ses forces qu'il dira non. Non, non, non.

« Volontiers », répond Besana.

Vittoria sourit, satisfaite. Elle le prend par le bras et l'entraîne, sans dire au revoir. Ilaria reste plantée là, bouche bée. Il n'y a rien qu'elle puisse faire, vraiment rien. Elle les voit s'éloigner ensemble. Dans sa main, la laisse de Beck's, que Marco lui a laissée. Ilaria se penche, le caresse et lui parle à l'oreille.

« Et si on dégageait de cet horrible endroit, toi et moi ? »

Le chien lui donne un coup de langue en remuant la queue. Il a l'air partant.

« Il y a bien trop d'animaux morts, par ici, et trop d'humains qui manquent de vie. »

10 décembre

« Votre correspondant n'est pas joignable actuellement, veuillez renouveler votre appel. » Ilaria n'est pas surprise. Dafne est injoignable par définition : elle éteint son téléphone, ou bien elle l'oublie, elle n'utilise pas les réseaux sociaux et elle n'a même pas d'adresse e-mail. La seule manière de prendre de ses nouvelles, c'est de passer chez elle.

« Ça te dit, Beck's, une petite balade dans la neige ? »

Devant l'enfilade de petits immeubles modestes, tous identiques, Ilaria est perdue. Ne sachant pas quel est le bon, elle regarde les étiquettes des interphones. Que des noms suisses ou portugais, aucune Dafne Bernabò. Mais elle finit par reconnaître sa vieille Citroën, avec son essuie-glace cassé, garée devant l'un des bâtiments.

Une grosse dame sort juste à ce moment-là et Ilaria en profite pour se glisser dans un couloir qui pue les pieds – tout le monde laisse ses chaussures sur le paillasson. Elle croit reconnaître les rangers de Dafne sur l'un d'eux, mais elles sont flanquées de bottines roses de fillette. Pas d'étiquette sous la sonnette, tant pis, elle tente le coup.

Dafne ouvre la porte en pyjama, elle la regarde, étonnée.

« Tiens, te voilà, dit-elle. J'ignorais que tu étais de retour en Suisse. Entre donc.

– Je voulais juste te saluer, mais de loin : Beck's a les pattes trempées.

– Ça ne fait rien, je vais chercher une serviette. »

Ilaria ôte ses Moon Boots. Quand Dafne revient, une petite fille l'accompagne. Très intéressée par le chien, elle n'ose tout de même pas s'en approcher et reste dans les jambes de Dafne.

« Il est gentil, tu sais, dit Ilaria en frictionnant le chien. Il s'appelle Beck's. Et toi, comment tu t'appelles ?

– De Santos Raquel, murmure l'enfant.

– C'est la fille de mes voisins, elle vient souvent me voir », explique Dafne. Puis elle se tourne vers la petite : « Elle t'a seulement demandé ton prénom, tu n'es pas à l'école. »

Raquel éclate de rire, exhibant une denture lacunaire. Puis elle tend un doigt pour toucher le pelage de Beck's, avant de le retirer vivement, comme s'il était brûlant. Et elle rit à nouveau.

« Vous étiez en train de dîner ?

– Non, je ne dîne pas, répond Dafne en soulevant une tasse. Une tisane me suffit.

– Elle me racontait l'histoire de Flurina », dit Raquel, l'air soudain un peu contrariée par cette interruption.

Ilaria entre dans le salon et elle doit calmer Beck's excité par les peaux de mouton qui s'étalent partout – sur les fauteuils, le canapé et même par terre, en guise de tapis.

« Alors, qui est cette Flurina ?

– C'est une fée, explique la fillette, elle offre aux habitants de la vallée *trais fluors*, trois fleurs enchantées : l'une s'appelle Pigna, et elle chauffe mieux qu'un radiateur, l'autre s'appelle Vivanda, et elle fait apparaître de bons petits plats, comme des frites, et la troisième, c'est Allegria, et elle te fait beaucoup rigoler. Mais ensuite, il se passe une chose terrible. »

Ilaria ouvre grand la bouche.

« Nooon, quoi ?

– Il se passe que tout le monde devient riche et méchant ! » Raquel fronce les sourcils. « Alors, la fée se met en colère et, d'un coup de baguette magique, elle les transforme en trois fleurs vénéneuses : Sfradur, qui te fait mourir congelée, Fom, qui te fait vomir tout ce que tu manges, et Disgrazia, qui te fait pleurer pour toujours.

– Quelles fables joyeuses tu racontes ! dit Ilaria en riant.

– J'ai juste un peu aménagé un conte traditionnel de chez nous », dit Dafne en haussant les épaules.

À ce moment-là, on sonne à la porte. C'est la mère de Raquel, en pantoufles. Elle remercie Dafne et appelle sa fille.

« *Esta na hora de ir para a cama, fofa.*

– Nooon ! crie la petite. Je veux rester encore chez mon amie.

– Il est tard, tu dois aller faire dodo, lui dit Dafne. Tu reviendras demain, de toute façon, je ne bouge pas. »

10 décembre

Dès qu'elles se retrouvent seules, Dafne se lève et sort deux bières du frigo.

« Désolée, mais je n'ai rien à manger à la maison.

– On pourrait sortir, non ?

– Non, il neige et je suis déjà en pyjama. Je sors peu, en ce moment, il fait un froid de canard. » Elle boit une gorgée à même la canette.

« Mais ça va, Dafne ?

– Très bien. J'ai juste envie de rester à la maison. » Elle caresse les oreilles de Beck's qui, en douce, a grimpé sur le canapé pour se vautrer sur une peau de mouton. « Et toi, comment se fait-il que tu sois revenue ?

– Ne me dis pas que tu n'es pas au courant du dernier meurtre !

– Je n'ai pas la télé, je ne suis pas connectée à Internet et je ne lis pas la presse. Quel meurtre ?

– Tu es vraiment une drôle de fille. » Ilaria n'en revient pas. Elle s'empresse de lui raconter en détail l'affaire de l'uréthane.

« Quelle histoire ignoble, commente Dafne.

– Tu le connaissais ?

– Pas personnellement. Mais ses fêtes étaient célèbres. Une nana du coin y est allée, un soir. Tout le monde était bourré et défoncé à la coke, ça s'est fini à poil dans la piscine à remous.

– Ah, ce genre de fête-là.

– Oui, à ce qu'il paraît, on n'y buvait pas que du vin, en somme.

– J'ai trouvé sa femme très antipathique, dit Ilaria.

– Oh, ne m'en parle pas. C'est une amie de Vittoria, une fois, elle me l'a envoyée. Elle voulait une thérapie pour améliorer son estime de soi, alors qu'elle en était pleine à craquer. Je n'ai pas su comment le lui dire. Je lui ai fait faire quelques exercices de respiration dans la forêt et elle n'a pas cessé de se plaindre. Des fourmis, des aiguilles de pin dans ses cheveux, de l'odeur de bouse de vache, et ainsi de suite. Après trois séances, elle n'est plus venue.

– Dafne, il faut que tu m'aides, souffle Ilaria en lui prenant la main, je suis sûre d'avoir affaire à un tueur en série, ce n'est pas un délire, je te le jure. Mais je n'arrive pas à le cerner. Qu'est-ce qui m'a échappé, d'après toi ? »

Dafne prend la question d'Ilaria très au sérieux et réfléchit en silence.

« J'aime beaucoup les proverbes en romanche qu'on peut lire sur les maisons. Tu devrais faire un tour et en lire quelques-uns, ils pourraient t'éclairer. À Garda, il y en a un qui dit : *Scha tü nu poust portar il crap, schi rodla'l.* "Si tu n'arrives pas à soulever la pierre, fais-la rouler."

– Tu veux dire que je devrais changer d'approche ? dit Ilaria. C'est vrai.

– Tu dois considérer les choses d'un autre point de vue. Essaie de penser d'une manière différente. Par association d'idées, par exemple. Fais le vide dans ta tête et concentre-toi sur cet assassin.

– Tu as raison.

– Va lire les proverbes sur les maisons. Tu y trouveras une clef. Ces murs font office d'oracles. »

10 décembre

Il neige fort, la lumière des réverbères est entourée d'un halo turbulent et blanc. Mais Ilaria s'arrête pour lire les proverbes inscrits sur les murs. « Qui se hâte perd son temps. » *Chi ha prescha perda seis temp*. Elle sait à présent que les paysages parlent et que pour saisir les motifs de chaque crime, elle doit s'abandonner à eux. Il est parfois plus difficile de comprendre les paysages que les personnes mais, quand on sait écouter, ce sont les sources les plus fiables. Dafne a raison.

Le froid est vif et Ilaria aimerait mieux être derrière l'une de ces fenêtres étroites et encaissées, étudiées depuis le XVIe siècle pour retenir la chaleur à l'intérieur des maisons. Mais ce n'est pas le moment. Elle doit rester dehors, s'exposer, regarder. « L'homme vient au monde seul et seul, il en repart. L'homme est seul au monde. » Oui, la solitude pourrait être un indice, elle le sent. Mais elle ne saurait expliquer pourquoi. Elle ferme les yeux pour mieux penser. L'assassin se sent-il seul ? L'assassin voudrait-il ne pas se sentir seul ? Que lui raconte ce proverbe ?

Elle poursuit sa route. En voici un autre. Elle s'arrête et regarde en l'air. « N'est pas pauvre celui qui possède peu, mais celui qui désire trop. » Elle songe à ces gens qu'elle a rencontrés. Tous ont l'air si tendus malgré leurs richesses. Que désirent-ils vraiment ? Quel est le mobile ?

Puis un proverbe la frappe plus que les autres, et elle se fige. Elle ignore pourquoi, mais il la frappe et même, il la transperce, telle une fulguration. *Per il bön sforz cumön. Ed al mel cuolp mortel.* « Pour le bien, effort commun. Quant au mal, coup fatal. » De la neige plein les yeux, elle fixe ces caractères. La clef réside dans cette phrase, elle en est sûre, mais comment l'interpréter ? Elle réfléchit. Le bien, le mal. Face à un tueur en série, la frontière est si nette, rien de nouveau sous la neige. Effort commun ? Coup fatal ? Des mots qui sonnent comme une mission. Au nom d'un certain idéal ? Mais peut-être fait-elle fausse route.

Elle s'arrête sur la place, devant la fontaine. Un ours de pierre, dressé sur le jet d'eau, lève les pattes. Il faut qu'elle parvienne à libérer ses associations d'idées. Un ours, tout est parti de là. Qu'est-ce que ça lui évoque ? Le poison. Le poison, donc la Vieille au Vinaigre. Qui était-elle, la Vieille au Vinaigre ? Une femme. Une femme de soixante-quinze ans. Une empoisonneuse en série. Pourquoi pense-t-elle à cette femme ? Elle sait quelque chose qu'elle ignore savoir. « Concentre-toi ! » Elle ferme les yeux. Marta. Marta était obsédée par Bonanno. Mais ce n'est pas ça, non. « Recommence ! » Qu'est-ce qui lui vient à l'esprit quand elle pense à la Vieille au Vinaigre ? Les poux. La vieille n'est pas le sujet. C'est le vinaigre qui l'est. Pour tuer, elle se servait d'une lotion contre les poux. Une substance insoupçonnable.

Enfin, elle a compris. Le lien est là. Pas de poisons classiques, aussitôt identifiés. Le suspect sait très bien ce que l'on recherche au cours d'un examen toxicologique de base. Et il utilise des substances bien plus complexes à repérer.

Les meurtres sont si différents que, sur le moment, l'idée ne viendrait à personne de les relier entre eux. Alors qu'il s'agit d'un *modus operandi* extrêmement cohérent, seules les toxines changent. Elle a franchi un pas. À présent, il faut qu'elle comprenne comment il choisit ses victimes.

Mais la tête lui tourne, la bière bue l'estomac vide, sans doute. Beck's l'entraîne vers l'hôtel, lui aussi en a soupé, du froid. De loin en loin, il lui vient l'envie de flairer un mur, mais il change vite d'idée et s'ébroue pour débarrasser son pelage de la neige. Flairer les murs. C'est ça. Les murs ont bien des choses à dire, et pas seulement aux chiens. Ils racontent des histoires, les murs. Assez énigmatiques, cependant. Ilaria glisse sur une plaque de verglas et tombe. Beck's s'arrête et la regarde, comme pour lui demander si elle s'est fait mal. Sa hanche la fait un peu souffrir, elle en sera quitte pour un bel hématome. Elle se relève, ramasse la laisse et jette l'éponge, en boitant.

10 décembre

Un feu brûle dans la cheminée. Besana contemple les flammes, légères et dansantes, insaisissables. Il craint le feu, depuis toujours. Derrière lui, un verre dans chaque main, Vittoria le regarde.

« À quoi penses-tu ?

– Je ne le révèle jamais à quiconque, répond Marco. Secret professionnel. »

Vittoria laisse fuser son rire cristallin, que pourrait-elle faire d'autre ? Elle s'approche pour lui embrasser la nuque, mais Besana l'esquive. Elle tangue et renverse quelques gouttes de vin. Agrippée à ses verres, elle recule. Marco se retourne et la fixe.

« Il y a un truc excessif chez toi, lui dit-il. J'ignore ce que c'est. »

Vittoria incline la tête en souriant, nullement surprise.

« Il faut bien prendre certains risques, répond-elle, si l'on veut vivre pleinement sa vie. »

Besana la prendrait bien comme on prend un risque : en l'attrapant par le col de sa veste, qu'elle a encore sur le dos, pour la soulever de force. Mais il y a ce feu qui l'inquiète, et qu'il n'aurait pas dû allumer.

« Vittoria, souffle-t-il en avançant vers elle, je te désire à en crever. Mais j'ai le sentiment douloureux que nous sommes trop différents. Quelque chose nous sépare, et je serais prêt à faire cramer ma carte de presse pour savoir quoi. »

Du bout des doigts, Vittoria effleure son visage.

« Calme-toi. »

Mais Besana ne le peut pas, cette caresse l'achève.

« Je n'ai pas encore compris qui tu es. »

Dans un mouvement serpentin, elle se coule contre lui, sauvage, saisit son visage et l'attire vers elle.

« Qu'est-ce que ça peut bien faire, gronde-t-elle en l'embrassant. Savons-nous seulement nous-même qui nous sommes ? »

Besana goûte ses lèvres, leur douceur qui le transporte, mais il tourne les yeux vers ces flammes qu'il redoute, comme pour leur demander de l'aide.

« Mon amour », lâche-t-il, interrompant son baiser. Chienne de langue : il voulait dire *au secours.* Il rit en son for intérieur et pense : « Saleté de correcteur orthographique. » Mais l'ironie, incompatible avec le désir, met vite les voiles.

Palerme, 1788

Il n'y a qu'un seul homme parmi les inculpés au procès Bonanno : Giuseppe d'Ancona, boulanger. Il a trente-cinq ans et depuis quelques mois, il est marié en secondes noces à Emanuela Porcello. Qu'est devenue Rosa Caschera, la femme avec laquelle il a vécu pendant quatorze années ?

« De quelle maladie la dénommée Rosa, votre première épouse, est-elle morte ? demande le juge.

– De fièvres putrides, de vomissements et de douleurs à l'estomac, répond Giuseppe d'Ancona.

– La maladie commença-t-elle avant qu'elle ait mangé, ou après ?

– Je ne m'en souviens pas. » Et il évoque un bouillon de poulet avec du riz qu'il lui préparait amoureusement. En outre, il affirme ne pas connaître Giovanna Bonanno.

Dommage qu'il soit lié de près à sa complice, Rosa Billotta dite Cantalanotte[1] parce qu'organisatrice de « festivités vénériennes ». Bref, elle procure des femmes moyennant rétribution. Parmi lesquelles une certaine Maria-Anna Zuccaro (« avec laquelle j'ai entretenu des relations charnelles », admet Giuseppe).

1. *Cantalanotte :* « Chante la nuit ».

Mais son commerce avec Maria-Anna est menacé lorsque le cuisinier du palais royal tombe amoureux d'elle et décide de l'entretenir. Pris de panique, Giuseppe est prêt à négocier. Il offre à la mère de la jeune fille quatre tarins par jour et se présente tous les soirs chez les Zuccaro. Naturellement, sa femme Rosa découvre sa trahison et leurs disputes recommencent.

Giuseppe est déjà allé en prison pour avoir battu Rosa (« J'ai été emprisonné plusieurs fois pour avoir bastonné ladite Rosa, ma première épouse », reconnaît-il devant les juges). En 1782, déjà, un tribunal avait provisoirement séparé les deux époux et leur avait ordonné d'éloigner leurs demeures. La dynamique est toujours la même : Giuseppe nargue sa femme en se vantant de ses aventures, Rosa se met en colère, et il perd la tête (« Un jour ou l'autre, je vais te tuer de mes propres mains, car tu ne mérites pas le nom de *mugghieri*, d'épouse, mais celui de *bagascia*, de putain ! » lui lance-t-il).

Un voisin raconte qu'un jour, Giuseppe a cassé un plat sur la tête de Rosa et qu'il lui a dit : « Ma femme m'accuse d'avoir le diable au corps, et j'ai peur qu'un jour ou l'autre *mi avissi avvilinari*, elle ne me fasse empoisonner. »

La lavandière des D'Ancona confirme que leurs disputes étaient incessantes, et qu'ils avaient l'extravagant usage de manger chacun dans une assiette, et non dans un plat commun, comme tout le monde. Ce qui l'a fait réfléchir : pourquoi deux assiettes ? Ils n'en auraient pas eu besoin si la nourriture n'avait pas risqué d'être *affatturata*, ensorcelée.

L'apprenti boulanger de D'Ancona déclare que mets et médicaments étaient préparés dans la boutique sous la supervision directe de son patron. Bref, Giuseppe peut aisément ajouter quelque chose dans les casseroles quand son aide a le dos tourné.

La belle-sœur de Rosa raconte que la veille de sa mort, cette dernière a commencé à perdre « du sang et des vers » et qu'elle se plaignait de douleurs au cœur et aux épaules. Tout le voisinage, unanime, rapporte que le bruit courait dans le quartier que la mort de Rosa n'était « pas naturelle ». Et tous, sans exception, sont convaincus qu'il s'agit d'un quelconque maléfice. Or, ce n'est pas un maléfice, mais un vénéfice. Et la mystérieuse substance qui a tué Rosa n'est autre que du vinaigre à poux.

11 décembre

Besana arrive au rendez-vous avec un léger retard.

« Bien dormi ? demande Ilaria sur un ton sarcastique.

– Comme un bébé, Piatti, répond-il, je me suis levé de bonne humeur, et j'entends le rester, merci.

– Je n'ai pas l'intention de te prendre la tête.

– Trop aimable. Du nouveau ?

– Alors, j'ai parlé avec Hofer ce matin. Je voulais savoir s'il s'était occupé personnellement de la dépouille de Livio Moser, or c'est une de ses collègues qui s'en est chargée, il m'a promis de me rappeler pour me donner des infos.

– Il l'a fait ?

– Oui, il y a une heure. Il m'a expliqué que Moser, enfin ce qu'il en restait, n'ayant pas ses papiers sur lui, ils ont dû passer par un odontologiste médico-légal. C'est que, tout de même, il avait passé plus d'un an au pied d'une falaise, à l'écart des sentiers battus : il en manquait des morceaux.

– C'est dégueu.

– Eh oui. D'ailleurs, avant d'arriver au corps, ils ont trouvé un fragment de son tibia gauche, sur une paroi rocheuse, à proximité.

– Qu'est-ce qu'il faisait là ?

– Il y avait un nid de gypaètes. C'est un grimpeur qui l'a repéré, un étudiant en médecine, il a tout de suite compris qu'il s'agissait de restes humains. Le gypaète barbu est un grand vautour nécrophage, il ne chasse pas de proies vivantes et se nourrit de charognes. Marmottes ou chamois morts. Quand leurs os sont trop gros, il les laisse choir sur des rochers pour qu'ils se brisent et qu'il puisse les manger.

– Il faut croire que ce jour-là, il a laissé son déjeuner en plan.

– Marco, *s'il te plaît.* Il y a autre chose. Hofer a remarqué un détail anormal, en étudiant les photographies.

– Lequel ?

– Son pied.

– Son pied ?

– Oui, son pied droit, le seul qui reste. On l'a retrouvé dans sa chaussure, comme momifié. Ce qui lui a fait penser au formaldéhyde. Il sait bien que Moser a été incinéré et qu'il est trop tard pour vérifier que son intuition est la bonne, et il en est malade.

– Il n'y a pas eu d'examen toxicologique ?

– Si, mais seulement des analyses de base. Personne n'a pensé à chercher des traces de formol, tu comprends ?

– Momifié vivant, dit Besana, c'est monstrueux. Ça me rappelle une vieille histoire qui s'est passée en Russie.

– Raconte.

– Une jeune femme de vingt-sept ans, morte à l'hôpital après deux jours d'agonie, suite à une erreur médicale absurde. Si mes souvenirs sont bons, elle s'appelait Ekaterina, ou un prénom de ce style. Elle a été hospitalisée pour une intervention banale, l'ablation d'un kyste ovarien, et dans sa perfusion, au lieu d'une solution physiologique, on lui a collé du formaldéhyde, un liquide qui sert à embaumer les corps. Quand sa mère est venue la voir, Ekaterina ressentait de violentes douleurs et elle vomissait. Puis elle a été prise de tremblements, alors sa mère a rajouté une couverture sur elle avant de comprendre qu'elle n'avait pas froid : elle faisait une crise convulsive. Les médecins, accourus en urgence, semblaient désemparés. Peut-être savaient-ils qu'il y avait eu une erreur dans la transfusion, et qu'ils ne voulaient pas l'admettre. Peu après, transférée dans une clinique à Moscou, Ekaterina est tombée dans le coma, elle est morte deux jours plus tard. La vérité, c'est que le formaldéhyde avait œuvré dans son corps et détruit tous ses organes internes. Cœur, poumons et foie avaient cessé de fonctionner et ça n'a servi à rien de la brancher sur un poumon artificiel. Momifiée vive, tu te rends compte ?

– Mon Dieu, quelle mort atroce.

– Si quelqu'un tient à m'embaumer, j'aimerais mieux qu'on attende ma mort, comme Lénine, qui grâce au formol, est intact depuis un siècle. Ou comme Fulvio. Quel destin, pour un ours, transformé en œuvre d'art, si je puis dire. Lui aussi était déjà mort, le train s'en était chargé, heureusement.

– Moser aurait été embaumé vivant ? C'est si affreux que je refuse même d'y penser.

– Dommage qu'on ne l'ait pas exposé dans sa propre galerie », répond Besana.

11 décembre

« Les journalistes devraient être au service des lecteurs et de la vérité. Mais trop souvent, ils sont surtout au service de leur ego. Et de leur carrière. Même des légendes du journalisme inventent parfois des faits. Comme disent les Anglais, ils ne permettent pas à la vérité de faire obstacle à une belle histoire. »

Besana tient le crachoir. La tablée est suspendue à ses lèvres, à l'exception d'Ilaria. C'était une embuscade. Elle attendait Marco au restaurant et il a débarqué avec Vittoria et sept autres personnes.

Ilaria ronge son frein. « Marco est un mufle, pense-t-elle. Un vrai mufle. »

Elle a emmené Beck's dans sa chambre. Tous deux sont couchés sur le lit et elle lui gratouille le ventre. Elle se défoule.

« Besana a été odieux, ce soir. Tu étais censé l'empêcher de retomber sous la coupe de cette bêcheuse, qui ne veut pas de toi chez elle parce que tu laisses des poils partout. Tu as compris à qui tu as affaire, au moins ? »

Beck's fourrage dans la couette dans le but évident de se glisser dessous. Il n'y a qu'Ilaria qui l'autorise à dormir dans le lit et il entend en profiter. Il tournicote deux ou trois fois puis se laisse choir, la tête sur l'oreiller.

« Et toi, ingrat que tu es, tu mords Nicola qui ne mérite pas ça. Il t'a même offert un jouet, une fois. Un petit coup de croc dans le mollet de Vittoria, ça ne te tente pas ? Je la déteste, tu n'as pas idée à quel point. Fais-le pour moi. »

Mais Beck's ronfle déjà, peu disposé à coopérer.

« Si leur liaison dure et que Besana emménage chez elle, dis-toi que ça se finira mal pour nous deux. Elle n'a qu'une envie celle-là, c'est de nous virer, je te préviens. »

Se sentant vaguement coupable de sa défection, Beck's ouvre un œil. Mais accompagner deux journalistes est tout de même épuisant. Il lui lèche la main.

« Tu ne voudrais pas qu'on t'abandonne pour la seconde fois, n'est-ce pas ? Alors fais quelque chose, mince. Étripe-la, avant qu'il soit trop tard », poursuit-elle en lui tripotant les oreilles, qu'elle retourne, histoire de s'assurer qu'il l'écoute.

« Tu viendrais habiter chez moi, évidemment. Mais tu l'aimes bien, ton Marco. Un chien de garde qui se respecte défend son maître. Surtout contre lui-même. Cette femme lui fera du mal, je le sens. Il est où, ton instinct ? Pourquoi tu remues la queue comme un abruti dès que tu la vois ? Elle t'a embobiné, toi aussi ? »

La queue de Beck's se met à cogner le matelas. L'un des mots prononcés par Ilaria doit l'avoir amusé, reste à savoir lequel.

« Quant à moi, je ne me laisse pas séduire. J'ai un mauvais pressentiment, Beck's. Cette histoire risque de coûter cher à Besana. »

Lassé de tout ce blabla, le chien enfouit son museau sous l'oreiller. Ne serait-il pas l'heure de dormir ? D'éteindre la lumière ? Ilaria le regarde en le caressant doucement. Que sait-il, lui, des amours humaines ? Pour lui, l'amour est un sentiment tout simple et linéaire. Seule la confiance compte, sans limite.

12 décembre

Besana a la mine défaite, le menton tremblant.

« Je dois rentrer à Milan, dit-il, mon fils est à l'hôpital, il a eu un accident. »

Ilaria, si anxieuse de nature, sait pourtant garder son sang-froid quand il le faut. Peut-être n'en est-elle pas consciente, d'ailleurs. Cela lui vient d'instinct.

« Je rentre avec toi », lui répond-elle. Elle fourre ses affaires dans sa valise, à la va-vite.

« Ce n'est pas la peine, bredouille Marco.

– Si, si, je rentre avec toi, répond-elle avec aplomb. J'en ai pour deux minutes. Il ne faut pas que tu conduises tout seul. » Elle articule calmement, pour l'apaiser.

Besana n'en revient pas que cette jeune femme, qu'il sait hyperémotive, soit capable de réagir avec ce flegme quand les circonstances l'imposent. Il la regarde, et se sent mieux.

« Ça y est », dit Ilaria avec le sourire, valise bouclée. Cela ne lui a pris que quelques instants.

Le temps de payer la note, et les voilà en route. La neige frappe le pare-brise, mauvaise. Les essuie-glaces grincent, peinant à la balayer.

« Ralentis, s'il te plaît, dit Ilaria, posément.

– Il est à l'hôpital, on lui fait passer un scanner, il faut que j'arrive là-bas le plus vite possible. » Les mains de Marco tremblent sur le volant.

« Je sais bien. Mais si tu as un accident à ton tour, tu ne pourras plus lui être d'aucune aide. »

Le visage de Marco se contracte, toute sa douleur semble concentrée dans ses muscles faciaux, creusant ses rides.

Son portable sonne et il y répond aussitôt, les doigts fébriles. C'est Marina.

« J'arrive », lui dit-il.

Sur ce, Ilaria lui ôte l'objet de la main. Dans l'urgence, il faut choisir ses priorités, lui a enseigné sa grand-mère qui, quoique grande tragédienne devant l'Éternel, faisait montre dans l'adversité d'un calme et d'une sérénité sans faille. Devenir journaliste et être sans cesse confrontée à l'urgence lui a aussi beaucoup appris. Le métier finit par rentrer, heureusement.

« Marina ? Bonjour. C'est Ilaria Piatti. Marco est au volant, je vous écoute. »

En proie à la panique, Marina bafouille des propos décousus, mais la voix posée d'Ilaria la calme et elle fait de son mieux.

« Il est en soins intensifs... Mais ils disent que, que... » L'angoisse lui coupe le souffle.

« Qu'il va s'en sortir ? suggère Ilaria.

– Sans doute. Espérons. C'est ce qu'ils disent. Je ne sais pas.

– Merci, madame, lui dit Ilaria. Marco vous rappelle dans quelques minutes, dès que nous nous arrêterons. Nous devons prendre de l'essence et il y a une station-service dans moins de deux kilomètres, ne vous inquiétez pas. »

12 décembre

Jacopo est réveillé, mais confus, il cligne des yeux puis tend le bras pour saisir la main de son père. Il n'ose rien dire. Il sait que les médecins ont annoncé son taux d'alcoolémie à ses parents.

« Je suis désolé, murmure-t-il.

– Tu veux savoir combien de fois je me suis soûlé la gueule ? répond Besana. Et le nombre d'accidents que j'ai eus ?

– Je t'aime, papa, dit Jacopo avec un pauvre sourire.

– Bon, évidemment, mieux vaut ne pas prendre le volant, après. La prochaine fois, prends plutôt un taxi. Je te l'offrirai.

– Promis. Maman est furieuse ?

– Elle est quasiment abstème, comment veux-tu qu'elle comprenne ? répond son père. Tout ce qui compte, c'est que tu te sois réveillé. Ça lui passera, allez. Tu nous as fichu une de ces frousses, laisse-nous encaisser.

– Moi aussi, j'ai eu une de ces frousses, dit le garçon. Quand j'ai vu débouler ce scooter dans la nuit et que j'ai braqué, je me suis dit : “C'est fini, adieu.” Heureusement que je n'ai tué personne.

– Un assassin dans la famille ? Tout, mais pas ça, ricane Marco pour dédramatiser. Déjà que je leur cours après toute la sainte journée, en retrouver un à domicile, ce serait le comble. »

Jacopo aspire un peu d'eau avec une paille. Son visage est tuméfié, il fait peine à voir.

« Je suis vraiment désolé, j'ai tout gâché, dit-il.

– De quoi tu parles ?

– Ben, de ton enquête sur ce type qui a gonflé puis dégonflé. Et puis sur l'autre, là, qu'on a repêché dans une crevasse.

– Depuis quand tu lis les journaux ?

– Je ne les lis pas vraiment. Seulement tes articles. Quand ils sont mis en ligne, c'est gratuit. Tu assures grave. »

Besana est pris d'une terrible envie de pleurer.

« Merci.

– À mon avis, vous avez raison, Piatti et toi : c'est un serial killer.

– Qu'est-ce qui te fait dire ça ?

– Bah, lâche Jacopo en haussant les épaules.

– Vas-y, aide-moi un peu. Je n'arrive plus à y voir clair.

– Moi ?

– Ben oui, toi. Tu vois quelqu'un d'autre dans cette chambre ? »

Jacopo se cache sous son drap en pouffant.

« Je parle sérieusement, insiste Besana. Ton point de vue m'intéresse. J'ai vraiment besoin d'un regard extérieur. Comme le tien.

– Tu as besoin de moi ?

– Oui. »

Jacopo se redresse et remonte ses oreillers dans son dos.

« Je pense que ça pourrait être une femme.

– Et pourquoi ?

– Parce qu'il n'y a qu'une femme pour être aussi tordue. C'est trop bizarre, ces assassinats. Aucun mec n'irait imaginer des trucs pareils. »

Besana lui saisit les bras et l'embrasse sur le front.

« Putain, tu as raison !

– Aïe, papa. Tu me fais mal. »

12 décembre

« Il y a un problème en amont, dit Marina. Il se soûle tous les soirs, maintenant. Il ne l'admettra jamais, mais il n'est pas heureux avec cette fille. »

Les heures de visite sont terminées, Besana et son ex-femme marchent côte à côte dans le couloir qui mène à la sortie.

« Forcément. Tu ne trouves pas qu'il est un peu jeune pour aller s'enterrer dans une ferme à touristes, au trou du cul du monde, avec les vieux de sa petite amie ? Le monde est vaste, et il l'attend. S'il avait tout largué pour voyager avec elle, j'aurais compris. Mais cet enfermement, je ne pige pas.

– C'est aussi ce que je lui ai dit. Mais il me répond qu'ils le prendraient mal, s'il partait.

– Mais c'est quoi, ce pluriel ? Il sort avec une fille, pas avec ses parents.

– Il dit qu'*ils* sont faits comme ça.

– Encore ce pluriel, remarque Besana. C'est tout de même bizarre.

– Il se sent surtout coupable parce qu'il ne va pas pouvoir travailler pour eux pendant un moment. Tu te rends compte ? Ils lui ont lavé le cerveau ou quoi ?

– Peut-être que l'envie d'étudier va lui venir. À l'hôpital, il n'y a pas grand-chose d'autre à faire.

– Espérons. Il m'a demandé des livres : incroyable, non ? Et puis il lit tes papiers. Quand je m'en suis aperçue, j'en suis tombée de ma chaise.

– Je ne suis pas surpris : tu ne les as jamais lus.

– Ne commence pas, Marco.

– Mais non, voyons.

– Tu es libre, ce soir ? On mange un morceau ensemble ?

– Armando est occupé, ou tu as réussi à le virer pour de bon ? »

Marina part d'un petit rire.

« J'ai appelé des déménageurs. Toutes ses affaires ont été expédiées chez sa mère. Jusqu'au moindre T-shirt.

– Bravo. Il était temps. J'espère juste que tu ne t'es pas mélangé les pinceaux en lui renvoyant mes trucs à moi dans la foulée. »

Marina blêmit.

« Pourquoi ? Il en restait ? »

Besana donne un coup de poing dans la porte de l'ascenseur.

« Putain, Marina. J'ai quitté la maison avec une valise. Tu m'as toujours dit qu'il n'y avait pas d'urgence. »

Elle se cache la bouche de la main.

« Oh, merde. J'avais oublié ça. Pardon, pardon, pardon. »

13 décembre

Vaguement inquiète, Ilaria appelle Marco, qui lui a écrit pour lui dire que Jacopo était hors de danger, mais sans rien ajouter d'autre.

« Comment va ton fils ?

– Mieux, je suis passé le voir ce matin. Ce séjour à l'hosto va peut-être lui permettre de réfléchir. À la valeur de la vie, par exemple, qu'il serait tout de même dommage de foutre en l'air. Et toi ?

– Je me suis bien reposée, j'ai dormi jusqu'à midi. On ne croirait pas, comme ça, mais le crime fatigue. Il faut savoir lever le pied, de temps en temps. Cet après-midi, j'irai chez l'esthéticienne et chez le coiffeur.

– Tu as bien de la chance, moi, je dois me taper une nécro.

– Quel bonheur !

– Je déteste ça, la viande froide », dit Besana en fixant l'écran de son ordinateur, une cigarette dans une main, un verre dans l'autre. « Je suis sûr que ça porte malheur, en plus.

– Qui est mort ? demande Piatti.

– Luciano Fenis.

– Connais pas. Qui était-ce ?

– Tu es trop jeune, Morpion. Il a été l'un des plus grands gangsters des années 1970. On lui attribue au moins cinq cents braquages. C'était l'ennemi numéro un, à l'époque, mais il n'a jamais eu de sang sur les mains, un vrai gentilhomme. On l'appelait "le Guitariste" parce qu'il cachait sa mitraillette dans un étui à guitare. Il a fini par prendre trente ans, mais il a été gracié par un président de la République – je ne sais plus lequel, je vérifierai. Depuis, il était devenu peintre.

– Beau personnage. Tu as de quoi faire un papier formidable.

– Mais c'est l'idée même d'écrire une nécro qui me met de mauvaise humeur. Ça pourrait être bientôt mon tour, va savoir qui écrira la mienne. Tiens, pourquoi tu ne t'en chargerais pas ? »

Ilaria s'esclaffe en faisant le signe des cornes.

« S'il te plaît ! Je suis en train de conjurer le sort.

– Autrefois, les rédacteurs en chef vivaient dans la terreur d'être pris de court par un décès à onze heures du soir, quand il est trop tard pour improviser un papier convenable. Alors ils accumulaient les nécros à l'avance, surtout celles des huiles qui avaient pété les quatre-vingts ans, on les rangeait "au cimetière". Ils les payaient à la remise, pour pousser au cul les journalistes qui traînaient les pieds. On raconte, mais je ne sais pas si c'est vrai, qu'un poète célèbre a un jour trouvé sa nécro dans le tiroir du cimetière à la rédaction, et qu'il l'a personnellement relue et corrigée. Quand l'auteur d'une nécro mourait avant la personne concernée, le papier partait à la poubelle – on ne peut tout de même pas publier un hommage à un défunt signé par un autre défunt, tu comprends ?

– Allez, dépêche-toi de boucler cet article et viens me retrouver, qu'on travaille ensemble sur nos morts à nous. Rappelle-toi qu'un assassin bien vivant rôde encore. »

13 décembre

Le paquet est très élégant, Ilaria tire doucement sur le nœud de satin et glisse ses ongles sous le ruban adhésif pour ne pas déchirer le papier. On croirait sa grand-mère qui procédait ainsi, avec un soin maniaque, pour pouvoir réutiliser la moindre feuille de papier cadeau. La raison de sa lenteur est tout autre : elle est impressionnée, n'ayant guère l'habitude de recevoir des cadeaux. À présent, elle hésite à ouvrir la petite boîte.

« Merci, dit-elle avant même de savoir ce qu'elle contient.

– Ce n'est pas une bague », répond Nicola avec un petit rire nerveux.

Ilaria s'efforce de sourire, mais elle trouve cette précision de très mauvais goût. Cette muflerie lui gâche le moment.

« Si elles ne te plaisent pas, tu pourras les échanger », se hâte-t-il d'ajouter.

Donc, ce sont sûrement des boucles d'oreilles. Ilaria inspire à fond. Elle sait bien que Nicola lui apporte ce cadeau aujourd'hui parce que dans les semaines qui suivent, emporté par le tourbillon des fêtes de Noël en famille ou avec ses collègues, ils ne se verront pas. C'est le Noël des amants, toujours décalé. Furtivement, elle se demande si elle aimerait être elle aussi débordée pendant ces jours-là. Sans doute pas.

« Allez, ouvre-la ! » insiste-t-il.

Ilaria lève les yeux, un peu agacée par son impatience. Son anxiété, peut-être. Craint-il de mal faire en cette période où il ne pourra que commettre erreur sur erreur ? Croit-il vraiment qu'une paire de boucles d'oreilles compensera son absence au jour de l'an ? Elle lui sourit. Il est si naïf, par moments, bien qu'il soit nettement plus âgé qu'elle. Elle ouvre la petite boîte et en sort deux boucles d'oreilles en or, splendides, en forme de longue spirale. Il n'a pas remarqué que ses lobes n'étaient pas percés.

On les lui a percés quand elle était enfant, mais les trous se sont depuis refermés. Elle se rappelle être allée chez le bijoutier avec sa mère – en secret, car son père trouvait qu'elle était trop petite. « Ne t'inquiète pas : il ne s'en apercevra même pas, lui avait-elle dit, les hommes sont ainsi faits. »

« Elles sont magnifiques », dit Ilaria.

Enfin, Nicola se détend, cela se voit à sa posture : soudain, son dos est moins raide, et ses jambes se sont tranquillement écartées.

« Je suis content qu'elles te plaisent, dit-il plusieurs fois, comme un étudiant qui vient de réussir son examen.

– Magnifique, dit encore Ilaria en les faisant osciller, magnifique. »

Elle est sincère, ces bijoux sont à l'image de sa relation avec lui : une belle chose inutilisable. Elle les gardera sur sa table de chevet pour les admirer avant de s'endormir. Et jamais elle ne les portera.

13 décembre

« Tu es revenue à Milan pour me voir ?

– C'est tellement barbant, la Suisse. »

Marco embrasse Vittoria, cette surprise l'enchante. Et tant pis si son deux pièces est crasseux, il se sent accepté pour ce qu'il est, désormais.

« On dîne ici ? Il n'y a rien à manger chez moi, je suis rentrée sans prévenir et personne n'a fait de courses », dit Vittoria.

Marco écarte les bras.

« À part quelques bouteilles, mon frigo est vide mais si tu veux, je t'invite au resto. »

Elle secoue la tête.

« Je n'ai pas envie de sortir, on se fait livrer ? »

Vittoria s'assied sur le canapé Ikea et regarde autour d'elle. Le décor est dépaysant pour elle, et pourtant, ses yeux brillent. Peut-être est-ce un soulagement de n'avoir pas à louer la grâce d'un fauteuil, la beauté d'un tapis ou l'originalité d'un tableau. Voilà qui permet de sauter les préliminaires et de glisser sa langue dans la bouche de qui l'on veut. Et c'est d'ailleurs ce qu'elle fait illico.

Le canapé n'est pas bien grand, mais ils s'y sentent bien, tous deux enlacés. Sauf qu'ils ont oublié de commander le dîner.

« Vietnamien ? Indien ? Japonais ? Qu'est-ce qui te tente ?

– Une pizza, répond Vittoria en caressant le dos de Marco. Personne ne m'offre jamais de pizza.

– Comment fais-tu pour survivre à ça ?

– Je me le demande parfois moi-même.

– Quelle pizza te ferait plaisir ?

– Aux oignons, c'est possible ? »

Besana est ravi : une femme qui possède trop de tout et qui ne désire qu'une pizza aux oignons, enfin ! Et si, au tréfonds de leurs âmes blasées – chacune à sa façon, bien entendu –, là où personne ne pense plus à fouiller, ils avaient vraiment quelque chose en commun ? Comme quand, en rangeant l'étagère la plus haute de la cuisine, on retrouve, parmi les vieilleries à jeter, un morceau de soi.

Le regard de Vittoria tombe sur une photo de Besana et de Marina jeunes, avec Jacopo enfant. Elle la montre d'un coup de menton.

« Tu es toujours amoureux d'elle ? »

Besana soulève la tête telle une tortue.

« De qui ?

– De ton ex-femme. »

Il s'autorise un petit rire, tout comme elle s'autorise une pizza aux oignons.

« Je l'étais encore il y a quelques mois. Et je l'ai été trop longtemps, même si elle m'avait quitté. Plus maintenant. Mais j'ai de l'affection pour elle, malgré tout. Pourquoi cette question ? Tu es jalouse ?

– J'ai l'impression que tu accours dès qu'elle te siffle, avoue Vittoria.

– C'est instinctif, chez moi, répond Marco. J'accours même au secours des morts, qui ne m'ont rien demandé. »

14 décembre

Quand Ilaria débarque à la rédaction, dans l'après-midi, le rédacteur en chef lui fait signe de le rejoindre dans son bureau.

« Piatti, j'ai besoin d'un papier sur cette fille en voyage scolaire qui est tombée du septième étage en voulant prendre un selfie.

– Je ne peux pas, j'enquête sur le tueur en série.

– Quel tueur en série ? À propos, plusieurs de vos confrères se sont plaints qu'on vous paie des déplacements hors de prix alors qu'on ferme les bureaux des correspondants à l'étranger. Le directeur a dit que ça suffisait.

– Comment ça ?

– Oui, Piatti, ça suffit avec ce délire. On traite des faits divers, pas des fictions. Passe encore pour l'aconit et pour l'uréthane. Maintenant, il est grand temps de serrer la vis.

– Mais un tueur en série, c'est un vrai sujet ! Cette affaire va entrer dans l'Histoire.

– Laisse les enquêteurs faire l'Histoire. Nous, on doit seulement assurer notre survie. Aujourd'hui, demain et, qui sait, après-demain. Ensuite, on verra. »

Ilaria baisse les yeux.

« D'accord. Combien de caractères pour le selfie fatal ?

– Soixante lignes. Et surtout, jette un coup d'œil aux réactions sur les réseaux sociaux. »

C'est alors que déboule à grands pas, tout décolleté dehors et dans un nuage de parfum, Bulgarelli. Elle ignore royalement Ilaria et lui passe devant comme si elle était transparente.

« Je viens d'emplafonner la secrétaire qui prétend m'envoyer dans un hôtel pourri à Monte-Carlo ! Tu veux bien lui expliquer que *tout le monde* sera à l'Hermitage ? De quoi j'aurai l'air ? Vous le voulez, ce reportage corrosif sur le mariage de l'année, ou non ? Je refuse de passer pour la pouilleuse de service.

– Pas de problème, Lucrezia, je vais régler ça », lui répond Roberto en évitant de croiser le regard d'Ilaria.

Bulgarelli lui envoie un baiser de la main et s'éclipse sans même le remercier.

« Les noces de l'influenceuse avec l'acteur ? demande Piatti.

– Le directeur réclame une page par jour, lâche Roberto en écartant les bras, navré.

– Évidemment », répond Ilaria. Sur ce, elle le salue d'un geste.

Elle attrape son sac et son manteau et dévale l'escalier sans attendre l'ascenseur. Il lui faut une grande bouffée d'air et tant pis si elle est pleine de particules fines. L'atmosphère de la rédaction est devenue irrespirable. Une odeur putride infecte désormais les locaux des journaux. La même qu'elle a parfois sentie sur les scènes de crime ou dans les antichambres des salles d'autopsie.

En sortant, elle tombe sur Marco et lui saute au cou.

« Qu'est-ce que tu fais ici ?

– Il faut bien que je passe au journal de temps à autre, moi aussi. » Puis il la fixe. « Tu files déjà ? »

Ilaria hausse les épaules et lui raconte ce qui vient de se passer.

« Ce métier est moribond, Morpion, fais-toi une raison. On est comme les cochers et les rémouleurs, ou les gars qui éteignaient les réverbères à gaz dans les rues. On est devenus *inutiles*, et les gens nous détestent.

– Je l'ai remarqué.

– Ils nous traitent de scribouillards, de pisse-copie, de fouille-merde et de charognards. Et ils n'ont pas tout à fait tort. On passe notre temps à chasser les célébrités en négligeant les sujets sérieux. Ou alors, pour faire semblant d'écouter le populo, on tend le micro aux plus braillards, aux hystériques qui ne veulent pas d'enfants d'immigrés à l'école. On a laissé tomber les enquêtes et on ne fait plus que des interviews de complaisance. On reste plantés devant nos ordis à pomper des *fake news* sur les réseaux sociaux, sans même passer un coup de fil pour recouper les infos. Il faut bien l'admettre, non ?

– Quel bilan formidable, commente Ilaria.

– Et encore, nous, aux faits divers, on ne s'en tire pas si mal. Pense aux journalistes politiques : de nos jours, les ministres soliloquent sans contradicteurs dans les talk-shows, ou bien ils s'interviewent tout seuls sur Facebook, ou alors, ils exigent des questions écrites et ils y répondent par e-mail. Quelle valeur ça a, une interview par e-mail ? Tu ne sais même pas qui pianote sur le clavier de l'autre côté, le ministre ou son porte-parole, qui a peut-être commencé sa carrière dans une émission de téléréalité. Et quand ils se défilent, tu ne peux même pas essayer de les coincer. On n'est plus que des terminaux, complètement passifs, des secrétaires qui écrivent sous la dictée. Si ça, c'est du journalisme, autant changer de boulot.

– Je viens juste de débuter, moi, dans ce métier, dit Ilaria, la mine défaite.

– Les gens sérieux comme nous n'y ont plus leur place. Il y en aura de moins en moins. On nous prend pour des casse-burnes.

– Si j'ai droit à une autre vie, je serai Bulgarelli, je te le promets.

– Désolé de te dire ça, Morbac, mais tu n'as pas le *physique du rôle*[1].

– Va te faire foutre, Marco. »

Ilaria rigole, à présent.

« J'ai changé d'avis, dit Besana. Allons à la maison, et mettons-nous au boulot sérieusement. »

1. En français dans le texte.

14 décembre

C'est l'heure de l'apéritif, un rituel incontournable pour Besana. Il verse un verre de vin blanc à Ilaria.

« Allez, commente-t-elle, ce soir, on ne dira pas non à un peu d'uréthane.

– Ne te laisse pas abattre, Piatti. Même si le journal n'y croit pas, je te soutiens. Tu as eu des nouvelles de la police suisse ?

– Penses-tu, s'il y avait du nouveau, ils se garderaient bien de nous le faire savoir.

– Putain de confidentialité.

– À mon avis, ils n'y comprennent rien eux non plus.

– On devrait sans doute essayer de voir les choses d'un autre point de vue.

– Oui, c'est ce que m'a conseillé Dafne en me citant un proverbe romanche : "Si tu n'arrives pas à soulever la pierre, fais-la rouler."

– On devrait revenir à la typologie des empoisonneurs en série, suggère Marco. Procédons par élimination : *Random* ? Je dirais que non.

– Moi aussi, dit Ilaria. Ces crimes sont élaborés, ils ont été prémédités, il ne frappe pas au hasard. Il n'a pas versé de strychnine dans du vin pendant une fête. Il a choisi ses victimes et les a tuées d'une façon particulière à chaque fois.

– Des victimes du même milieu et qui se connaissaient toutes, en plus.

– Que des hommes riches.

– Et qui passent leurs vacances en Suisse.

– S'il est du type S, *Specific*, reste à trouver le mobile. Y a-t-il quelque chose qui les lie et que nous ne connaissons pas ?

– C'est possible, répond Besana.

– Reste l'empoisonneur camouflé, qui se fait passer pour *Random* alors qu'il est *Specific*.

– Mais ça ne colle pas non plus et ce, pour deux raisons, explique Marco. Primo : le tueur cherche à cacher ces morts, pas à les relier. Deuzio : plusieurs de ces cadavres ont été découverts par pur hasard, il n'a pas opéré de mise en scène.

– D'accord, mais ce raisonnement ne nous mène nulle part. Alors posons-nous une question plus simple : qui pouvait bien souhaiter leur mort ? Leurs femmes ?

– Pas toutes, répond Besana. Ginevra Landi, peut-être, qui était en plein divorce. On sait que Moser ne payait pas la pension pour son fils, et l'héritage a dû bien l'arranger. Mais ce n'est pas le cas de Veronica Ballarin : l'exploitation viticole appartenait à son père, elle était bien plus riche que son mari. Quant à Brunella, elle aimait follement le sien.

– Leur relation avait tout de même quelque chose de toxique.

– C'est vrai, mais des deux, le sadique, c'était lui.

– Et Vittoria ? lance Ilaria, sur un ton de défi.

– Je ne sais pas si cet homme la rendait vraiment heureuse, mais ce n'est pas un motif d'assassinat. Il lui aurait suffi de divorcer. Et puis tu oublies une chose…

– Laquelle ?

– Chacune d'elles a un alibi en béton, confirmé par la police. Brunella était à New York, Vittoria en Suisse, où son mari devait la rejoindre, Nicoletta D'Ambrosio était au bord de la mer et Veronica Ballarin, à la Scala, répond Besana.

– Et Ginevra ?

– En effet, on ne sait pas grand-chose, en ce qui la concerne.

– Et puis, il n'y a pas que les femmes, poursuit Ilaria. N'oublions pas qu'Elsa Cattaneo et Andreas Vital ont un mobile commun, et pas des moindres.

– C'est vrai, mais toutes les victimes n'étaient pas impliquées dans le meurtre de Ruth.

– Ils pourraient avoir élargi le cercle justement pour cette raison. Pourquoi exclure l'hypothèse d'un empoisonneur camouflé ?

– Je ne sais pas, répond Besana. En tout cas, on a oublié Crivelli. Il pouvait avoir de bonnes raisons de se débarrasser de Rigamonti, qui le faisait sans doute chanter.

– D'accord, mais les autres ? »

14 décembre

Marco prépare un de ses fameux risottos pour Ilaria, et l'appartement embaume la chicorée et le gorgonzola. Tout excité, Beck's rôde autour des fourneaux, agitant la queue tout en reluquant le poêlon.

« Tu sais quand le déclin des grands journaux a commencé ? Quand quelqu'un a décidé que l'information sérieuse avait fait son temps, qu'il fallait *alléger*, mêler la grande culture et le divertissement, les prix Nobel et les auteurs de best-sellers. Bref, imiter la télévision.

– Maintenant, on nous demande de copier les réseaux sociaux, c'est encore pire, répond Ilaria.

– Mais la dégringolade s'est amorcée bien avant, quand ils se sont mis à vouloir qu'on recueille l'avis de n'importe qui sur n'importe quoi dans le seul but de faire de l'audience. Un vrai cauchemar. On restait pendus au téléphone pour demander à des romanciers, des footballeurs ou des actrices leur opinion sur des sujets qui les dépassaient complètement. Dix lignes par tête plus une photo. L'idée, c'était de faire dire un truc de gauche à un type de droite, et vice-versa. On avait tracé des tableaux avec les orientations des personnalités et leur portrait. Quand une case était vide, il fallait convaincre l'interviewé de jouer le jeu. “Ah, non, désolé, mais j'en ai déjà un qui soutient ça, j'en cherche un qui affirme le contraire.” Et souvent, rien que pour être cité dans le journal et y voir sa binette en format timbre-poste, celui-ci marchait. “Bon, si ça vous rend service, faites-moi dire ce que vous voulez.”

– C'est le même piège que le *like*. Les gens finissent par poster des choses absurdes juste pour se faire remarquer.

– Exactement, approuve Marco, amer. Il y a vingt ans déjà, les esbroufeurs avaient le vent en poupe, rien ne leur faisait honte et les directeurs les adoraient. Je me souviens d'un professeur qui prétendait avoir mis au point une thérapie plus efficace que les chimios, l'opinion publique était partagée. Eh bien l'un de ces bouffons pond illico un papelard brillant expliquant que la chimio est de gauche tandis que les soins alternatifs sont de droite. Et ça sort en une. Mais comment peut-on déconner sur ce genre de sujet ? Pour finir, la thérapie en question n'était que pure foutaise, mais entre-temps, on avait donné la parole à des incompétents.

– J'ai fait fausse route, je le crains, dit Ilaria, abattue. J'aurais dû soigner davantage mes profils Facebook et Twitter, comme Bulgarelli.

– Il faut un talent particulier pour bien utiliser les réseaux sociaux sans avoir l'air pitoyable et, désolé de te le dire, mais tu en es dépourvue. »

Besana lui sert le risotto et lui verse un verre de vin : « Allez, tiens, mange.

– C'est juste, mais faire l'impasse dessus n'est plus possible, répond Ilaria. Tu ne crois pas qu'ils pourraient t'être utiles à toi aussi ?

– Tu plaisantes ? Je me contente de les parcourir, et basta. Je refuse de passer pour un guignol. En plus, j'ai remarqué que les journalistes à la retraite ont tendance à se radicaliser sur les réseaux sociaux. »

Ilaria éclate de rire.

« Comme les détenus en prison ?

– Plus ou moins, répond Besana. J'ai déjà vu d'ex-confrères qui n'ont jamais écrit une ligne susceptible de fâcher les puissants, et qui, une fois rangés des voitures, balancent des posts incendiaires appelant à l'émeute.

– Pourquoi, à ton avis ? demande Ilaria qui s'amuse beaucoup.

– La frustration ? Le fait de lire en une les articles de confrères bien plus jeunes, ou de les voir sur les plateaux télé ? Celui de ne pas avoir obtenu de contrat de collaboration avec leur journal ? Moi, ce que j'en dis, c'est que la plupart sont fumasses parce qu'ils n'ont pas touché la fixe.

– La fixe ?

– La super-indemnité de licenciement qu'on versait à ceux qui avaient bossé au moins dix ans dans la même boîte. Un bonus de plusieurs dizaines de milliers d'euros. Mais avec les crises et les départs massifs en préretraite dans les journaux, la fixe a été suspendue. Maintenant, elle a diminué de moitié ou bien elle est payée par tranches.

– Dire que je n'aurai probablement pas de retraite, commente Ilaria.

– Tiens, un exemple de radicalisé, dit Besana en sortant son portable, vois un peu ce qu'il écrit sur son profil : “J'ai choisi de devenir journaliste pour *porter la plume dans la plaie* et dénoncer les maux du monde, les guerres et les injustices sociales, pendant vingt ans, j'ai été envoyé spécial dans divers pays. Puis j'ai découvert que le système médiatique italien était malade, et j'ai décidé de m'éloigner des journaux” – “j'ai décidé”, ben voyons ! »

Ilaria s'esclaffe.

« Ah, je te jure, je préfère encore traquer un tueur en série imaginaire que de finir comme eux, poursuit Besana. Ils passent leur temps à chercher des poux dans la tête de ceux qui bossent encore. On dirait ces retraités désœuvrés qui se plantent devant les chantiers, les mains dans le dos, et emmerdent les ouvriers – "Ce poteau est de traviole. Creuse un peu plus à gauche". »

15 décembre

Ilaria et Marco entrent dans une galerie où sont accrochées les œuvres en néon d'un pâle imitateur de Mario Merz. Besana trébuche sur une rangée de cailloux.

« Fuck the Land Art ! » grogne-t-il en s'appuyant sur Piatti pour ne pas tomber.

Une jeune femme apparaît, brune, avec une mèche bleu électrique assortie à ses lunettes et à ses chaussures.

« Bonsoir, leur dit-elle en se penchant pour remettre les cailloux en place.

– Vous êtes Miriam ? »

Méfiante, la jeune femme hoche la tête. Marco lui explique qu'ils sont journalistes et qu'ils souhaitent lui parler de Livio Moser.

« Nous voudrions convaincre les enquêteurs de rouvrir le dossier, ajoute Ilaria.

– Bravo, répond Miriam. C'est moi qui ai déclaré sa disparition à la police, ce soir-là. Contre l'avis de Ginevra qui n'était pas pressée de le faire.

– Racontez-nous ce qui s'est passé, ce jour-là.

– Nous venions de démonter une exposition, et Livio était parti marcher. Je n'ai jamais cru à cette histoire de malaise. Il se portait comme un charme, je peux vous l'assurer.

– Où se trouvait sa femme ?
– En Toscane, chez des amis.
– La disparition de Livio l'a inquiétée ?
– Pas le moins du monde. Elle a cherché à minimiser en disant que cela lui arrivait d'éteindre son portable et de rentrer tard. Mais ça ne m'a pas rassurée. Il ne m'avait pas dit où il allait, mais il n'avait pris qu'un petit sac à dos. Il n'avait aucune intention de passer la nuit dehors. Ce soir-là, on devait aller à un concert de jazz. Vers neuf heures, j'ai commencé à l'appeler, mais il était injoignable. À onze heures, j'ai contacté les secours alpins. Mais personne ne savait où chercher. Il n'avait pas pris sa voiture, quelqu'un a dû l'emmener.
– Quelles relations avez-vous avec Ginevra Landi ?
– Exécrables, répond Miriam. Dès qu'elle a repris la galerie, je suis partie. Elle ne connaît rien à l'art et refuse de se faire conseiller. Elle est incompétente et présomptueuse.
– C'est très clair », répond Ilaria.
Besana lui lance un coup d'œil pour lui faire comprendre que le moment est venu d'insister.
« Est-il vrai qu'ils étaient séparés ?
– Oui, c'est vrai, confirme Miriam. Ginevra racontait à tout le monde que Livio ne payait pas la pension pour son fils malade, pour le faire passer pour un monstre. Mais l'histoire est plus compliquée.
– C'est-à-dire ?
– La crise a commencé à la naissance de l'enfant. Il souffrait d'une maladie génétique rare et les médecins ont demandé l'analyse de l'ADN des parents. Une semaine après l'accouchement, Livio a découvert que le petit n'était pas le sien. Ginevra était furieuse parce qu'elle ne pouvait rien obtenir de lui. Pour commencer, ils n'étaient pas mariés, même si elle se présentait à tout le monde comme sa femme. Et puis

l'enfant ne pouvait pas lui servir de moyen de pression. Livio disait que ce n'était pas à lui de s'en occuper, mais à son père biologique.

– Il savait qui c'était ?

– Non, mais il soupçonnait l'artiste auquel Ginevra vient de consacrer une exposition.

– Ausstopfer ? L'embaumeur ?

– C'est ça, Fritz. Très fabriqué, à mon avis.

– Il est très coté ?

– Disons qu'il est en train de percer. Enfin, Ginevra n'a rien perdu au change.

– Que voulez-vous dire ?

– Que la mort de Livio lui a rapporté gros, c'est indéniable. Son fils a hérité avant la tenue du procès.

– Un patrimoine important ?

– La galerie et tout son contenu, une maison en Suisse et une autre à Milan. Tout est entre ses mains puisque le garçon est mineur. Elle est plutôt à l'aise, je dirais.

– Quelles relations aviez-vous avec Livio ?

– Moi ? » Miriam hausse les épaules. « Je le consolais. »

15 décembre

« Tu me demandes de commettre un délit, Ilaria. Hacker une boîte e-mail, c'est illégal, répond Rocco, l'air soucieux.

– Je sais bien. Je ne t'en voudrai pas si tu refuses.

– Tu sais bien que je ne peux rien te refuser. Je vais le faire. »

Le visage d'Ilaria s'illumine. Elle savait bien que son vieux camarade de fac, un vrai geek, détenait la solution.

« Elle ne s'en apercevra pas ?

– Non, je te le garantis.

– Merci, Rocco. »

Une heure plus tard, Ilaria dispose de la totalité du courrier électronique de Ginevra Landi. Elle passe sa journée à tout lire, y compris les échanges avec les clients de la galerie et les commandes de vin en ligne. Elle remonte jusqu'à l'époque de la mort de Moser et parcourt tous les e-mails que Ginevra envoyait à son avocat au sujet de la pension alimentaire pour son fils. Soudain, elle se fige. Puis, aussitôt, elle appelle Besana.

« Marco ? Ils sont amants depuis super longtemps ! débite-t-elle à toute allure.

– Qui ça ? De qui tu parles ?

– De Ginevra Landi et de son artiste.

– Tu penses qu'ils ont embaumé le mari tout vif ?

– Je n'en sais rien. Mais il y a un e-mail vraiment étrange. Écoute ça : “J'espère qu'il va crever, et dans d'atroces souffrances”, écrit-il. Et dans un autre, juste avant la disparition de Moser : “J'arriverai un peu tard, ce soir, je dois aller chercher le formaldéhyde.”

– Ça n'a rien d'une preuve, Piatti. L'artiste utilise le formaldéhyde pour ses œuvres. Et puis tu crois vraiment qu'un assassin irait écrire un truc de ce genre ? “Salut, j'y vais, je le momifie et je reviens.” Allons, je t'en prie. Je crois que Rocco s'est donné du mal pour rien.

– Bah, ça m'aura au moins servi à mieux la connaître. C'est une femme frustrée et en colère. Elle se plaint sans cesse : les collectionneurs, depuis la mort de Moser, ne la paient plus, elle est criblée de dettes et elle ne peut pas verser leur dû aux artistes, qui du coup lui en veulent…

– Ça n'éclaire pas vraiment notre affaire.

– Attends, il y a autre chose, dit Ilaria.

– Je t'écoute, dit Besana, sceptique.

– J'ai trouvé un e-mail bizarre entièrement chiffré, avec de la ponctuation. L'adresse aussi est bizarre : 1234567@33mail.com. Rocco m'a expliqué que c'est un serveur qui garantit l'anonymat de l'expéditeur.

– C'est sûrement un spam, Piatti. »

15 décembre

Besana arrive chez Vittoria, une bouteille de bordeaux à la main. Il espérait un tête-à-tête romantique, mais le salon est rempli de monde. Le besoin de socialisation de Vittoria a quelque chose de pathologique. Marco serre une dizaine de mains. Bonsoir, bonsoir. S'il avait su, il aurait décliné l'invitation. Bonsoir, bonsoir. Deux bises à Brunella, la seule personne qu'il connaisse. Et puis encore des mains à serrer. Bonsoir, bonsoir.

Il s'assied dans un fauteuil, un verre à la main, et regarde autour de lui. La bibliothèque et les commodes sont couvertes de cadres en argent : tous affichent des photos de la fille de Vittoria. Il ne l'avait jamais remarqué. Et son mari ? A-t-elle ôté ses photos par délicatesse envers Besana, ou bien avant même leur rencontre, pour pouvoir l'oublier plus vite ?

« Tout va bien, trésor ? » Vittoria se penche pour l'embrasser. Elle se montre plus affectueuse en public, comme si elle tenait à ce qu'on la voie amoureuse.

« Un peu crevé », répond Marco.

En réalité, il est mal à l'aise. Pas uniquement à cause de ces gens qui l'indiffèrent. Il éprouve une sensation étrange, qu'il ne parvient pas à interpréter. Soudain, il voit Vittoria sous un autre angle. Pourtant, elle n'agit pas différemment de d'habitude, échangeant deux mots par-ci, trois mots par-là, souriant ou s'attardant quand il le faut, ouvrant la porte aux nouveaux arrivants, distribuant des verres.

Sa voisine de table est une pipelette qui passe son temps à comparer les mérites respectifs des Dolomites et des Grisons. C'est à se pendre. Mais impossible d'échapper à son soliloque. Il mange, en subissant. Pour ne rien arranger, il fait face à un vieil avocat passionné d'opéra qui ne cesse de vitupérer contre le nouveau chef principal de la Scala. Tout ce qu'il dit fait bâiller Besana, or bâiller à table, ça ne se fait pas.

Il se sent dans le collimateur. Préoccupée par son silence, Vittoria le fixe. Sans doute comptait-elle sur lui pour raconter des anecdotes hilarantes sur son métier. Mais Besana n'en a aucune envie. Elle qui espérait subjuguer l'auditoire en exhibant son sémillant fiancé tout neuf, la voilà déçue. Car il n'a pas dit un mot. L'ours ne dansera pas, ce soir. Le numéro de cirque n'aura pas lieu.

« Marco, raconte-nous l'affaire de la danseuse. Marco a écrit un article magnifique sur son acquittement, lance Vittoria.

– Ce n'est pas une histoire drôle, répond Marco. Cette femme était battue et elle a tué son mari de douze coups de couteau.

– Douze coups de couteau et on l'a acquittée ? » demande l'avocat.

Soudain, un fracas cristallin. Brunella vient de lâcher son verre.

« Désolée, désolée, répète-t-elle, quel désastre !

– Ce n'est rien, lui dit Vittoria, ne t'inquiète pas, trésor. »

L'employée de maison accourt, munie d'une pelle et d'une balayette, mais Brunella ne se calme pas.

« Oh mon Dieu, qu'est-ce que j'ai fait ! »

Quand ils se lèvent de table, Besana va récupérer son manteau dans l'entrée, Vittoria sur ses talons.

« Tu t'en vas déjà ?

– Je suis fatigué, je te l'ai dit.

– Sans dire au revoir ? » Vittoria n'en revient pas, c'est d'une telle grossièreté.

« Salue tout le monde de ma part. »

Marco lui envoie un baiser de la main et ouvre la porte. La bouffée d'air froid le requinque. Il dévale l'escalier, se hâtant de rejoindre la rue glaciale. Sans comprendre d'où peut bien venir cette impression d'étrangeté qui l'a saisi.

15 décembre

Ilaria a accepté sans hésiter, elle est ravie de dîner avec son vieil ami. Rocco a choisi une pizzeria du centre-ville dont il connaît le propriétaire, qui lui fait toujours un prix. La salle est comble et très bruyante, ils sont obligés de crier pour s'entendre.

« Je suis contente que tu aies enfin une petite amie !

– Quoi ?

– J'ai dit : je suis contente que tu aies enfin une petite amie !

– Ah, oui. Moi aussi. Je pensais que personne ne voudrait jamais de moi, moche comme je suis !

– Penses-tu !

– Quoi ? »

Ilaria ne dit rien. Dégingandé, Rocco se tient mal. Il a de l'acné, les dents en avant, et un gros nez sur un visage émacié dépourvu de menton.

« Je te la présenterai, elle est webdesigner. Très mignonne, avec deux nénés comme ça ! »

Tout ému, Rocco agite les deux mains devant son torse.

« Heureuse femme ! » répond Ilaria.

Sur ce, elle relève la tête et constate avec horreur que Nicola vient de s'asseoir à une table en face de la leur. Elle se fige, le coude levé, sa tranche de pizza entre les doigts, dégoulinante de mozzarelle de bufflonne. Il est en famille.

« Ida voudrait qu'on cherche un appart, lui dit Rocco, mais ça me paraît un peu prématuré. Ça ne fait que trois semaines qu'on sort ensemble. »

Ilaria ne l'écoute plus. Elle ne peut s'empêcher de fixer le visage souriant de l'épouse légitime qui programme un dessin animé sur son téléphone pour que ses enfants se tiennent tranquilles à table. L'expression ennuyée de Nicola est éloquente. Il examine le menu avec une lenteur exaspérante, peut-être pour éviter de faire la conversation.

« Elle m'a déjà présenté à ses parents, tu vois ? Bon, deux personnes charmantes, très aimables. Mais tu comprends, je trouve qu'elle brûle les étapes. Prendre un prêt immobilier, tout de même. Je lui ai dit qu'elle pouvait s'installer chez moi, si elle tient tant à ce qu'on vive ensemble. Elle n'arrête pas de me traîner dans des magasins de meubles, et moi, je me laisse faire. Mais je préférerais qu'on y aille plus doucement. Ilaria, tu m'écoutes ? »

Nicola l'a vue à son tour. Pris de panique, il a trouvé une excuse et fait déplacer les enfants pour pouvoir au moins lui tourner le dos.

« Rocco, ça t'embête si on s'en va ?

– Tu n'as même pas fini ta pizza.

– Tant pis. C'est trop bruyant, ici, je n'entends pas ce que tu me dis. »

16 décembre

La maison d'Ilaria a enfin trouvé preneur. Un jeune couple. Elle est enceinte, presque à terme, et arrive à l'agence immobilière pour signer le compromis de vente précédée de son gros ventre. C'est dans cette maison qu'ils ont décidé d'élever leur enfant. Cela lui fait un peu de peine.

Mais Ilaria, « désignée ci-après par "la vendeuse" », ne peut se permettre d'éprouver pareils sentiments. Du reste, les « candidats acquéreurs » qui, en cet instant, lui sourient sont tout à fait au courant de ce qui s'y est passé. Ils ont seulement demandé qu'on baisse encore le prix. Et « la vendeuse » a cédé pour se libérer à jamais de ce « bien immobilier composé de huit pièces avec toutes ses dépendances ».

« Vous voulez un café ? »

L'agent immobilier, qui n'y croyait plus, serait prêt à leur offrir du caviar, aujourd'hui.

Ilaria est déjà assez nerveuse comme ça, mieux vaut éviter. La future mère refuse également, ce serait néfaste pour le bébé. L'éventuel fantôme d'un féminicide ne l'effraie nullement, elle se projette déjà dans ce pavillon à deux étages qu'ils n'auraient jamais pu se permettre sans tout ce sang versé, détecté à l'époque grâce au luminol. Elle est en train de s'offrir une scène de crime qu'elle brûle de rénover, mais une tasse de café lui paraît dangereuse voire létale.

« Bien, je vais procéder à la lecture du contrat.

– Procédez », commente Ilaria.

Il commence à lire. « La vendeuse s'engage à vendre à ». Elle s'y engage, à fond. Tant et si bien qu'elle leur en fait quasiment cadeau. « La vendeuse déclare que le bien à vendre est en jouissance libre de toute location ou occupation. » Ilaria a un accès de panique. La police soutient qu'elle a cherché partout, mais qui lui garantit qu'elle a bien fait son travail ? Et si le corps de sa mère s'y trouvait encore ? Et s'ils le retrouvaient en faisant creuser leur piscine.

« Un problème ? » Le futur papa a remarqué le désarroi d'Ilaria et s'inquiète. « Y a-t-il un locataire dont vous ne nous avez pas parlé ?

– Pas du tout, répond Ilaria, cette maison n'a jamais été louée. »

« Maison avec cadavre à louer », pense-t-elle. Elle rit intérieurement, de désespoir. La maison n'est-elle pas identique à ce qu'elle était il y a vingt ans ? Figée telle quelle à l'époque du crime. Des professionnels l'ont nettoyée de fond en comble, mais qui sait s'il ne reste pas quelques taches de sang.

« Poursuivons, reprend l'agent.

– Poursuivons, répète Ilaria, qui a tellement hâte de signer.

– L'acquéreur deviendra propriétaire des biens à compter du jour de la signature de l'acte authentique de vente. » Profitez-en bien, je vous en prie. « La vendeuse déclare qu'à sa connaissance, les biens objet du présent compromis de vente sont libres de tout privilège ou hypothèque. » Mais pas libres de tout homicide. Elle a déjà le stylo à la main. « Intégralement lu et approuvé, signé en double exemplaire. »

Ma vie merdique est toute à vous, à présent. Prenez vos aises. « Les soussignés déclarent avoir pris connaissance de tout ce qui précède. » Peu lui importe de savoir s'ils ont vraiment « pris connaissance », ou non. Il lui suffit qu'ils signent.

16 décembre

« Navrée d'avoir autant insisté pour te voir », dit Ilaria.

Nicola secoue la tête.

« Pour moi aussi c'était terrible, hier soir, qu'est-ce que tu crois », répond-il.

Ils sont tous deux assis dans sa voiture. Celle-là même qu'elle a abîmée en ratant son examen de conduite. Elle a été réparée. Tout est réparable.

« Je n'en peux plus. J'ai droit à une vie décente, peu importe laquelle. »

Cette fois-ci, Nicola hoche la tête. C'est la seule partie de son corps qu'il semble capable de bouger.

« Tu me quittes pour la énième fois ?

– Non, ce n'est pas la énième fois. Même si elle ressemble aux précédentes. Mais c'est à cela qu'on reconnaît la dernière : rien de particulier ne la distingue des autres. Je n'ai jamais quitté un homme ni vécu une dernière fois, et pourtant je le sais. Ne me demande pas comment, mais je le sais. »

Nicola sourit, il sous-estime ses facultés d'intuition.

« Bien sûr, répond-il. On se reverra dans un mois, quand tu ne seras plus fâchée.

– Je ne crois pas.

– Tu ne crois pas ? On parie ?

– Non, les paris, il faut bien que quelqu'un les perde et moi, je ne peux pas me permettre de te revoir. »

Le ton de sa voix, trop tranquille, trop posée, inquiète Nicola. Il saisit Ilaria par le bras.

« Attends, dit-il. Si j'ai commis une erreur, parlons-en. J'ai besoin de temps, tu le sais. Mes enfants sont petits. »

Ilaria le regarde, mais de loin.

« C'est moi qui ai commis une erreur », répond-elle, et sur ce, elle ouvre la portière.

Elle descend de la voiture et le salue d'un geste de la main. Soudain, elle se sent plus légère. Elle marche d'un pas différent, comme si on lui avait offert une nouvelle paire de jambes. L'envie lui vient de s'acheter des collants, couleur aubergine. Des collants neufs pour ses jambes neuves. Peut-être aussi des chaussures extravagantes, avec des talons trop hauts et d'une teinte impossible, de celles qu'on ne porte qu'une seule fois. La dernière.

16 décembre

« Qu'est-ce qui t'arrive, Morpion ? Tu as une mine de déterrée, dit Marco, tandis qu'Ilaria accroche sa doudoune au portemanteau.

– Rien du tout, j'ai mal à l'estomac. J'ai dû attraper un virus, répond-elle, sans le regarder dans les yeux.

– Moi aussi, je suis en vrac. J'ai passé la journée à surfer sur Internet à la pêche aux infos sur les poisons et les empoisonneurs. Que de la daube : des sites ésotériques sur l'alchimie, les conneries habituelles sur les Borgia, des élucubrations complotistes et des blogs de fondus du thriller. J'ai perdu mon temps sans trouver une info utile. J'aurais mieux fait d'aller voir mon fils à l'hôpital.

– Laisse-moi faire ce genre de choses.

– Tu as sans doute raison. Je suis un vieux dinosaure. Parfois, je regrette le temps béni où les journaux avaient leur propre service d'archives, et quand tu avais besoin d'aide pour une recherche, tu pouvais compter sur les archivistes.

– Je ne sais même pas ce que c'est, un archiviste.

– Forcément, à ton arrivée ici, tout avait déjà été démantelé et ils étaient tous partis à la retraite. Mais le centre de documentation, comme on l'appelait, était un engrenage essentiel du journal. Impossible de s'en passer. Une dizaine de personnes payées pour découper des quotidiens et des magazines, italiens et étrangers, classer des textes et des photos par thèmes et par dates. Ils rangeaient tout ça dans des grands blocs-tiroirs métalliques avec des dossiers suspendus qui contenaient tout le savoir humain, toute l'histoire de l'Italie et du monde, peut-être pas depuis la fondation du journal, mais au moins depuis le début du XXe siècle. Des années de parutions étaient consultables sur microfilms. Quand tu devais écrire un article sur Andreotti ou sur Maradona, sur un tremblement de terre ou sur la Seconde Guerre mondiale, tu appelais les archives, ils te photocopiaient quelques articles et ils te les montaient à la rédaction. Sinon, tu descendais toi-même piquer une tête dans cet océan de papier, on appelait ça "taper dans la brique", ou bien tu te plantais devant la visionneuse de microfilms pour faire défiler les pages, jusqu'à ce que tu trouves celle qu'il te fallait.

– Au fond, c'était plus facile, parce qu'en ligne, personne ne te classe les infos par thème ou dans l'ordre chronologique. Vous aviez bien de la chance !

– En réalité, on avait accès à beaucoup moins de documentation qu'aujourd'hui. Sans compter que les archivistes n'étaient pas toujours très gracieux.

– Pourquoi ?

– Parce qu'ils étaient très engagés politiquement. Et si tes articles leur déplaisaient et qu'ils te considéraient comme un réac, tu étais tricard. Rien qu'à leur façon de classer la doc, tu comprenais quel camp ils avaient choisi. Un jour, un confrère qui devait écrire un papier sur les goulags descend aux archives, après un moment, il s'aperçoit que l'entrée "Goulag" n'existe tout simplement pas. Comment est-ce possible ? On lui répond : “On va vous le trouver, nous, ce dossier. Le voilà : il fallait chercher à ‘Union soviétique Justice Camps de travail disciplinaires’. – Ah, mais bien sûr, j'aurais dû y penser”, dit le confrère. Mais il est abasourdi. En plus, le dossier est bien mince : seulement quelques coupures jaunies. C'est vrai que “Goulag” est l'acronyme en russe de “Direction centrale des camps”, mais tout le monde sait l'usage qu'en a fait Staline. N'empêche que les camarades archivistes estimaient qu'on en parlait rien que pour salir l'image de la patrie du socialisme.

– De là à censurer l'Histoire, quand même, c'est incroyable ! s'insurge Ilaria.

– Et pourtant, l'anecdote est véridique. Tiens, l'un des plus militants d'entre eux, un binoclard au regard féroce, était même surnommé “Beria”, comme le chef de la police secrète de Staline. »

Palerme, 1788

Si le tribunal du Saint-Office a été aboli, la torture est toujours d'usage. Aussi, bien que Giovanna Bonanno soit passée aux aveux deux mois auparavant, le 20 décembre 1788, on la soumet au supplice de l'estrapade : une planche attachée aux pieds, elle est suspendue, les bras dans le dos, à une corde, et soulevée de terre. À quatre reprises, on la laisse choir afin que ses épaules se disloquent. Peu importe qu'elle ait soixante-quinze ans, n'échappent à l'estrapade que les condamnés souffrant du « mal gaulois », c'est-à-dire de la syphilis, de la fièvre quarte ou de hernie, et ceux dont un membre est fracturé, ainsi que les sourds-muets et les femmes enceintes ou nouvellement accouchées. Tous ceux-là ne s'en tirent guère mieux puisque, à la place, on leur brûle la plante des pieds au moyen de lard chauffé sur un gril.

Le 30 avril 1789, la sentence finale est prononcée : coupable de six homicides et d'usage de poison à des fins vénales, Giovanna est condamnée à être pendue au gibet de la piazza Villena.

Bien moins sévères sont les peines prononcées à l'encontre de ses complices, Rosa Billotta, Maria Pitarra et Margherita

Serio, « dispensatrices » de « l'occulte liqueur », en d'autres termes, ses associées et receleuses.

Maria Pitarra doit assister à la pendaison de Bonanno avant d'être emprisonnée à vie. Rosa Billota écope de dix ans de détention et Margherita Serio, de cinq. Quant aux autres inculpés, les peines s'échelonnent entre trois et vingt ans, la prison pour les femmes, les galères pour les hommes. Don Saverio La Monica, l'apothicaire, qui n'aurait dû vendre sa lotion contre les poux – un mélange d'arsenic et de vinaigre de vin – que sur prescription d'un médecin, est acquitté.

La Vieille au Vinaigre sera donc la seule condamnée à mort.

17 décembre

L'après-midi est froid et humide, chez Besana, les fenêtres mal isolées laissent passer un filet d'air glacial. Beck's est couché devant un petit radiateur d'appoint, il mâchouille quelque chose.

« Qu'est-ce qu'il mange ?

– Tes lunettes, répond Ilaria.

– Oh putain ! » Besana se lève et les lui arrache de la gueule. La monture est mal en point.

« Je pense qu'il essaie de nous aider, dit Ilaria. Il nous dit de *mieux regarder*. Qu'est-ce qui nous a échappé, à ton avis ?

– Je t'en prie, Piatti. Cette blague va me coûter deux cents euros, elles étaient toutes neuves.

– Je parle sérieusement, insiste Ilaria. Regarder, mais regarder quoi ? »

Elle tape le nom de la première victime sur sa tablette et cherche dans Google Images.

Un site montre des photos d'Achille D'Ambrosio tout sourire, en smoking pendant une première à la Scala, à côté d'un banquier et d'une dame aux lèvres siliconées ; et d'autres des ouvriers de ses entreprises manifestant contre leur licenciement à l'extérieur du théâtre. Puis, voici D'Ambrosio portant le collier de l'ordre souverain militaire de Malte lors d'une cérémonie (« Après la procession, une messe solennelle présidée par Mgr Brachetti a eu lieu, au cours de laquelle il a été annoncé que le pape concédait l'indulgence plénière à tous les participants ») ; D'Ambrosio, encore, en compagnie de son épouse Nicoletta au mariage de la fille d'un industriel de ses amis ; enfin, D'Ambrosio en costume blanc façon Gatsby pendant une fête sur la plage de Capalbio.

« Marco, regarde ! Le voilà avec notre directeur, au cocktail d'un prix littéraire !

– Bah, on le savait déjà, qu'ils se connaissaient, ces deux-là. »

Un peu plus bas, sur l'écran, défilent à présent les visages d'autres Achille et d'autres D'Ambrosio sans aucun rapport avec le leur, chanteurs des années 1950, animateurs de téléachat, magistrats ou blogueurs.

« Assez, Morbac, tout ça ne nous sert strictement à rien. »

Ils passent à Giacomo Pallavicini, le mari de Brunella. Ils le découvrent en costume avec d'autres patrons à une assemblée de la Confindustria, torse nu sur le yacht d'un ami à Saint-Tropez, à côté d'un célèbre ténor après un concert sponsorisé par l'une de ses entreprises, parmi les joueurs de l'équipe de rugby dont il était le président. Sous les yeux de Piatti et de Besana défilent des centaines de clichés et de visages inconnus. C'est pire encore pour Carlo Rigamonti, les photos originales se font rares, les cas d'homonymie plus nombreux – l'un est un producteur de charcuterie industrielle, l'autre un footballeur du Torino mort à Superga (et prénommé Mario). Ou pour Livio Moser, dont le nom les propulse dans l'univers du cyclisme. Quant à celui de Diego Padovani, il convoque une infinité d'étiquettes, de logos de caves et de paysages de vignobles, mais fort peu de personnalités connues.

17 décembre

Il est presque l'heure de dîner et Ilaria n'a toujours pas renoncé. Et si elle essayait « Col de l'Ofen », et le mot « ours » ? Elle tente le coup. Une photo de JJ2, alias « Lumpaz », aperçu en 2005 dans le val Müstair, le premier ours à avoir foulé le sol suisse depuis un siècle. Des ours en peluche, et des cartes avec des sentiers de randonnée surlignés en rouge, des panoramas et des biscuits en forme d'empreintes. Elle finit par tomber sur un cliché pris par un couple de Français qui tiennent un journal de voyage. La date lui saute aux yeux : c'est le jour de la mort de D'Ambrosio. Elle ouvre le blog et lit. Cette journée est gravée dans la mémoire des deux touristes, car c'est leur anniversaire de mariage. Ils ont posté un selfie de ce matin-là, pris devant l'aire de stationnement juste en dessous du col de l'Ofen, où ils se sont garés. « Si nous avions choisi de prendre un autre sentier, écrivent-ils, nous serions sûrement morts. Quelques jours plus tard, nous avons appris que dans ces bois, un Italien avait été dévoré par un ours. »

« Viens voir ! lance Ilaria.

– Quoi ?

– Lis ça.

– Oh putain, des témoins potentiels !

– Regarde à l'arrière-plan, il y a trois voitures : l'une est peut-être celle du suspect ? Il faut qu'on fasse agrandir cette photo.

– Celle-ci, c'est sûrement celle de D'Ambrosio. » Besana montre un SUV, de la marque Bentley. « La Toyota, c'est celle des Français, elle apparaît tout au long du blog. Ça pourrait être celle-ci. » Et il pointe du doigt une Citroën.

« Ce serait un coup de chance incroyable !

– Zoome encore.

– La plaque est illisible.

– Alors concentrons-nous sur d'autres détails.

– Oh mon Dieu, murmure Ilaria. Dis-moi que ce n'est pas vrai. »

Elle se lève, les mains tremblantes. Sa respiration s'accélère.

« Qu'est-ce qui se passe ?

– Oh mon Dieu, Marco, ce n'est pas possible ! » Elle s'accroche à son bras.

« Qu'est-ce que tu as vu de si terrible ?

– L'essuie-glace.

– Je t'écoute.

– Je le reconnais.

– Je ne te suis pas, là.

– Regarde, il est tout tordu.

– Il est sûrement cassé.

– C'est ça. »

Besana la prend par les bras et la secoue.

« Qu'est-ce que tu essaies de me dire, Piatti ?

– Dafne », répond-elle.

Marco s'assied devant l'ordinateur, décidé à reprendre le contrôle de la situation.

« Tu veux dire que c'est sa voiture ?

– Oui.
– Tu en es certaine ?
– Oui.
– On appelle tout de suite les flics suisses.
– Attends ! l'arrête Ilaria. Attends, il faut d'abord qu'on en soit sûrs.
– Non, Piatti, on n'attend rien du tout. Je sais que tu l'aimes bien, mais c'est la seule chose à faire. N'essaie pas de la protéger. »

17 décembre

Besana sort des blancs de poulet du frigo, même si Ilaria, encore bouleversée, n'a pas faim. Elle gît sur le tapis, agrippée au chien.

« Si c'est bien celle de Dafne, cette voiture doit avoir passé la frontière avant et après le meurtre de Marta Guerra.

– Qu'est-ce qui nous prouve que la mort de Guerra est liée aux autres ? lui demande Besana.

– Il faut contacter Ricci, dit Ilaria en se relevant. Il faut qu'il contrôle les caméras de la douane.

– Doucement, Piatti, on n'a pas encore de confirmation des Suisses.

– Oh, ils ne nous diront rien, sois-en certain. »

Elle saisit son portable et appelle le commissaire.

« Une Citroën grise avec un essuie-glace cassé, oui.

– L'essuie-glace arrière, précise Besana.

– L'essuie-glace arrière, je voulais dire. Entre le 16 et le 17 juillet, exact. Non, je n'ai pas le numéro de la plaque. Peut-être une plaque des Grisons. Tu crois pouvoir nous dire quelque chose ce soir ? Merci, Max, merci. »

Ilaria repose son téléphone et inspire à fond. Puis elle se laisse tomber sur une chaise et contemple les blancs de poulet, l'air désolée.

« Mange le mien, je n'ai vraiment pas faim.

– On ne tombe pas toujours sur le tueur de ses rêves, Piatti.

– Je n'arrive pas à croire que la Vieille au Vinaigre ait mon âge.

– Dafne n'a pas d'âge. Les personnes comme elle habitent leur propre chronologie, songe Besana. Ce que je me demande, c'est comment elle a fait. Elle doit avoir des compétences en chimie, obligé. Ce n'est pas simple de manipuler certaines substances.

– Elle m'a seulement parlé d'exercices de respiration et de la faune des bois.

– Le mobile aussi m'échappe. Comment a-t-elle choisi ses victimes et pourquoi ? Qu'est-ce qu'elles représentaient, pour elle ?

– Tous des pourris, répond Ilaria. Issus d'un milieu pourri, comme *tes amies*.

– Ça te paraît suffisant pour passer à l'acte ? Revenons à cette histoire de profil. Tu la trouves sournoise et fuyante, toi ?

– Bah, en tout cas, pas du genre à poignarder quelqu'un en le regardant dans les yeux, admet Ilaria.

– Reste à définir si elle est de type *Random* ou *Specific*. Elle aurait agi au hasard ? Elle en veut aux hommes en général ? À ceux-là en particulier ? Pour quels motifs ?

– Aucune idée, répond Ilaria. Maintenant que j'y pense, elle parle très peu d'elle. De toute façon, Marta Guerra est encore l'exception.

– Si elle avait tout découvert, Dafne a dû être acculée.

– Elle pleurait, quand elle m'a parlé de Marta.

– Tu vois ? C'est une confirmation. Il faut qu'on creuse dans le passé de Dafne.

– Oui, et on doit passer la frontière nous aussi. »

18 décembre

Quatre heures sonnent au clocher. Les gyrophares bleus des voitures de la police cantonale clignotent dans l'obscurité ; entre deux traînées de brume, on voit luire leurs bandes orange fluo. Elles encerclent l'immeuble où vit Dafne. Le procureur de Coire a émis un mandat de perquisition, pour l'appartement et pour la Citroën.

« Vous êtes bien Dafne Bernabò ? Nous avons quelques questions à vous poser.

– Laissez-moi le temps de m'habiller », répond-elle.

Dafne s'enferme dans la salle de bains. Elle enfile à la hâte son pantalon en Gore-Tex et sa polaire, lace ses rangers tel un soldat, impassible. Elle arrache une page du calendrier et, avec un crayon pour les yeux, griffonne quelques mots, en vitesse.

Tous les voisins sortent dans le couloir, et voilà que Raquel déboule en pyjama, son ours sous le bras. Elle se faufile entre les jambes des policiers et court dans l'appartement de son amie.

« Dafne ! Dafne ! Tu vas aller en prison ? »

Dafne la regarde et lui caresse les cheveux.

« Ne t'inquiète pas, Raquel. Je n'irai *jamais* en prison. »

Un policier attrape la petite par la main, elle proteste et se laisse choir, mais elle pèse tout juste vingt kilos et il l'entraîne sans peine.

« Lâche-moi ! Moi non plus, j'irai pas en prison ! J'irai pas ! »

Pendant ce temps-là, les autres commencent à ouvrir tiroirs et placards. En bas, les agents de la police scientifique, en combinaisons blanches, attendent qu'elle leur remette les clefs de sa voiture. Dafne dévale l'escalier.

« Tenez, leur dit-elle, faites votre travail. »

Ils ouvrent le coffre de la Citroën : sac de couchage, raquettes, chaussures de marche et bâtons de randonnée sont emballés dans des sachets en plastique. Puis le coffre est soigneusement inspecté et les empreintes relevées. Enfin, du luminol y est pulvérisé.

Le chef de la police judiciaire, le lieutenant-colonel Müller, arrive sur ces entrefaites.

« Où est Dafne Bernabò ?

– Ici ! » lui répond un agent en se retournant.

Mais dans l'épais brouillard on ne distingue rien, si ce n'est quelques empreintes de rangers sous le halo du réverbère.

« *Scheisse*, s'emporte Müller. Qu'est-ce que vous attendez, sergent ? Foncez et retrouvez-la ! »

Il appelle aussitôt ses hommes avec son talkie-walkie : « Arrêtez la perquisition et descendez : la suspecte a pris la fuite ! »

18 décembre

À chaque foulée, Dafne s'enfonce jusqu'aux genoux dans la neige. Elle éprouve la même sensation que quand, enfant, elle s'enfuyait de chez elle. De la colère mêlée d'euphorie, un furieux désir de liberté. La pente est raide mais elle progresse rapidement parmi les arbres, agile telle une ourse, dans la nuit. Elle connaît ces montagnes par cœur, elle est sur son terrain, à son aise.

Son seul regret est de ne pas avoir pu tuer son beau-père avant qu'une mort naturelle ne l'emporte. Elle se sent aussi légère que sur des skis, l'air lui fouette le visage et fait voler ses cheveux. Non, elle ne regrette plus rien, à présent. Elle ne souffrira plus. Plus jamais.

La voix de Raquel perce la nuit, puis celle de sa mère. « Sauve-toi ! Sauve-toi ! » Elle exécute un slalom impeccable entre les troncs, dans sa course vers la plus grande des libertés.

Au fond, elle a eu la belle vie dans ces montagnes, ici, elle était à sa place. Seule devant leurs aubes et leurs crépuscules. Seule avec l'odeur des mélèzes et l'éclat des glaciers.

Personne ne peut l'arrêter. Leur traque l'indiffère, elle est déjà loin et ne se retourne même pas. Elle n'entend pas ses poursuivants, seulement le vent qui siffle. Dans sa tête règne le silence des cimes.

Elle va rester là-haut, pour toujours. Près des aigles. Quelle merveille ce sera de contempler le monde, de si loin. Elle se fera roche. Neige et roche. Personne ne la piétinera plus que les sabots des chamois et des bouquetins. Enfin, elle sera hors de portée.

Elle n'est pas fatiguée, son souffle est régulier, sa foulée franche et longue. Il a cessé de neiger et la brume s'est dissipée. Elle lève les yeux et regarde les étoiles dans le ciel d'un noir pur. L'obscurité est sa complice depuis toujours, elle ne la craint pas. « J'arrive, lui dit-elle à voix basse. J'arrive. »

Les derniers mètres sont une pure jouissance. Elle a gagné. Son ivresse est immense. Plus besoin de se battre contre quiconque.

Elle s'arrête devant la voie ferrée et regarde l'heure. Encore une minute. Le train pour Samedan est toujours ponctuel. Elle se retourne et voit les torches des policiers, telles des lucioles, qui s'agitent parmi les arbres. Trente secondes. Les phares illuminent son visage. Vingt. Dix. Elle fixe les rails. Puis elle saute.

18 décembre

Piatti et Besana sont partis à l'aube. Ils sont encore en route quand Ilaria reçoit le coup de fil du commissaire Ricci, elle met le haut-parleur.

« Mauvaises nouvelles, les gars, dit-il.

– Que s'est-il passé ?

– À quatre heures du matin, la police cantonale a débarqué chez Dafne Bernabò pour une perquisition. Seulement voilà, elle a réussi à s'enfuir. »

Involontairement, Ilaria pousse un soupir de soulagement.

« Ils l'ont prise en chasse à travers bois, poursuit le commissaire. Mais ils sont arrivés trop tard. Elle s'est jetée sous un train.

– Oh mon Dieu, hurle Ilaria, non !

– C'était bien elle la coupable, ajoute Ricci. Dans le coffre de la Citroën, on a relevé des traces de sang. Les analyses nous diront s'il s'agit de celui de Marta Guerra. Mais c'est surtout le billet qu'elle a laissé dans sa salle de bains avant de s'enfuir. Des aveux en bonne et due forme.

– Tu l'as vu ?

– Oui, ils m'ont envoyé une photo.

– Tu peux nous le lire ?

– Bien sûr. Voilà ce qu'elle écrit : "Je les ai tous tués. D'Ambrosio, Pallavicini, Rigamonti, Moser et Padovani. Et, je le regrette, Marta Guerra. Je suis coupable et je mérite la mort." »

Incapable de parler, Ilaria sanglote.

« C'est on ne peut plus clair, commente Besana.

– Oui. Affaire classée », confirme Ricci.

Un peu plus loin, juste après la frontière, ils s'arrêtent à une station-service. Besana s'inquiète pour Ilaria qui ne parvient pas à se calmer.

« Viens, on descend, dit Marco. Ça te fera du bien de marcher un peu. Tu veux un café ? »

Ilaria s'assied à une table et se prend la tête entre les mains.

« Le même destin que l'ours, dit-elle.

– Dafne a tué six personnes. Fulvio n'a fait que réagir à ce qu'il a pris pour une attaque.

– Je sais, je sais. Mais je…

– Ilaria, on ne peut pas bien aimer un tueur en série. » Il lui caresse les cheveux. « Ce n'est pas possible.

– Et pourquoi ? Au nom de quoi ? »

Besana secoue la tête.

« On en parlera plus tard, répond-il, quand tu auras encaissé. »

18 décembre

Après avoir déposé leurs valises à l'hôtel, Ilaria et Marco descendent au village pour manger quelque chose. Beck's fait une drôle de tête lui aussi, il ne remue même pas la queue à la vue des montagnes.

« J'ai trouvé quelques informations, dit Ilaria. La mère de Dafne est morte quand elle avait dix-huit ans. Tu sais où elle était à cette époque ? Dans une clinique psychiatrique.

– Ah, elle avait donc bien un pète au casque.

– Je veux savoir ce qui lui est arrivé. Il faut qu'on sache qui l'a soignée. »

Le téléphone de Marco sonne à ce moment-là.

« Oui, bien sûr que je l'ai appris, répond-il. En fait, nous sommes ici. Et toi, comment vas-tu ? Je m'en doutais. Tu veux que je passe chez toi ? D'accord, à plus. »

Ilaria se raidit.

« Vittoria ?

– Oui, avoue Marco. Tu tiendras le coup si je te laisse un moment seule, le temps de faire un saut chez elle ?

– Si tu me laisses Beck's.

– Repose-toi et lève un peu le pied. »

Une fois seule, dans sa chambre, Ilaria consulte l'album photo de son portable. Elle cherche les rares selfies qu'elle a pris avec Dafne. Au début, refusant de faire circuler son image, celle-ci s'était montrée réticente. Mais elle avait fini par céder, Ilaria lui ayant promis de ne poster aucune photo d'elle.

Le bras de Dafne autour de ses épaules, et sa main… cette main. Étrange, elle n'avait jamais remarqué ce détail : Dafne avait de très longs doigts, index, majeur, annulaire et auriculaire presque alignés. Une anomalie rarissime. Qu'est-ce que ça peut signifier ? Les diseuses de bonne aventure y voient l'influence des astres, les généticiens parlent de *digit ratio* et le relient à l'exposition plus ou moins grande à la testostérone dans le ventre maternel. Mais Ilaria pense à autre chose. Et une recherche rapide sur Google confirme son intuition. L'empreinte. Pouce mis à part, la main de Dafne ressemblait à la patte d'un ours.

Elle menait une existence solitaire, à l'écart du monde – à part quelques incursions chez Vittoria. Dafne sortait peu et l'hiver, elle disparaissait. Enfermée chez elle, volets clos, dormant jusqu'à midi, comme un animal hibernant. Pas d'amis. Sauf Simone, le spécialiste des ours. Elle aimait se promener seule, à l'aube et au crépuscule, quand les probabilités de rencontrer d'autres humains étaient moindres.

Et son curieux rapport à la nourriture, fluctuant entre les extrêmes, de la gloutonnerie estivale qui la poussait à commander des doubles rations de *rösti* et des steaks de cerf, à sa frugalité des mois d'hiver, où elle se contentait de tisanes et de bouillon. Se constituer des réserves de graisse avant d'entrer dans un état végétatif. Hyperphagie, voilà le terme scientifique.

Même sa dégaine avait quelque chose d'ursin. Pantalon large à taille basse, démarche un peu traînante, les pieds légèrement en dedans. Dafne avait une allure de plantigrade. De *Braiaza* – le « Débraillé », appelle-t-on l'ours dans la région du Trentin, parce que, vu de dos, on croirait qu'il porte un pantalon trop grand.

De l'ours, Dafne avait aussi le flair. Incroyablement sensible. Ce soir-là, dans la forêt, elle avait senti le chevreuil bien avant de le voir. Quant à sa connaissance des plantes et des fleurs, et donc des poisons, elle découlait sans doute d'un instinct primordial, animal. Les Indiens d'Amérique pensaient que les ours étaient un peu chamanes et savaient soigner les maladies.

En son for intérieur, Dafne se sentait ourse. Elle vivait comme un ours et elle avait choisi de mourir comme l'ours M18.

18 décembre

Dès qu'elle entend arriver la voiture, Vittoria se précipite hors de la maison et court vers Marco, sans même avoir pris la peine d'enfiler un manteau. Sous la neige, elle le serre fort dans ses bras, puis elle prend son visage entre ses mains et l'embrasse désespérément.

« C'est elle qui a tué Carlo. Tu te rends compte ? »

Besana l'enlace et l'entraîne à l'intérieur.

« Allons, viens, tu vas prendre froid. »

Tout à coup, Vittoria semble très fragile, désorientée, comme si elle avait perdu tous ses repères. Sans lui lâcher la main, Marco l'emmène jusqu'au canapé. Sur la table basse, il y a un verre de cognac. Marco s'en sert un à son tour et vient s'asseoir à côté d'elle. Vittoria tremble encore.

« Je n'arrive pas à y croire, dit-elle. J'avais tellement confiance en elle. Comment s'y est-elle prise ? Tu le sais ?

– Pas encore, répond Besana. J'ai parlé à une toxicologue et, d'après elle, les symptômes de l'infarctus ressemblent à ceux d'une intoxication à la botuline. Mais c'est seulement une hypothèse.

– La botuline ? On peut l'utiliser comme poison ?

– Si l'on a les compétences nécessaires. Je ne crois pas que ce soit facile. »

Vittoria cache son visage dans ses mains. L'un de ses ongles translucides et soignés est cassé.

« Mais pourquoi ? Pourquoi en voulait-elle à mon mari ?

– On n'en sait encore rien. On ignore comment elle a choisi ses victimes. »

Vittoria avale son cognac cul sec.

« Dire qu'elle était là, sous mes yeux. Dans ma maison. Ça l'amusait, tu crois ?

– Va savoir, dit Marco en haussant les épaules.

– Brunella est devenue hystérique en apprenant la nouvelle. On a dû la gaver de calmants. Elle dort, maintenant, je crois. Mais Seigneur, pourquoi ? Pourquoi ? »

Elle pose le front contre le torse de Besana et pleure. Il la laisse faire en caressant ses cheveux blonds, encore humides de neige.

« Je suis désolé », lui dit-il.

Vittoria relève doucement la tête, le visage comme rougi par le froid, le regard éteint.

« Serre-moi fort, je t'en prie. »

Palerme, juillet 1789

Il est presque cinq heures de l'après-midi. Le gibet a été monté sur la piazza dei Quattro Canti, afin qu'il soit visible de la via Toledo et de la via Maqueda où se massent les badauds. La foule est immense. Tôt le matin, les nobles y ont envoyé leurs cochers avec leurs carrosses vides afin de s'assurer une place au premier rang. Les journaux ont beaucoup écrit sur cette affaire et la nouvelle est parvenue jusqu'au nord de l'Italie. À tel point qu'un Milanais, du nom de Carlo Gatti, a commandé un portrait de la meurtrière à un graveur.

Giovanna Bonanno est accompagnée par un cortège de moines encapuchonnés de blanc, de fonctionnaires et de soldats à cheval. Ils brandissent des étendards de soie rouge avec l'aigle royal et la devise *Discite justitiam, populi* ; l'un de ces étendards orne la façade du palais du président de la Grande Cour criminelle.

Un confesseur attend la condamnée sur les marches qui mènent au gibet pour lui faire embrasser un crucifix et lui accorder l'indulgence *in articulo mortis.* Giovanna doit s'agenouiller pour baiser les pieds du ministre qui exécute l'ordre de justice en disant : « Puisque tu as prétendu vivre en chrétienne, meurs également en chrétienne. » À côté d'elle se tiennent les *confortatori*, les moines qui, les jours précédents, l'ont encouragée au repentir.

Un chœur se fait entendre : ce sont les frères blancs qui récitent le credo. Lorsqu'ils arrivent aux paroles *et sepultus*, le bourreau lui passe la corde autour du cou. Giovanna monte lentement les marches du gibet. Le bourreau la pousse brusquement tandis que son assistant, le « tire-pieds », s'accroche à ses jambes et pèse de tout son poids pour abréger son agonie.

19 décembre

Piatti et Besana se tiennent, perplexes, devant un ancien hôtel de luxe transformé, dans les années 1960, en clinique psychiatrique.

« Dafne avait les moyens de se faire soigner dans un endroit pareil ?

– Peut-être que même les hôpitaux publics sont luxueux, par ici. J'ai lu que dans les années 1990, cette clinique est passée sous le contrôle du canton. Elle n'est donc plus privée depuis un bail. »

Ils ont rendez-vous avec le professeur Luban, qui a suivi Dafne quand elle a été hospitalisée. Ils traversent un hall fraîchement rénové, où trônent de lourds meubles anciens qui semblent tout droit sortis de la demeure d'une vieille tante défunte. Une infirmière les accompagne jusqu'au cabinet du professeur, qui les attend, assis derrière son bureau. Il porte une veste de lainage gris par-dessus un pull à col roulé blanc, et des lunettes un peu ringardes. Ils se saluent respectueusement.

« Je suis vraiment navré pour Dafne, dit le professeur. Si cela avait dépendu de moi, étant donné son parcours clinique, je ne l'aurais pas laissée sortir.

– Vous parlez de son suicide ?

– Non, des tentatives d'homicide pour lesquelles elle a été internée.

– Quelles tentatives d'homicide ?

– À l'âge de neuf ans, elle a essayé d'empoisonner toute sa classe, mais sa cible véritable, c'était son institutrice. Tout le monde a fini à l'hôpital. Pour des raisons évidentes, l'événement a été passé sous silence. Les autorités ont présenté l'affaire comme une intoxication alimentaire, et on a mis en cause les gérants de la cantine scolaire.

– De quoi s'était-elle servie ?

– De thallium. Elle l'avait trouvé dans la remise du jardin de sa maison.

– Sa famille était riche ? Où habitait-elle ?

– À Côme, dans une villa au bord du lac. Sa mère était une aristocrate désargentée, mais elle avait épousé en secondes noces un industriel du textile. À douze ans, Dafne a tenté de l'empoisonner lui aussi.

– Avec du thallium cette fois encore ?

– Non, avec de l'acide oxalique, qui sert de mordant pour l'impression du tissu. Elle l'avait volé dans sa propre usine. On nous l'a envoyée après cet épisode.

– Vous pensez qu'elle a utilisé ces poisons par pragmatisme, uniquement parce qu'ils étaient à sa portée, ou qu'elle les a choisis à dessein ?

– Dafne ne laissait jamais rien au hasard, même quand elle était enfant. Le choix du poison découlait d'associations d'idées, selon ce qu'elle a pu me dire au cours de sa thérapie. L'institutrice et ses camarades qui la harcelaient étaient pour elle des *rats.* C'est ainsi qu'ils lui apparaissaient, dans ses cauchemars. C'est pourquoi elle a choisi le thallium, l'un des composants de la mort-aux-rats.

– Et l'acide oxalique pour le beau-père ?

– C'est une référence à son métier, bien sûr. Et une vengeance. Ils avaient de très mauvaises relations. Dafne se comportait comme un garçon manqué et son beau-père ne le supportait pas. Elle ne souffrait pas à proprement parler de dysphorie de genre, disons qu'elle se cherchait. Et, non content de l'humilier constamment, il a voulu la calmer à coups de médicaments. Mais Dafne était trop intelligente pour se laisser abrutir par un médecin de province aux ordres de son beau-père. Elle jetait calmants et antidépresseurs dans les toilettes. Entre-temps, elle étudiait la chimie, matière dans laquelle elle était excellente – au collège, elle avait presque le niveau d'un étudiant en fac.

– Et sa tentative de suicide ?

– C'est arrivé plus tard. Quand elle s'est enfuie de la clinique, à quinze ans. Elle était persuadée que son beau-père l'avait fait enfermer, elle n'avait pas encore compris que nous cherchions à l'aider. »

Besana et Piatti échangent un coup d'œil.

« À en juger par le résultat, vous n'y êtes pas parvenus, commente Marco.

– Vous vous trompez, elle était sur la bonne voie. C'est la mort de sa mère qui a tout chamboulé. Son beau-père n'avait pas jugé bon de l'informer qu'elle était en phase terminale. Dafne s'est effondrée. Elle a décidé d'interrompre sa thérapie et de nous quitter. Nous n'avions aucun moyen de la retenir, elle était majeure. »

19 décembre

Ce soir, on dîne dans la cuisine, ce sera plus intime. Besana prépare des pâtes à la carbonara. Vittoria et Brunella, perchées sur des tabourets, lui tiennent compagnie. Pour être franc, il se serait bien passé de la présence de cette dernière. Certes, elle est concernée au premier chef, mais Marco est fatigué et stressé, lui aussi. Il n'a plus assez d'énergie pour s'occuper de tout le monde.

« Épargne-nous un "hashtag *dévastée*", par pitié, dit Marco en fixant Brunella tandis qu'elle goûte les spaghettis. Elle a tué ton mari. Fais un effort et utilise tes propres mots. »

Vittoria le foudroie. « Marco, ne sois pas méchant ! »

Mais Brunella rit, pauvre créature, c'est tout ce qui lui vient – un réflexe de Pavlov.

« Elle m'apprenait à me détendre, répond-elle. Si seulement elle s'était un peu détendue elle aussi.

– Nous sommes tous extrêmement éprouvés, intervient Vittoria, pour couper court à cet échange de mauvais goût.

– On ferait peut-être mieux de manger en silence », dit Besana en posant la casserole pleine de pâtes sur l'îlot central.

Mais Brunella est incontrôlable. Il arrive que la mort provoque une sorte d'euphorie.

« Dire qu'elle voulait être mon guide, poursuit-elle. Eh bien, merci. Elle prétendait que j'allais retrouver mon mari grâce à la thérapie. Et en effet, je l'ai retrouvé. Congelé dans un glacier. Elle avait raison, c'était bien l'homme dont j'étais tombée amoureuse. Tel quel. Hélas, il était mort, quel dommage. »

Vittoria se retourne brusquement.

« Arrête, Brunella.

– Pourquoi ? Je voudrais t'y voir, moi, si tu avais retrouvé Carlo *intact*. Quel merveilleux cadeau, n'est-ce pas ? Voici la personne que tu aimais, identique à ce qu'elle était quand tu l'as rencontrée, plus ou moins. »

Vittoria écarquille les yeux, Marco pose une main sur son bras pour qu'elle reste calme. C'est inutile, il le sait bien, il n'ignore pas qu'elle a dû reconnaître un corps carbonisé.

« Mais comment oses-tu ? Tu crois que c'est le moment de dire des choses pareilles ? »

Brunella hausse les épaules, avec une nonchalance teintée d'arrogance.

« Bah, nous parlions juste de ce que Dafne nous a laissé, paix à son âme.

– Rentre chez toi ! lui répond Vittoria. Tu ne sais plus ce que tu dis. »

Brunella écrase rageusement sa cigarette dans le cendrier, se lève, attrape sa veste et son sac, puis elle les salue de la main.

« Je suis parfaitement sage et raisonnable. Et toi, tu as peur de montrer à Marco qui tu es vraiment. »

Elle sort en claquant la porte. Besana prend la tête de Vittoria entre ses mains et lui embrasse les cheveux.

« Brunella a raison, lui dit-il. Tu ne devrais pas craindre d'exprimer tes émotions en ma présence. »

19 décembre

De retour à l'hôtel, Ilaria se jette sur son lit sans même ôter ses bottes. Épuisée, elle a tout juste la force de tendre la main vers la table de chevet pour attraper la télécommande. Beck's ne s'est pas fait prier pour venir se blottir tout contre elle, collant ses pattes sales et son pelage humide sur le couvre-lit. Elle s'en moque, chien mouillé vaut mieux que fiancé au rabais.

Sur l'écran défilent les titres du journal télévisé du soir. La guerre, encore, la crise gouvernementale, toujours, et le Pape qui appelle à la miséricorde à l'approche de Noël. Ses paupières lourdes se ferment quand, soudain, une image la fait sursauter : c'est le visage de Dafne, sur une photo d'identité un peu floue d'il y a quelques années, qui prend tout l'écran. Une voix annonce : « L'empoisonneuse en série se jette sous un train. »

Ilaria se relève, s'approche du téléviseur et monte le son. Dafne est décrite comme un monstre, une manipulatrice et une experte en substances toxiques, seul fait avéré. Pour pimenter la nouvelle, personne ne sachant grand-chose, la rédaction du journal s'est livrée à un tour d'horizon des empoisonneuses célèbres.

On y trouve bien sûr Giovanna Bonanno, la Vieille au Vinaigre, dont Dafne se serait soi-disant inspirée. Ensuite, les inévitables Lucrèce Borgia et Catherine Deshayes Montvoisin, dite *La Voisin*, protagoniste de l'Affaire des poisons sous le règne de Louis XIV. Pour faire bonne mesure, on ajoute à la galerie la Saponificatrice de Corregio, tueuse en série italienne qui assassina uniquement des femmes et jamais en les empoisonnant.

Un criminologue est présent sur le plateau et commente l'affaire : « De toute évidence, il s'agit d'un cas grave de psychopathie, décrète le professeur, dénué de toute empathie. Peut-être à cause de violences subies dans son enfance. C'était une femme solitaire, incapable d'entretenir des relations amicales et amoureuses stables, qui vouait une haine féroce aux hommes. En d'autres temps, une personne présentant ces caractéristiques aurait été désignée comme sorcière et sans doute envoyée au bûcher. »

C'en est trop pour Ilaria. Elle éteint la télé et balance la télécommande contre le mur. Puis elle s'écroule à plat ventre sur le lit et fond en larmes. Compatissant, Beck's lui lèche la main. « Elle n'était pas comme ça, dit-elle. Vous ne la connaissiez pas. Vous ne savez rien d'elle. »

20 décembre

Dafne est inhumée dans un petit cimetière au pied de la montagne, sans service religieux, selon ses vœux. Autour du cercueil qu'on s'apprête à porter en terre, un petit groupe s'est rassemblé. Outre Marco et Ilaria, quelques gardes forestiers ou guides de haute montagne et plusieurs de ses voisins portugais. Raquel, qui tient la main de sa mère, salue Ilaria. Simone arrive sur ces entrefaites.

Un garde forestier récite un poème en romanche. Une des guides chante une chanson. Raquel a confectionné de ses mains une fleur en papier qu'elle jette dans la fosse, et ce geste émeut tout le monde.

Cette brève cérémonie achevée, Simone s'approche d'Ilaria et la serre fort dans ses bras. Ils se regardent.

« Je n'y crois pas, dit-il. Elle n'a pas tué toutes ces personnes, c'est impossible.

– Hélas, elle a laissé des aveux écrits.

– Elle voulait sans doute couvrir quelqu'un. Ou bien on l'a manipulée.

– Moi aussi, j'aimerais trouver une autre explication, prouver son innocence, répond Ilaria. Mais je ne vois guère comment. »

Ilaria rejoint Raquel, qui s'est assise sur un banc, toute seule, en attendant que sa mère, qui s'est chargée de payer les obsèques, termine de régler les formalités avec l'employé des pompes funèbres.

« Je l'aimais bien, moi aussi, dit Ilaria en s'asseyant à côté de la fillette.

– Maman dit qu'elle est au ciel, mais ce n'est pas vrai. Moi, je sais où elle est, répond Raquel, l'air grave.

– Vraiment ?

– Tu jures que tu ne le diras à personne ?

– Je le jure, dit Ilaria qui croise l'index et le majeur puis pose un baiser dessus.

– Une fois, elle m'a emmenée dans sa cachette secrète, là-haut, dans la montagne.

– Où ça ?

– À la Roche de l'Ours. C'est une toute petite maison en pierre, comme dans les contes. Et on a accroché une marmotte en bois sur la porte.

– Elle est jolie, cette maison ?

– Très jolie. Dafne n'y emmenait personne, que moi.

– Elle habitait dedans ?

– Mais non ! Elle habitait ici, c'était ma voisine. La cachette secrète, c'était son refuge. Moi aussi, j'en aurai un, quand je serai grande.

– Tu as raconté ça à quelqu'un d'autre ?

– Non. On a dit à maman qu'on allait au minigolf. » Elle la regarde par en dessous, soudain soupçonneuse. « Tu as juré, n'oublie pas.

– Bien sûr, répond Ilaria. Motus et bouche cousue ! » Et elle se pose un doigt sur les lèvres.

Raquel rit, puis elle siffle.

« Dafne m'a appris à siffler comme les marmottes.

– On s'y tromperait !

– Je me suis beaucoup entraînée. »

Sa mère les rejoint, Raquel descend du banc.

« On ne siffle pas dans un cimetière, *fofa*.

– Mais je suis une marmotte ! »

La mère et la fille s'éloignent, Raquel salue Ilaria de la main et siffle à nouveau.

21 décembre

« Tu es certain de savoir la conduire ? s'inquiète Ilaria, en inspectant la motoneige.

– Bien sûr. Pour qui tu me prends ? répond Marco. J'avais une Aprilia, quand j'étais jeune.

– D'accord, mais elle avait deux roues, pas des skis et des chenilles.

– Enfile ton casque, Morbac, et grimpe là-dessus. »

Les indications de Raquel sont sommaires, mais Google Maps a su localiser la Roche de l'Ours. La piste se termine à la sortie d'un bourg qui semble abandonné, portes et fenêtres closes. Ses habitants descendent peut-être passer l'hiver ailleurs, où le climat est moins rude.

Les mains agrippées au guidon, Besana file sur la neige. Quand le terrain devient plus accidenté, il doit se mettre debout et Piatti hurle en s'accrochant à sa doudoune.

« Ralentis, malheureux ! Je vais tomber !

– Tiens bon, Morpion, ça va secouer, il y a un dos-d'âne. »

Besana stoppe devant la roche en question : une grande masse carrée aux arêtes vives. Une strie rougeâtre zèbre l'un de ses côtés – du lichen, mais on croirait du sang. Une plaque de bronze est enchâssée dans la pierre :

« JACHEN A. KÜNG – 1808-1874 – CHATSCHEDER DA 13 UORS. » Du romanche.

« Chasseur de treize ours, traduit Besana. Un tueur en série, en quelque sorte. Mais à l'époque, on vénérait les chasseurs d'ours. Celui-ci s'appelait Küng en plus, le roi de la vallée.

– Mort à plus de soixante ans, dit Ilaria en fixant la plaque. Sans doute ici.

– Dans quelles circonstances ? On ne nous le dit pas. Si ça se trouve, c'est le quatorzième ours qui a eu sa peau. »

Besana et Piatti inspectent les environs. Plus haut, ils repèrent une cabane enfouie sous la neige mais quand ils y parviennent, après un slalom entre les mélèzes, une déception les attend : ce n'est qu'une chèvrerie. Un peu plus loin, une autre cabane en bois abrite des lits superposés, une longue-vue, une raquette, des cordages et des lanternes. Un fusil est appuyé contre une paroi. Sans doute l'abri d'un chasseur. Mais où peut bien être le refuge de Dafne ? Un peu plus loin, la pente se raidit et la forêt se fait plus dense. La motoneige peine, hoquetante, et manque verser à chaque virage.

Seules quelques traces de sabots pointillent la neige immaculée, personne n'a dû passer par là depuis un bon moment. Par chance, ils tombent rapidement dessus. Après une cascade de glace, cachée parmi des pins séculaires, se dresse une maisonnette en pierre. Ses volets sont clos. Au-dessus de sa porte, que ferme un cadenas, est gravée une devise en grec : « Qu'aucun profane n'entre ici. » C'est cette même phrase qu'Ilaria avait lue sur la page Facebook de Marta Guerra. La silhouette d'une marmotte en bois est clouée au chambranle.

« Nous y sommes. »

Marco sort son couteau suisse de son sac et, les doigts rougis et gourds, commence à trifouiller le cadenas. Après quelques tentatives, le mécanisme cède et la porte s'ouvre en grinçant. Il est presque quatre heures de l'après-midi, il s'est remis à neiger et un vent glacial leur fouette le visage, le jour tombe. À l'intérieur, ils n'y voient rien. Inutile de chercher un interrupteur, l'électricité n'arrive pas jusqu'ici. Piatti allume la torche de son téléphone portable et tente d'ouvrir les fenêtres. Ce qu'elle voit la laisse bouche bée.

« Incroyable. On a trouvé son labo ! »

21 décembre

Sur la table et sur les étagères en sapin s'aligne tout un attirail de chimiste. Des dizaines de récipients en verre : éprouvettes, flacons d'essai, fioles, alambics, pipettes et béchers. Un bec Bunsen est relié à une bombonne de gaz. Ilaria saisit une éprouvette, lit son étiquette et la remet en place, épouvantée : « Toxine botulique ». Sur une autre est inscrit « Aldéhyde formique » et, sur celle d'à côté, « Éthylcarbamate ».

« Ne touche à rien, c'est dangereux », lui dit Besana.

À cet instant précis, elle pousse un cri et laisse tomber par terre un bocal rempli de liquide. Dans la flaque qui se répand, entre les morceaux de verre, gît une longue chose sinueuse.

« Une vipère, dit Marco. Elle est morte, tu ne crains rien. Elle a dû extraire son venin, ou quelque chose comme ça. »

L'armoire qu'Ilaria a ouverte est un cabinet des horreurs : une multitude de récipients contenant des cadavres de reptiles et d'insectes, des pétales et des plantes séchés, parmi lesquels elle reconnaît des fleurs d'aconit.

« Nom de Dieu, on se croirait dans l'antre d'une sorcière ! s'exclame Ilaria.

– Il faut photographier tout ça, répond Besana.

– Attends, cherchons encore. Dafne a forcément laissé des notes quelque part. »

Elle ouvre portes et tiroirs, fouille parmi les papiers, les ustensiles et les objets divers, jusqu'à ce qu'enfin, elle brandisse un cahier d'écolier, de ceux qu'on achète à la Coop. Elle le pose sur la table et, à la lumière de son portable, ils le feuillettent ensemble. C'est incompréhensible : des pages et des pages de chiffres écrits à la main, séparés par des virgules. Ils échangent un regard.

« Un code chiffré. Emportons ça et filons, avant qu'il fasse nuit, propose Marco.

– C'est quoi, ce bruit ? demande Ilaria en fourrant le cahier dans son sac.

– Éteins ta torche ! C'est une motoneige. »

De la fenêtre de la maisonnette, ils ne distinguent pas grand-chose – il ne fait plus très clair et le vent soulève des tourbillons de flocons entre les troncs des pins. Difficile de savoir si la personne qui conduit l'engin est un homme ou une femme, avec son casque intégral et sa combinaison de ski. Elle avance dans leur direction mais dès qu'elle les aperçoit, elle remonte en selle et redémarre pour filer dans la vallée.

Sans avoir besoin de se parler, Piatti et Besana se précipitent dehors, enfilent leurs casques et se lancent à sa poursuite. L'inconnu est parti à fond de train et son feu arrière est une luciole rouge qui zigzague entre les arbres, quelques centaines de mètres plus bas.

« Accroche-toi ! » crie Marco à Ilaria, et il met les gaz. Leur phare illumine les sillons imprimés dans la neige par l'autre motoneige, qui a repris la même route qu'à l'aller. Mais soudain, juste après une butte, elle change brusquement de direction, obligeant Marco à braquer lui aussi.

« Putain, il a pris un raccourci ! » jure-t-il alors que la motoneige penche, et se renverse.

Ilaria est projetée au sol sans même avoir le temps de crier.

« Tu t'es fait mal ? crie Marco.

– Non, je n'ai rien », le rassure-t-elle en essuyant sa combinaison couverte de neige.

Le feu arrière de l'autre motoneige a disparu derrière la montagne.

« Merde, il nous a échappé.

– *Elle* nous a échappé, le reprend Ilaria. Je suis sûre que c'est une femme.

– Qu'est-ce qui te fait dire ça ?

– La façon dont elle a enfourché sa motoneige.

– Qu'est-ce qu'elle cherchait, à ton avis ?

– Le cahier, évidemment, répond Ilaria. Ce qui nous confirme son importance. Il faut qu'on réussisse à le décrypter. »

21 décembre

« À première vue, on dirait un *book cipher*, répond Rocco.

– Un quoi ?

– Un *book cipher*, répète Rocco. Un cryptage livresque. C'est un genre de code dont la clef est un texte. Un livre, ou un autre type d'écrit. C'est la quantité de nombres figurant sur les pages que tu m'as envoyées qui m'y fait penser : il y en a bien plus que de lettres dans l'alphabet. Le chiffrement de base attribue un nombre à chaque lettre. Pour un décrypteur un peu malin, ce n'est pas très compliqué : il suffit de repérer la fréquence à laquelle reviennent certains nombres. Dans chaque langue, il y a des lettres plus récurrentes que d'autres. En italien, par exemple, le A, le E et le I sont les lettres les plus utilisées, à plus de onze pour cent. Le D pèse moins de quatre pour cent et le Z, environ 0,5 pour cent. C'est ainsi que cette pauvre Marie Stuart a été convaincue de conspiration et condamnée à mort. Mais c'était au XVIe siècle, la cryptographie n'en était qu'à ses balbutiements.

– Et aujourd'hui ?

– Grâce aux ordinateurs, les méthodes sont infiniment plus complexes, de nos jours. Le document que vous avez trouvé est encore artisanal, très XIXe siècle, je dirais, mais déjà plus élaboré que les messages chiffrés de Marie Stuart : chaque lettre correspond à plusieurs nombres. On le comprend dès la première ligne. On dirait des nombres jetés là en vrac. Pour nous, ça n'a aucun sens, mais le destinataire, et lui seulement, possédant un exemplaire du texte clef, peut déchiffrer cela.

– Rien qu'à y penser, j'ai mal à la tête, commente Ilaria. Mais sur quels critères les nombres qui remplacent les lettres ont-ils été choisis ?

– Va savoir. En général, dans un *book cipher*, on attribue un nombre progressif aux mots du texte clef : 1 pour le premier mot, 2 pour le deuxième, et ainsi de suite. Ensuite, en transcrivant le message que l'on veut transmettre, les nombres sont utilisés de manière aléatoire, histoire de brouiller les pistes. Le A, par exemple, peut correspondre à 12 une fois, et à 145 une autre fois, parce que le cent quarante-cinquième mot du texte clef commence par A, comme le douzième. Le M peut être 32 ou 87, ou bien 231. Hélas, nous ne savons pas si Dafne a choisi cette méthode de chiffrement ou une autre. De toute façon, sans le texte qui est à la base de l'alphabet secret, on est marron.

– Mais comment le trouver ? Il y a des millions de possibilités », dit Ilaria, découragée.

21 décembre

« On n'y arrivera jamais », dit Ilaria, collée au radiateur. Elle a eu si froid qu'elle ne parvient pas à se réchauffer, glacée jusqu'aux os.

« Tout ça me rappelle une histoire vraie que j'ai lue dans un livre de Simon Singh, un de mes écrivains préférés, raconte Besana. Ça commence en Virginie, au début du XIXe siècle. Un mystérieux aventurier, une espèce de cow-boy du nom de Thomas J. Beale, passe l'hiver à l'hôtel Washington de Lynchburg. Au printemps, il s'en va, après avoir confié une boîte métallique verrouillée au patron de l'hôtel, Robert Morriss, qui l'enferme dans son coffre-fort. Quelques mois plus tard, Morriss reçoit une lettre de Beale qui lui demande d'attendre dix ans avant d'ouvrir la boîte. À l'intérieur, explique-t-il, se trouvent des papiers de la plus haute importance, impossibles à lire sans l'aide d'une clef cryptographique. Un ami de Beale la lui fournira en temps voulu. Mais en fait, cette fameuse clef n'arrive jamais, le cow-boy Beale semble avoir disparu de la surface de la Terre. Au bout de plusieurs années, Morriss décide d'ouvrir cette boîte. Il y trouve trois feuillets couverts de nombres séparés par des virgules, et un billet manuscrit de Beale. Celui-ci explique avoir découvert avec des amis une mine d'or et une autre d'argent au Nouveau-Mexique, et avoir ainsi accumulé une fortune considérable. Pour la mettre en lieu sûr, il l'a enterrée dans un endroit secret, en Virginie, non loin de l'hôtel. Comme dans une chasse au trésor, le document chiffré doit aider à la découverte du butin. Le premier feuillet indique la localisation de la cachette, le deuxième, la composition du trésor et le troisième, le nom des personnes ayant droit à l'héritage.

– Nous aussi, on est en pleine chasse au trésor, dit Ilaria, mais dans le cas qui nous concerne, le trésor, c'est la vérité. Continue, ça nous donnera peut-être des idées.

– Mais où est la clef pour décrypter ces feuillets ? Celui qui l'avait doit l'avoir emportée dans la tombe. Et ce pauvre Morriss passe les vingt dernières années de sa vie à gamberger sur les chiffres de Beale, en vain. En 1885, un de ses amis fait paraître un pamphlet anonyme dans lequel il révèle avoir trouvé la solution de l'énigme, mais uniquement pour déchiffrer le deuxième des trois feuillets, celui qui décrit le contenu du trésor. Il y est parvenu après moult tentatives infructueuses et sur un coup de chance : le texte clef n'était autre que la Déclaration d'indépendance des États-Unis.

– Et ensuite ? On a découvert le trésor ?

– Personne ne le sait. L'auteur du pamphlet y est peut-être arrivé, mais il s'est bien gardé de l'admettre. Et depuis plus de cent ans, d'innombrables Bealomanes ont tenté de mettre la main sur l'or de Virginie et des bataillons de cryptographes se sont acharnés sur ces satanés chiffres de toutes les manières possibles. Tous ont échoué. Quelques complotistes ont même prétendu que les services secrets avaient récupéré le trésor à l'insu des citoyens.

– Attends une minute, dit Ilaria. Qu'est-ce que c'était, le texte clef ?

– La Déclaration d'indépendance des États-Unis, pourquoi ?

– Je viens de me rappeler un truc. Je ne sais plus si je t'en ai parlé, mais Marta Guerra affirmait que les nombres disent toujours la vérité et elle faisait des tableaux bizarres, qui en étaient remplis. L'un d'eux s'inspire d'une œuvre de Füssli, *Les Trois Confédérés faisant serment sur le Grütli* : l'acte fondateur de la Confédération helvétique. Marta a recouvert une reproduction de cette toile de mystérieux chiffres. Regarde, j'ai la photo. »

Marco saisit le portable et agrandit l'image.

« 48, 73, 5, 122, 13, 296, 63, 11, 151, 26, 55, 7, 140, 38, 41, 156, 89, 1, 16. Qu'est-ce que ça peut bien vouloir dire ?

– Bah, lâche Ilaria. Sur le moment, j'ai pris ça pour une extravagance de plus, sans y accorder d'importance. Mais maintenant que j'y pense… Et si c'était ça, notre texte clef ? Après tout, le document crypté est né en Suisse. Et puis il y a cette annonce bizarre postée par Marta.

– Laquelle ?

– J'ai fait une capture d'écran : "Si cet ours est abattu, je ne lèverai plus *trois doigts de ma main droite*." C'est une allusion au pacte.

– Tu as raison.

– On devrait trouver ça en ligne, dit Ilaria en s'activant sur sa tablette. Le voilà. Le pacte fédéral du 1er août 1291. Mais il existe plusieurs versions : l'original en latin et ses traductions en français, en allemand et en italien. On se les partage, et on fait un essai avec chacune ?

– Ça marche. Je prends l'italienne et la française. Débrouille-toi avec l'allemande et la latine.

– J'en étais sûre. »

21 décembre

Ilaria a foncé à la réception faire imprimer les textes et s'est fait donner du papier et des crayons. Besana l'attend devant la cheminée, dans leur petit salon préféré. Il n'a aucune envie d'aller s'enfermer dans une chambre.

« "Au nom du Seigneur, amen, déclame Marco. C'est accomplir une action honorable et profitable au bien public que de confirmer, selon les formes consacrées"… Elle aurait au moins pu choisir une poésie, non ? Ou une chanson.

– Allez, mets-toi au boulot ! »

Au lieu de quoi Marco se met à chantonner :

« Vipère… Vipère… sur le lac de Surlej… toi qui ruines tous mes projets… tu avais l'air d'une crevette… l'antigène cruel… de ta malignité…

– Qu'est-ce que c'est que ce délire ?

– Une chanson des années 1930. Bon, j'ai un peu adapté les paroles. »

Marco lève un bras, courbe une main, et commence à se déhancher.

« Poison… venin… du botox tu as besoin…

– Mais quel crétin tu fais, ce soir !

– Ma mère écoutait ce genre de disques, explique Besana. Bon, tu n'apprécies pas mon talent. Tant pis pour toi.

– Allons, il faut qu'on s'y mette. »

Ils se penchent sur leurs feuillets, en silence. Puis Marco se lève à nouveau.

« Je vais commander une bouteille de vin et un club sandwich. J'en suis à 389, et ce n'est que le début. Qu'est-ce que c'est chiant !

– Un peu de patience, répond Ilaria.

– Tu veux manger un truc ?

– Rien, merci. Je préfère finir ma version latine. À ton avis, que signifient ces flèches ?

– Qu'est-ce que tu veux que j'en sache ? rétorque Besana. J'espère seulement que tu as raison et qu'on ne se met pas la rate au court-bouillon pour rien ! »

Après quelques verres, Marco est en meilleure forme.

« Viens voir, Morpion ! »

Ilaria s'éjecte de son fauteuil et le rejoint en deux bonds.

« Regarde, ça marche.

– Avec le texte en italien ?

– Voui ! » Besana montre sa feuille. « *R-è-g-l-e-n-u-m-é-r-o-u-n...*

– Mais c'est génial ! glapit Ilaria. Continue, tu y arrives ?

– J'essaie. »

Marco se remet au travail.

« “Nous jurons de nous porter mutuellement assistance”, lit-il à haute voix.

– Qu'est-ce que ça peut bien vouloir dire ?

– Ça veut dire qu'il nous a fallu deux plombes pour accoucher d'une petite phrase merdique.

– C'est trop long, en effet. Je devrais peut-être rappeler Rocco, il sait tout faire avec son ordinateur.

– Je ne passerai pas la nuit là-dessus, je te préviens. »

22 décembre

Besana entend frapper à sa porte. Il jette un coup d'œil à son téléphone : cinq heures. Il se lève d'un bond et ouvre. Ilaria est en pyjama.

« Qu'est-ce qui se passe ?

– Déchiffré.

– Vraiment ?

– Rocco est surexcité, il dit que ça parle de poisons et de meurtres. Je t'ai attendu, je préfère qu'on lise ça ensemble. »

Besana allume sa machine à café.

« D'abord un expresso, sans quoi mon cerveau patine.

– Tu n'es pas plus curieux que cela ?

– Mieux vaut que je sois lucide. »

Ils s'assoient devant l'ordinateur et Ilaria commence à lire à haute voix.

« "Règle numéro un : nous jurons de nous porter mutuellement assistance et de n'enfreindre aucune de ces règles. Règle numéro deux : toutes les morts doivent paraître accidentelles. Règle numéro trois : à la date prévue, l'intéressée doit se trouver à des kilomètres de distance." Mais qu'est-ce que ça signifie ?

– Continue.

– “Règle numéro quatre : la contrepartie est obligatoire. Règle numéro cinq : personne ne doit rien savoir de ce pacte hormis les personnes qui l'ont conclu. Règle numéro six : quiconque viole ce pacte ou en révèle le contenu sera puni de mort.”

– La vache, commente Besana. Ce sont les statuts d'une association de malfaiteurs. Ou bien un délire paranoïaque.

– Je n'y comprends rien : c'est quoi, cette histoire de contrepartie ? Et qui est “l'intéressée” ?

– Passe à la page suivante. »

Ilaria s'exécute. Ils n'en croient pas leurs yeux. C'est un schéma.

« Ginevra uréthane <–> Veronica formaldéhyde. Nicoletta ricine <–> Marta tropomyosine. Brunella botuline <–> Vittoria aconit. »

Ils se regardent, effarés.

« Ce sont des échanges ! s'exclame Ilaria. Regarde, chaque prénom est associé à un poison, mais c'est celui qui a servi à tuer le mari de l'autre. C'est ça, la “contrepartie”. Un crime pour un crime. Je supprime ton mari et toi, le mien. »

Besana blêmit. Il fixe le schéma, sans un mot.

« Ça sous-entendrait donc que Ginevra Landi doit injecter de l'uréthane à Diego Padovani, le mari de Veronica Ballarin, laquelle doit administrer du formaldéhyde à Livio Moser, le mari de Ginevra. Que Nicoletta D'Ambrosio doit tuer le mari de Marta Guerra avec de la ricine, et Marta, celui de Nicoletta avec de la tropomyosine. » Arrivée au nom de Vittoria, Ilaria se tait. Elle lance un regard navré à Marco.

« Je continue ?

– Pas la peine. »

Besana est hors de lui. Il se lève en renversant sa chaise, ouvre la fenêtre et allume une cigarette, malgré l'interdiction.

« Je suis désolée, Marco. »
Besana secoue la tête et frappe du poing sur la table.
« Excuse-moi, j'ai besoin de rester seul.
– Je comprends », dit Ilaria en refermant son ordinateur.

22 décembre

Vers huit heures, Besana descend prendre son petit déjeuner au restaurant, la mine défaite. Ilaria est là depuis sept heures. Elle n'a pas fermé l'œil de la nuit.

« J'ai tout lu, dit-elle.

– Moi aussi, répond Marco.

– On peut en parler ?

– Bien sûr, c'est notre boulot. »

Ilaria hoche la tête, l'air soucieuse.

« Il me paraît clair que Dafne n'était que l'ordonnatrice, dit-elle.

– Elle l'aurait été si tout s'était passé comme prévu, répond Besana. En mourant d'un cancer, le mari de Guerra a changé la donne. Nicoletta n'est plus obligée d'injecter la ricine et Marta pense qu'elle sort du jeu. Mais un pacte est un pacte. Et donc, Mme D'Ambrosio exige tout de même sa contrepartie. Dafne doit alors se salir les mains et tuer Achille. Elle ne pouvait pas savoir qu'un ours allait s'en mêler. Un ours qui serait aussi fatal à Marta, d'une certaine manière.

– Marta a enfreint deux règles coup sur coup : en refusant la contrepartie et en menaçant de parler, commente Ilaria. Elle s'est condamnée toute seule. Et Dafne a dû intervenir pour la seconde fois. Mais elle est plus douée pour pousser les autres à l'assassinat que pour assassiner elle-même.

– La précision de ses instructions est incroyable.

– Je l'ai remarqué moi aussi, dit Ilaria. Elles vont nous être très précieuses. La police nous devra des remerciements, cette fois.

– Attendons encore un moment avant de les appeler, dit Besana.

– On essaie de tout reconstruire ?

– C'est l'idée que j'avais.

– Mais il nous manque encore une page, Rocco travaille encore dessus.

– On a déjà assez d'informations.

– Tiens, au fait, j'ai déchiffré la suite de nombres sur le tableau de Füssli.

– Et ça dit quoi ?

– "L'Affaire des poisons".

– Ça rappelle celle qui fit scandale à l'époque de Louis XIV.

– Tout part de là, poursuit Ilaria. D'un pacte conclu il y a trois ans, un été, dans le refuge de Dafne où elles se sont retrouvées pour préparer leur plan dans les détails.

– Il faut qu'on récapitule chaque épisode, point par point. »

Ilaria acquiesce.

« Remontons, on ne va pas faire ça ici, avec tout ce monde qui arrive. »

22 décembre

« Carlo Rigamonti est à Milan, commence Marco en arpentant la pièce. On est en janvier, il doit rejoindre Vittoria en Suisse avec son avion privé. »

Assise au bureau devant son ordinateur, Ilaria prend des notes.

« Tout est organisé pour qu'il rencontre Brunella la veille au soir. Le prétexte est tout simple : Brunella doit lui remettre un cadeau pour Vittoria dont c'est l'anniversaire ce week-end. Ils prennent l'apéritif chez Brunella, et elle lui administre une forte dose de botuline, on ignore encore comment.

– Pas dans du vin, lui a recommandé Dafne, parce qu'il neutralise la botuline, précise Ilaria.

– Elle peut en avoir mis dans n'importe quoi, ça n'a aucun goût. Ça n'a pas d'importance pour le moment, nous savons juste qu'elle l'a fait. Le lendemain matin, Carlo décolle, avec seulement de légers symptômes, mais une fois en vol, il se sent de plus en plus mal, et rate son atterrissage en catastrophe. L'imprévu, c'est la présence de cet ami qui est monté à bord au dernier moment.

– Elles n'avaient sûrement pas l'intention de tuer quelqu'un d'autre et surtout, elles comptaient qu'il n'y aurait pas de témoins.

– Diaboliques, commente Besana. Mais oui, c'est juste. À lire les instructions, c'est ainsi que les choses ont dû se passer.

– Dafne étudie tout dans les moindres détails, avant d'envoyer des instructions chiffrées. D'abord, elle les inscrit dans son cahier, puis elle les recopie et les remet en main propre, en même temps que la substance.

– Une maniaque du contrôle, de toute évidence.

– Continue.

– Juillet arrive, reprend Marco. C'est au tour de Vittoria d'apporter sa *contrepartie*. Brunella est aux États-Unis, Vittoria se rend chez elle. Son prétexte est futile, mais plausible : Vittoria doit rejoindre Brunella à New York la semaine suivante, et son amie lui a demandé de lui apporter une paire de chaussures qu'elle a oubliée. Une fois sur place, Vittoria va dans la salle de bains et trafique le flacon d'aconit homéopathique en y injectant une dose mortelle.

– Ils fréquentent le même cercle d'amis, elle sait donc parfaitement que Giacomo souffre de névralgies, il s'en lamente souvent, et qu'il a prévu une randonnée en solitaire sur le glacier, parce qu'il l'a annoncé à tout le monde.

– Elle m'en a raconté, des mensonges, cette femme, dit Besana. Quelle manipulatrice. Mais passons à la contrepartie suivante. À qui le tour ?

– À Veronica Ballarin, en octobre de la même année.

– Veronica Ballarin, exact. Mais cet échange-là est différent. Ginevra Landi et elle ne sont pas officiellement amies – en réalité, si, mais en cachette. Tout est basé sur la séduction, cette fois. Chacune doit faire croire au mari de l'autre qu'elle est intéressée par une liaison avec lui. Veronica rencontre Livio

Moser à l'un de ses vernissages. C'est une très belle femme et elle obtient vite ce qu'elle veut. Elle lui laisse un numéro de téléphone privé, que personne d'autre ne connaît, c'est du moins ce qu'elle lui dit. C'est celui d'un vieux portable sans puce, intraçable. Ils conviennent ensuite d'une excursion ensemble pour aller observer les cerfs amoureux. Moser est dupe. Veronica l'assomme avec une pierre, puis elle lui injecte le formaldéhyde. Elle le pousse, encore vivant, dans le ravin qui borde le sentier, pour faire croire à une chute accidentelle. Elle part en emportant le sac à dos et le portable de Moser, dont elle ôte tout de suite la batterie.

– Et il meurt embaumé vif », conclut Ilaria.

22 décembre

« Ce devrait être au tour de Ginevra Landi, reprend Besana. Mais un aléa survient. Quatre mois plus tard, en février, le cancer d'Ignazio Guerra se déclare, il en meurt en juillet. On peut imaginer ce qui s'est passé.

– Marta veut se défiler, mais Nicoletta D'Ambrosio ne l'entend pas de cette oreille, enchaîne Ilaria.

– Exact. Aucune d'elles ne peut plus agir car Marta menace de tout raconter. Elle peint ces tableaux avec le code chiffré et prépare une expo surprise, en guise d'avertissement. Ginevra Landi prend peur, et Veronica Ballarin pense qu'il vaut mieux attendre que Marta se calme.

– C'est pour cela qu'aucun meurtre n'a eu lieu l'an dernier.

– À mon avis, oui, poursuit Besana. C'est alors que Dafne intervient, pour débloquer la situation. Mais l'ours entre en scène et il gâche tout. Parce que Marta, animaliste déchaînée, ne peut supporter qu'on le punisse pour un crime qu'il n'a pas commis.

– C'est quand même la plus dingue de toutes.

– La compétition est rude, répond Marco. En tout cas, elle flanque une jolie pagaille, c'est sûr. À tel point que les autres sont contraintes de la supprimer elle aussi. Il y a celles qui ont déjà payé leur note, et celles qui doivent encore le faire, mais aucune ne veut s'occuper de Marta. Ce devrait être Nicoletta D'Ambrosio, qui a reçu sans donner de contrepartie. Mais l'affaire de l'ours a fait du bruit, la presse en a parlé, ce serait trop risqué.

– En somme, tout est de notre faute.

– De ta faute, Morbac. Moi, je ne voulais pas m'en mêler.

– Merci.

– De rien. Bref, c'est encore Dafne qui s'y colle, faute d'alternative. Ensuite, il arrive ce qu'il arrive. Toi et moi, on s'acharne sur les homicides de D'Ambrosio et de Guerra et peu après, le glacier régurgite le corps de Giacomo Pallavicini. Devant le tour que prennent les événements, Veronica Ballarin met la pression aux autres. Elles sont toutes en danger, à présent, et son mari pète la forme. Ce n'est pas juste.

– Rocco vient de nous envoyer la dernière page, annonce Ilaria qui vient d'ouvrir sa boîte mail.

– Je t'écoute. »

Ilaria lit la pièce jointe en vitesse, puis elle relève le nez.

« Le plan est impeccable. Ginevra Landi se présente chez Diego Padovani le lendemain de la fête. Avec l'ADN des invités partout, on ne retrouvera pas le sien. La manœuvre s'inspire de celle de Veronica : Ginevra s'est procuré un vieux téléphone sans puce, intraçable. Ils boivent quelques verres ensemble, dans le sien, elle a versé un somnifère, puis ils flirtent, et elle l'encourage à se déshabiller pour éviter que ses vêtements ne se déchirent quand son corps gonflera. Cachets et alcool ont raison de Diego, qui perd conscience. Ginevra est infirmière, elle sait faire une intraveineuse. Après avoir injecté l'uréthane, nettoyé les verres qu'elle a manipulés et pris le portable de la victime, elle quitte les lieux.

– Sans se douter que la douleur va le réveiller et qu'il se traînera tout nu dans la neige, jusqu'au jardin des voisins.

– Avant de mourir sous l'œil impassible de leur caméra de surveillance. »

22 décembre

Brunella sursaute lorsqu'en ouvrant la porte, elle trouve Marco et Ilaria sur le palier. Elle émet un « Oh, ciao » un peu hagard. L'une de ses chaussures est lacée, l'autre non, elle a une brosse coiffante à la main. Son maquillage est inachevé, seul le dessin de ses sourcils est impeccable, son œil droit est lissé mais le gauche encore cerné et marqué de fines rides. Bien qu'asymétrique, elle reste belle, mais elle ne le sait pas. Et c'est très bien ainsi, car elle se sent fragilisée avant même de savoir ce que Piatti et Besana ont à lui dire. À tel point qu'elle oublie de les faire entrer.

« Il fait un de ces froids, dit Marco. On peut te parler à l'intérieur ?

– Bien sûr, excusez-moi. Quelle idiote. »

Dans le couloir qui mène au salon, elle trébuche sur un sac à main en strass, le ramasse puis l'envoie bouler plus loin. Le canapé est couvert de vêtements, impossible de s'y asseoir. Brunella les rassemble en un tas qu'elle laisse choir sur le tapis.

« Excusez-moi pour cette pagaille. J'étais en train de me préparer, dit-elle avec un rire nerveux. Je mets tout sens dessus dessous quand je dois m'habiller, et puis après, je laisse tout en plan. »

Marco et Ilaria n'esquissent même pas un sourire, ce qui l'inquiète encore davantage. Elle commence à s'agiter, se prend à nouveau les pieds – dans un caraco doré, cette fois-ci, qu'elle projette au loin d'un shoot rageur.

« Mon mari ne supportait pas mon bazar. Mais il n'a jamais réussi à me corriger », ajoute-t-elle avec un autre petit rire, plus aigu.

Piatti et Besana la considèrent sans un mot, impassibles. Avant de venir, ils se sont mis d'accord pour la déstabiliser. Ils jouent donc leur rôle, exactement comme Brunella s'efforce de jouer le sien.

« Il est arrivé quelque chose ?

– Oui », répond Marco, en la laissant sur des charbons ardents.

Brunella change aussitôt d'expression. Un autre meurtre ? Impossible. Alors quoi ? Un suicide ? Son cœur s'emballe. Vittoria ? Non, pas elle. Non, par pitié. Elle doit s'asseoir.

« Il est arrivé quelque chose », répète-t-elle. Ce n'est plus une question mais un constat désespéré.

Marco allume une cigarette, sans rien demander. Il ne lui en offre pas. Brunella le fixe, de plus en plus affolée. Elle se lève pour chercher les siennes, fouille frénétiquement un de ses sacs, en vain. Et comme elle lui tourne le dos, penchée sur un autre sac, elle l'entend prononcer des mots qui lui glacent le sang.

« Nous savons que tu as tué Carlo Rigamonti. »

22 décembre

Brunella se retourne brusquement. « Qu'est-ce que vous dites ? Vous êtes fous ? » voudrait-elle leur répondre. Au lieu de quoi, elle s'effondre. Ses genoux ont cédé et la voilà à quatre pattes sur le tapis, qui tente en vain de se relever. On dirait un chien qu'on vient de gronder. Elle le sait. C'est la position que son mari lui imposait de prendre quand l'envie lui venait de l'humilier. Ainsi, elle est incapable de se défendre. Elle fond en larmes. Pleure-t-elle à cause de l'ombre de son mari qui plane à nouveau dans cette pièce, ou parce qu'elle a été démasquée ? Elle n'en sait rien. Elle sanglote, prostrée, et ses pleurs sonnent comme la plainte d'un animal.

D'instinct, Ilaria se lève, mais Marco la retient par le bras. Il indique son téléphone d'un geste du menton – il lui demande d'enregistrer. « On y est, lui dit-il du regard. Pas de bêtise. » Brunella ne les voit pas de toute façon, elle s'est recroquevillée sur le tapis, en position fœtale. Marco se lève et s'approche. Il se tient debout, tout près d'elle, immobile. Brunella tourne la tête et lève les yeux. Il lui paraît immense, vu d'en bas.

« Je ne voulais pas, balbutie-t-elle, je vous jure que je ne voulais pas. »

Marco secoue la tête.

« Nous savons que c'est faux, répond-il calmement. C'est l'un des crimes les mieux prémédités que j'aie jamais vus. Prémédité par six personnes. D'ailleurs, toute seule, tu n'en aurais certainement pas été capable. »

Elle réagit comme s'il lui avait donné un coup de pied, en pressant ses deux mains contre son ventre.

« C'était un salaud, crie-t-elle, il n'a eu que ce qu'il méritait, et les autres aussi, toute cette bande de porcs ! »

Exprimer sa rage l'a ragaillardie et elle trouve la force de se redresser : d'un bond félin, elle se remet debout et prend une posture combative. Dans un éclair de haine, elle hurle à pleins poumons : « Sept personnes ! Nous étions sept ! Cette garce de Marta aussi voulait buter son ordure de mari ! Et quand le cancer a eu sa peau, cette salope nous a lâchées ! »

Soudain, elle se tait. Elle vient d'entendre une sirène. Comprenant que tout est fichu, elle écarquille ses grands yeux. Ilaria lève calmement son portable pour lui montrer qu'elle enregistre.

« La police arrive, dit-elle. On leur fera écouter ça. Je crois que tu ferais mieux de tout avouer. »

22 décembre

Mon cher Marco,

Ils vont bientôt venir m'arrêter. Je t'écris tant que je peux encore le faire. De toute façon, je n'ai plus rien à perdre, à part toi. Peut-être t'ai-je d'ailleurs déjà perdu, mais je préfère penser que ce n'est pas le cas. Je n'étais pas tombée amoureuse depuis si longtemps que je croyais que cela ne m'arriverait plus, à cinquante ans passés. Et puis je t'ai rencontré. Toi, si différent de tous les hommes que j'avais connus jusqu'ici. Je ne m'y attendais pas. Ils sont en train d'interroger Brunella, je sais qu'elle va s'effondrer et tout avouer, je la connais si bien. Ils vont lui poser deux ou trois questions et elle sera incapable de nier. Tu auras donc très vite la certitude que je suis une meurtrière. Je ne crains pas de t'écrire tout cela ni de te l'envoyer par mail, parce que quand ils viendront me chercher, je leur dirai moi aussi la vérité. Je presserai la touche « envoi » dès qu'ils arriveront.

Je n'aimais pas mon premier mari. Je l'ai épousé en toute inconscience – je n'avais que vingt-cinq ans. Deux ans plus tard, Margherita est née, nous sommes donc restés ensemble encore un moment, jusqu'à ce que je n'en puisse plus, et que nous nous séparions. Pendant plusieurs années, j'ai collectionné les amants. J'étais une mère célibataire avec une enfant en bas âge, et ma vie était terriblement vide. Et puis Carlo est arrivé.

Je me suis éperdument éprise de lui et je n'ai pas su voir qui il était vraiment. J'ai même cru qu'il était un beau-père parfait pour Margherita, bien plus présent et attentif que ne l'était son père. J'étais convaincue d'avoir une famille heureuse, et je le suis restée longtemps. Bien trop longtemps. Au moins jusqu'à ce que ma fille commence à se droguer. J'ai alors pensé que c'était ma faute. Et d'une certaine manière, j'avais raison, puisque c'était la conséquence directe de mon aveuglement. Un jour, j'ai tout découvert, mais il était trop tard.

Je me souviens très bien de ce jour-là. Margherita avait fugué pour la énième fois d'un des centres de cure où je l'avais amenée. Elle était passée à la maison chercher des vêtements, persuadée de ne pas m'y trouver. Je l'ai vue entrer en titubant, défaite, le regard mort. Quand je me suis approchée d'elle, elle m'a menacée avec un marteau, en hurlant que si je la ramenais « dans cette clinique de merde », elle irait le dénoncer à la police, qu'il serait arrêté et que c'en serait fini de notre grand amour. J'ai cru qu'elle délirait alors qu'en réalité, c'était la première fois qu'elle réussissait à me dire la vérité.

Il n'est pas nécessaire que je t'explique en détail ce que Carlo lui faisait subir depuis ses treize ans. Je ne m'en sens pas capable. Il est mort, mais je ne m'en suis pas vraiment libérée.

J'imagine que tu te demandes pourquoi je ne l'ai pas dénoncé. Quel besoin y avait-il de le faire tuer ? Le fait est que je n'étais plus lucide. La haine m'habitait et pervertissait mes pensées. C'est un homme riche, me disais-je froidement. Il prendra les meilleurs avocats. Nous n'avons pas l'ombre d'une preuve de ses abus, et ce sera sa parole contre celle de ma fille, qui n'aura aucune crédibilité devant un tribunal, étant donné son état. C'est alors que j'ai fait la connaissance de Dafne.

C'est la première personne avec laquelle j'ai pu parler de ce qui me dévastait. J'aurais sans doute dû comprendre que c'était une psychopathe, mais à l'époque, je n'ai pas su le faire. Une sorte de folie à deux s'est mise en place. Puis à trois, à quatre, à sept. Le fait d'être en groupe m'aidait à me convaincre de la quasi-normalité de la situation. Nous passions nos journées à orchestrer notre projet et je me sentais mieux. Enfin, je n'étais plus seule avec ma haine.

J'ai trouvé la force de faire semblant de rien. J'arrivais même à dormir avec Carlo. Parfois, la nuit, je me réveillais et je l'écoutais respirer dans le noir. J'éprouvais un étrange plaisir, tout nouveau. Je pensais : bientôt, tu ne respireras plus. Et je souriais.

Quand mon tour est venu, tout a changé. Puisque je n'avais pas tué mon mari moi-même, la chose me paraissait facile. Le jour de l'accident, je suis restée d'un calme olympien. Mon seul souci, c'était de calmer Brunella qui était bien plus secouée que moi. Elle avait déjà franchi la frontière, et moi non.

Je l'ai franchie en versant de l'aconit dans un flacon. Un geste presque anodin, comme déconnecté du réel. C'est étrange, mais empoisonner quelqu'un ne te donne pas la sensation de donner la mort, sur le moment. Ce n'est que la nuit d'après, quand les recherches ont été lancées sur le glacier parce que Giacomo n'était pas rentré, que j'ai pris conscience de mon acte. L'image de son sourire de gamin m'a longtemps tourmentée. J'essayais de me raisonner en me rappelant toutes les fois où j'avais vu Brunella en sang, mais ça n'a pas suffi à calmer ma conscience. Alors je me suis transformée pour la troisième fois en m'entourant d'une muraille d'indifférence. Tu as tout gâché en y créant une fêlure. Ce sentiment tout neuf qui me traversait provoquait un appel d'air. À mesure qu'il grandissait, la fêlure est devenue une faille qui laissait passer le vent, la pluie et la neige. Je n'étais plus imperméable comme avant. J'ignore si je dois te remercier pour cela, ou te maudire. Mais ce fut merveilleux d'aimer encore une fois, avant la fin.

J'entends leurs voitures qui approchent. Ils n'ont pas activé leurs sirènes, mais ce sont eux, je le sais. C'est terminé. Je t'envoie un dernier baiser.

22 décembre

« Merci, monsieur Besana », dit le lieutenant-colonel Müller.

Marco secoue la tête et hausse les épaules.

« Je n'ai fait que mon travail », répond-il.

Marco est épuisé. Brunella vient d'être emmenée entre deux agents. Elle a refusé qu'ils la touchent et les a violemment repoussés, en larmes : « Bas les pattes, je peux marcher seule. »

Tant pis s'il neige, il faut qu'il sorte d'ici tout de suite, il a besoin d'air. Il jette machinalement un coup d'œil à son portable : un nouvel e-mail vient d'arriver. Il l'ouvre et le lit, puis se mord la lèvre jusqu'au sang.

« On y va ! crie-t-il à Ilaria qui discute encore avec Müller. Tout de suite ! »

Il fonce comme un fou sur la route enneigée, au risque de partir dans le décor. Ilaria s'agrippe à la poignée sans rien dire. Marco pile devant la maison de Vittoria, déjà encerclée. Il s'éjecte de la voiture en claquant la portière, ouvre la grille et la voit sortir, encadrée de trois agents, les yeux baissés.

Marco voudrait hurler, l'appeler, mais il ne peut pas. Il attend, au garde-à-vous, qu'elle relève la tête. Et lorsqu'elle le fait, comme si elle avait lu dans ses pensées, il lui envoie à son tour, du bout des doigts, un dernier baiser. Vittoria lui répond d'un signe et esquisse même un léger sourire. Un sourire qu'il est le seul à voir.

Il ne bouge pas, il l'accompagnera du regard jusqu'au bout. Quand ils la poussent dans la voiture, avec rudesse, elle ferme un instant les yeux. Marco sait qu'elle ne se retournera pas et pourtant, il reste planté là à fixer la voiture qui s'éloigne, jusqu'à ce qu'elle disparaisse.

Il neige vraiment fort. Besana ne bouge toujours pas. Est-ce la route qu'il regarde ? Ou bien la possibilité d'une autre vie qui s'en est allée, et sa trace estompée par la neige ?

Il sent une main sur son épaule et se retourne. C'est Ilaria. D'un signe, il lui fait comprendre qu'il a besoin de rester seul encore un moment, puis il lui tend les clefs de la voiture pour qu'elle l'y attende au sec. Il sort de sa poche un paquet de cigarettes, met sa capuche pour en allumer une à l'abri du vent et fume, immobile.

Si l'ours n'était pas passé par là, rien de tout cela ne serait arrivé. Aussi puissant que le destin, il a tout renversé avec son corps énorme, avant de mourir à son tour, percuté par plus fort que lui. Mais peut-être n'était-ce que le hasard, qui ne distingue pas les humains des animaux, les assassins et ceux qui les traquent.

23 décembre

« Excellent boulot, Piatti. » Le directeur lui serre la main.

Ilaria le regarde. Qu'est-ce que ça signifie ? Leur conversation est déjà terminée ? Il est temps qu'elle se lève et qu'elle s'en aille ? Elle en a plus qu'assez, des compliments. Les compliments sont plus fugaces encore que son statut précaire.

« Merci », répond-elle.

Mais elle ne bouge pas. Il ne lui a accordé que cinq minutes, parfaitement inutiles. Pas une allusion à son avenir au journal.

« Eh bien, joyeux Noël ! » ajoute-t-il, en la payant d'un sourire.

Ilaria inspire à fond et hoche la tête. C'est sans doute sa manière de lui présenter ses meilleurs vœux. Elle va en avoir besoin, parce qu'une autre année d'incertitude l'attend, avec un énième CDD.

Elle quitte la pièce furieuse, sans prendre le temps de manger une part de panettone avec le reste de la rédaction – dont elle ne fait pas partie, de toute façon.

En marchant à grands pas dans la rue, elle heurte une femme chargée de paquets et ne s'excuse même pas. Elle aimerait bien, elle aussi, écumer les boutiques pour acheter des cadeaux par milliers. Au lieu de quoi elle passe son temps à fréquenter des assassins, comme c'est réjouissant. Elle n'accroche pas de boules de Noël au sapin, mais des photos de cadavres sur ses murs. Et voilà le résultat.

À cet instant, son regard tombe sur une vitrine. Des chemises. Besana en aurait bien besoin. Elle ne connaît pas sa taille, mais il pourra toujours l'échanger si elle ne lui va pas. Qui y a-t-il d'autre dans sa vie ? Personne. Il est le seul qui soit présent pour elle et qui lui manifeste un tant soit peu d'affection.

Elle entre dans la boutique et, aussitôt, remarque une femme qui ressemble terriblement à Vittoria, même coupe de cheveux, même allure. Ilaria a beau savoir que ce n'est pas elle, elle ne la quitte plus des yeux, fascinée. La femme examine une chemise à rayures blanches et bleues. C'est décidé : elle prendra celle-ci.

Elle ose à peine imaginer ce que traverse Marco depuis quelques jours. Jamais elle ne l'a vu aussi sombre et mélancolique. Et elle ne peut strictement rien faire pour l'aider.

« Je voudrais un paquet-cadeau », dit-elle à la caissière. Et elle choisit un ruban rouge, très joyeux.

23 décembre

« Surprise !

– C'est pour moi ?

– Seulement le plus grand, répond Ilaria. L'autre est pour Beck's. C'est un renne qui couine, je doute qu'il te plaise. »

Le chien a compris et saute sur Ilaria pour lui arracher le sachet argenté, après quoi il tente de l'ouvrir avec ses pattes.

Marco secoue la tête en souriant. Il caresse la chemise des deux mains.

« Elle est splendide. Je devrais même pouvoir fermer son col, formidable ! » Il embrasse Ilaria. « Merci, Morpion. Qu'est-ce que je deviendrais sans toi ? »

Sur ce, il fait volte-face et, en deux enjambées, rejoint sa chambre. Il en ressort avec une énorme boîte ornée d'un long ruban.

« Tiens, tu vas pouvoir jeter ton paletot de chien mouillé.

– N'y compte pas, j'y suis trop attachée, rétorque-t-elle en défaisant son paquet. Mais tu es fou ? »

C'est un luxueux anorak, élégant, semblable à ceux que portent les dames riches, en Suisse.

« Tu t'es ruiné !

– Tu ne peux pas continuer à frayer avec des assassins fagotée comme l'as de pique. »

Ilaria éclate de rire et lui saute au cou. Jaloux, Beck's aboie. Puis il retourne à son renne, dépité.

« Ce clébard est trop narcissique, commente Marco. Il faut toujours qu'il soit au centre de l'attention. »

Ils s'installent dans la cuisine et Marco sort une bouteille de champagne du frigo.

« Un cadeau d'Elsa Cattaneo, "Avec toute mon admiration", disait le billet. Je l'ai appelée pour la remercier et elle m'a dit qu'elle t'avait envoyé une plante.

– Oh mon Dieu. Tu crois que je dois m'inquiéter ?

– La connaissant, je doute qu'il s'agisse d'une étoile de Noël. »

Marco fait sauter le bouchon et la mousse déborde sur la table. Il remplit deux coupes en cristal.

« Punaise, ce qu'elles sont belles ! dit Ilaria. Elles sont neuves ?

– C'est Vittoria qui me les a offertes. Tu penses bien que je ne m'achèterais jamais des verres de ce style. Ça ne me viendrait même pas à l'esprit. » Il soupire. « Bon, allez, trinquons ! Après tout, nous avons élucidé une drôle d'affaire. C'est le genre de chose qui se fête, normalement. »

23 décembre

« J'ai eu Müller au bout du fil cet après-midi, dit Besana en coupant du saucisson. Elles ont toutes avoué. Certaines ont été intarissables, les autres n'ont pas ouvert le bec et ont laissé faire leurs avocats. Aucune n'a de casier judiciaire, elles comptent sur une réduction de peine. En général, les inculpés préfèrent nier, mais c'est un cas de figure un peu particulier. Elles sont cinq, impossible de faire confiance aux quatre autres. C'est l'inconvénient du complot. Müller m'a envoyé les procès-verbaux des interrogatoires.

– Tu les as lus ?

– Bien sûr, répond Marco. Une affaire, ça se suit du début à la fin, qu'on en ait envie ou non.

– Je ne sais pas si j'y serais arrivée à ta place.

– Il ne faudrait jamais mélanger boulot et questions d'ordre privé. Et, quoi qu'il en soit, tant pis pour moi : c'est une mauvaise idée de nouer des relations avec des personnes impliquées dans une affaire.

– Donc tu connais les mobiles, à présent.

– Je les connais, répond Besana, la mine sombre. Chacune a le sien et ils sont très divers. Brunella était à bout, sa relation sadomasochiste avec Giacomo la détruisait. Il devenait de plus en plus violent.

– Elle aurait pu le quitter.

– Il avait un pouvoir exorbitant sur elle. Dans sa tête, ça ne pouvait se terminer qu'avec la mort de l'un d'eux.

– Et les autres ?

– Ginevra l'a fait pour mettre son fils à l'abri, exactement comme le disait l'assistante de Moser. Elle ne pourra pas profiter de l'argent de son ex, mais grâce à cette même clause d'indignité qui t'a permis d'hériter, l'avenir de cet enfant est assuré. Tout le patrimoine lui revient.

– Tu parles d'un cadeau, commente Ilaria. Je sais quel effet ça fait, hélas. Qui va s'occuper de lui ?

– Pas son père biologique, en tout cas, puisqu'il a bravement pris ses jambes à son cou avant que quiconque puisse envisager une solution de ce genre. Le grand artiste est parti hier s'installer aux États-Unis. Qui sait s'il y embaumera des grizzlys.

– Je lui en veux encore d'avoir tourné *notre* ours en ridicule, dit Ilaria. Son travail est nul et lui, c'est un triste personnage.

– Elles auraient pu l'empoisonner lui aussi. »

Ilaria sourit. C'est poignant de voir Marco s'efforcer de rester sarcastique malgré tout.

« Et rappelle-toi de ne pas utiliser de possessif en parlant d'un animal sauvage, poursuit Besana. Il n'appartenait à personne, c'était un être libre.

– Je sais bien.

– Moi aussi, tu sais, je me l'approprie volontiers. La possessivité est un défaut trop humain. »

Ilaria hoche la tête sans mot dire, elle est absolument d'accord.

Marco allume une cigarette.

« Nicoletta ne touchera pas l'assurance vie de son mari, évidemment, reprend-il. Ç'aurait été une bonne affaire. Dix millions d'euros au lieu de trente millions de dettes. Mais le coup a foiré. Il aurait mieux valu charger l'ours du boulot, et basta. En tout cas, il est clair que Mme D'Ambrosio a menti à Dafne.

– Comment ça ? » Ilaria relève le menton, piquée au vif.

« Dafne n'était pas prête à tuer pour n'importe quelle raison, un motif purement vénal l'aurait révoltée. Elle n'acceptait de prêter main-forte qu'aux causes nobles, du moins à ses yeux. Nicoletta le savait, elle lui a donc raconté qu'Achille avait violé et tué une jeune fille à bord d'un yacht.

– Ruth Vital ? Mais D'Ambrosio n'y est pour rien, il était au Brésil ! » Puis elle réfléchit. « Voilà pourquoi Dafne m'avait cité son nom. Ce n'était pas une erreur. Elles l'avaient convaincue qu'il était coupable.

– Ce serait un dossier à rouvrir, commente Besana. Si tous les principaux suspects n'étaient pas morts.

– Et Veronica ?

– Il semble qu'elle ait eu un motif solide, répond Marco. Elle avait découvert que son époux était un pédophile. »

Ilaria se cache le visage dans les mains.

« Oh mon Dieu.

– Eh oui. Sur l'ordinateur de Padovani, ils ont retrouvé des documents effacés qui le confirment. Mme Padovani n'est pas une héroïne pour autant. Elle l'aurait été si elle l'avait dénoncé. Mais l'image de sa société lui tenait trop à cœur. Si son mari était tombé pour un délit de ce genre, son chiffre d'affaires en aurait pâti. Lui mort, la marque perdure.

– Et Dafne ignorait cela.

– Exact. Elles ont manipulé une pauvre psychopathe pour servir leurs intérêts.

– Par moments, Dafne me semble aussi innocente que l'ours.

– Tu te trompes, répond Marco. Personne n'est aussi innocent qu'un animal. Même pas les fous. Ils sont seulement moins coupables que les humains sains d'esprit.

– À propos, qu'en est-il de Marta ?

– Son mari cherchait à la faire placer sous tutelle pour mettre la main sur son patrimoine. Il était sur le point de réussir, répond Besana.

– Je veux bien le croire, ce n'était pas difficile.

– Quand Marta l'a découvert, sa paranoïa est devenue incontrôlable. Et chacun sait que le délire paranoïaque met en danger la personne qui le vit et tout son entourage.

– On peut considérer qu'elle, au moins, était aussi innocente que Fulvio.

– D'une certaine manière, oui. Du reste, elle n'a tué personne.

– Qui a raconté tous ces détails à la police ?

– Devine. »

Ilaria baisse les yeux, incapable de prononcer le nom de Vittoria. Elle n'ose rien lui demander de plus.

« Je n'ai pas appris son mobile grâce à ces procès-verbaux, explique Besana. C'est elle qui m'a tout raconté par écrit, juste avant son arrestation. C'était ça, ta question ? »

Ilaria hausse les épaules sans répondre.

« Oui, Vittoria avait un mobile sérieux, reprend Marco. D'ailleurs, c'était peut-être la seule. Même si je ne considère pas l'homicide comme un moyen légitime pour lutter contre le mal. Carlo violait sa fille depuis qu'elle avait treize ans. À sa place, j'aurais sans doute moi-même songé au meurtre. C'est ce qui nous différencie des assassins : nous ne passons pas à l'acte. »

23 décembre

« Si tu veux, poursuit Besana, je te fais lire une partie des aveux de Vittoria, tu comprendras mieux comment ça s'est passé. Elle a parlé plusieurs heures d'affilée, et décrit la conjuration en détail. Avec calme et lucidité, comme si elle racontait l'histoire de quelqu'un d'autre.

– Et les autres, comment ont-elles réagi ?

– Brunella a beaucoup pleuré, elle était dans un état de panique et de confusion totales, c'est l'un des procès-verbaux les plus décousus que j'aie jamais lus. Tu la connais. Veronica Ballarin, tu t'en doutes, n'a pas ouvert la bouche. Elle s'est bornée à signer une déclaration spontanée rédigée par son avocat. Au lieu de dire quoi que ce soit d'utile, Ginevra Landi a passé son temps à conspuer son défunt conjoint. Nicoletta D'Ambrosio a répondu à toutes les questions, sans se départir de son air suprêmement ennuyé. »

Besana ouvre un tiroir et en sort un paquet de feuilles. Il le remet à Ilaria.

« Tu peux sauter la première partie, dit-il. Vittoria commence à parler page cinquante-cinq. »

Ilaria acquiesce. Le professionnalisme de Marco l'impressionne beaucoup. Elle ne sait pas si elle serait capable d'en faire autant. Pas encore. Elle va s'asseoir dans la cuisine et ferme la porte. Besana, au salon, a allumé la télé et regarde le journal télévisé.

Tout a commencé un après-midi d'été. J'étais seule avec Dafne. J'ignore pourquoi mais ce jour-là, en sa présence, j'ai ressenti le besoin de raconter ce qui m'arrivait. Nous étions en pleine forêt et personne d'autre ne pouvait m'entendre. Dafne m'a écoutée très attentivement. Quand j'ai eu fini de parler, Dafne s'est confiée à son tour et m'a raconté qu'enfant, elle avait essayé d'empoisonner son beau-père. Sur le coup, cela m'a effrayée et je n'ai pas su quoi répondre. Et puis nous nous sommes regardées. À cet instant, quelque chose s'est passé. Elle m'a souri, et elle m'a dit que c'était facile, d'empoisonner quelqu'un, quand on savait s'y prendre. Qu'à l'époque, elle était petite et inexperte, mais qu'elle n'avait jamais cessé d'étudier. Je me suis levée et j'ai trouvé un prétexte pour rentrer, ces propos étaient trop troublants. Mais il s'est passé autre chose, ce soir-là. Je dînais seule à la maison, parce qu'après cette conversation, je n'avais aucune envie de sortir et de voir du monde. C'est alors que Brunella a débarqué, avec un œil au beurre noir et le nez en sang. Elle a refusé que je l'emmène à l'hôpital. Je l'ai allongée dans le canapé et j'ai apporté de la glace pour son visage. Elle sanglotait. Je lui ai dit : « Encore ? » Et elle m'a répondu que c'était de sa faute à elle, et qu'ensuite, il lui avait demandé pardon.

Ces deux événements se sont télescopés et m'ont sérieusement ébranlée. Alors, je lui ai rapporté ma conversation avec Dafne. Elle a aussitôt relevé la tête et son regard s'est mis à briller d'une lueur étrange. Elle s'est levée, a allumé une cigarette et s'est mise à faire les cent pas dans le salon. Et brusquement, elle m'a dit qu'elle voulait bien se charger de faire « un essai », pour voir si c'était si facile d'empoisonner quelqu'un. Qu'elle s'en moquait, de finir en prison.

Elle m'a fichu une frousse terrible, plus encore que Dafne. Je l'ai attrapée par le bras pour l'arrêter, en lui disant que si quelqu'un méritait la prison, c'était son mari, pour l'avoir mise dans cet état. Elle a éclaté de rire, complètement hystérique, et m'a répondu que personne n'avait jamais réussi à l'envoyer derrière les barreaux, même quand il avait tué cette fille. Elle parlait de Ruth Vital. Sans aucune certitude, bien sûr. Moi aussi, d'ailleurs, j'avais soupçonné mon mari, à l'époque. Giacomo était capable de rouer quelqu'un de coups, et Carlo était un violeur. Forcément, nous nous étions toutes les deux posé des questions.

J'ai passé une nuit blanche. Le lendemain, Brunella est revenue chez moi, surexcitée. Elle voulait parler à Dafne et m'a convaincue de l'appeler. Dafne nous a emmenées dans son refuge et nous a expliqué à quel point c'était simple. Il suffisait d'agir l'une pour l'autre en utilisant des substances impossibles à détecter lors d'une analyse toxicologique standard. Son plan était impeccable : un crime pour un crime. Mais d'après elle, le risque était trop grand si nous n'impliquions pas d'autres femmes dans la même situation, parce qu'il serait facile de remonter jusqu'à nous. Elle parlait comme une tueuse en série, mais je n'en avais pas conscience. J'ai dit qu'il fallait que je réfléchisse.

Et puis Brunella est devenue intenable. Elle répétait que ce n'était pas compliqué d'en trouver d'autres. Ginevra Landi, par exemple, tout le monde savait qu'elle haïssait son mari. Et Marta Guerra, qui lui avait dit que le sien faisait des pieds et des mains pour la faire déclarer irresponsable et s'emparer de son patrimoine, cette ordure. À ce moment-là, j'ai dérapé moi aussi. Contrairement à Brunella, je n'étais pas sûre qu'on puisse leur faire confiance. Nous avons donc chargé Dafne de les sonder, pour éviter de le faire nous-mêmes. Et, sous le prétexte de leur conseiller une thérapie formidable, nous les avons envoyées dans la forêt avec elle. À leur retour, elles faisaient peur à voir. Aucune des deux n'avait de doute.

C'est devenu vertigineux, mais j'étais trop impliquée pour m'en rendre compte. Nous étions cinq, désormais. Une ou deux fois par semaine, nous nous retrouvions au refuge de Dafne. Elle répétait que nous n'étions pas assez nombreuses, que nous devions former une équipe soudée et complexe. Marta a coopté Veronica Ballarin qui lui avait confié ce qu'elle avait découvert au sujet de son mari. Il nous en manquait une. J'ai pensé à Elsa. Certes, elle était veuve, mais elle avait de bonnes raisons de vouloir se venger. Mais Dafne n'a pas voulu. Elle nous a rappelé que le principe était un crime pour un crime, que chacune devait tuer une personne pour le compte d'une autre, qu'avec Elsa, la contrepartie serait trop compliquée et le schéma, déséquilibré.

Alors, Brunella m'a suggéré Nicoletta D'Ambrosio. Je l'ai empêchée d'en parler aux autres parce que je savais très bien ce qu'elle leur dirait, et que, connaissant Dafne, ce serait une erreur. C'est là ma plus grande faute : j'ai trahi Dafne.

Elle leur aurait dit que Nicoletta espérait toucher les dix millions d'euros de l'assurance vie de son mari, puisque celui-ci, criblé de dettes, ne lui laisserait rien d'autre. C'était sa seule planche de salut. Mais Dafne avait des principes, malgré tout, et jamais elle n'accepterait de fournir du poison pour de basses raisons pécuniaires. J'ai donc dit à Brunella que je me chargeais de Nicoletta. Et c'est là que j'ai touché le fond. J'ai invité Nicoletta à dîner, en tête à tête et, au début, elle s'est méfiée parce que ce n'est pas dans mes habitudes. Je n'étais pas très à l'aise moi non plus, d'ailleurs. Alors, sur le ton de la plaisanterie, je lui ai demandé si, d'aventure, il lui était déjà arrivé d'éprouver le désir de supprimer son mari. Une boutade lâchée avec le sourire qui pouvait passer pour une blague. Mais elle a saisi la balle au bond.

Avant minuit, nous nous étions dit tout ce que nous devions nous dire. Plus besoin de tourner autour du pot, nous étions aussi compromises l'une que l'autre. Je lui ai conseillé de s'inventer un mobile plus sérieux pour convaincre Dafne. Elle a donc réfléchi un moment avant de me demander si je me souvenais de la mort suspecte de Ruth Vital. Je lui ai rappelé que mon mari avait peut-être joué un rôle dans cette affaire, tout autant que ceux de Brunella et de Ginevra. Elle a alors proposé de dire à Dafne que le coupable était Achille. Nous avons échangé un regard et un sourire complice. Affreusement complice. J'ai plus honte de ce sourire que d'avoir fait tuer mon mari et d'avoir tué celui de Brunella. Puis-je avoir un verre d'eau ? J'ai la gorge sèche. Merci.

Quand l'équipe a été constituée, nous avons passé trois jours ensemble dans ce refuge. Dafne était notre cheffe incontestée. C'est elle qui planifiait tout, et nous laissait des instructions chiffrées parce qu'elle craignait que l'une de nous oublie quelque chose et commette une erreur. Elle les écrivait sur des billets qu'elle nous remettait en main propre, en même temps que la substance que nous devions utiliser. Substance préparée de ses mains, bien entendu, personne d'autre n'en aurait été capable. Nous brûlions ensuite ces billets. Elle était si scrupuleuse, si maniaque. J'avais un peu de peine pour elle. Au fond, qu'est-ce qu'elle y gagnait ? « Pour le bien, effort commun. Quant au mal, coup fatal », disait-elle. Mais qu'avait-elle de commun avec nous ? J'ai fini par penser que cela lui plaisait, tout simplement. D'organiser des meurtres, je veux dire. Ou du moins, je le crois. Après tout, qu'est-ce que j'en sais ? Quand elle parlait des poisons, elle s'illuminait. Peut-être que pour elle, c'était comme empoisonner son beau-père encore et encore. Ne me demandez pas d'explications compliquées, s'il vous plaît. Vous avez des *profilers* pour ça. J'aimerais faire une pause. Je suis fatiguée. Cinq minutes suffiront. Merci.

24 décembre

Ilaria se lève vers onze heures et regarde par la fenêtre. Tout est recouvert d'un léger voile de neige qui, sûrement, sera bientôt balayé par la pluie. Les toits ne resteront pas blancs. Quel dommage.

Elle est encore trop attachée à son passé. Qui dit Noël dit neige. Qui dit homicide dit féminicide. Elle enfile ses pantoufles et prépare un café. Cette affaire l'oblige à tout remettre en question, à commencer par elle-même. Elle sait très bien que les faits divers sont pour elle un moyen de rendre justice aux femmes qui, à l'instar de sa mère, ont été assassinées par leurs conjoints. Mais les choses ne se passent pas toujours ainsi.

Elle n'encaisse décidément pas la culpabilité de Dafne, peu importe celle des autres. Au fond, Dafne a été utilisée. On a décelé sa pathologie et on s'en est servi en lui offrant une mission qu'elle ne pouvait pas refuser. Toutes y trouvaient un intérêt, sauf elle. À la différence de la Vieille au Vinaigre, elle n'a pas touché un sou. Mais elle a parfaitement rempli la fonction de bouc émissaire. D'ailleurs, elle en est morte. Pauvre Dafne, qui tuait au nom de ses principes, ou à cause de sa maladie.

Oubliant de prendre une manique, Ilaria saisit sa cafetière à pleine main et se brûle. Le café se renverse sur la table. Le regard fixé sur le liquide sombre qui goutte à présent sur le sol, elle réfléchit. Hélas, Dafne était bel et bien une tueuse en série, il n'y a plus guère de doute à avoir. Certes, elle n'a commis que deux assassinats, et non trois. Mais elle en a organisé six. Comme Giovanna Bonanno. A-t-elle pris plaisir à le faire ?

L'espace d'un instant, Ilaria songe à changer de métier. À quoi bon résoudre une énigme si, pour finir, on préférerait ne pas avoir réussi à le faire ? Il est tellement plus facile de se sentir dans le camp du bien quand les victimes sont irréprochables. C'est un tort. Les victimes sont des victimes, un point c'est tout. Même quand ce sont des hommes riches et puissants qui ont passé leur vie à faire souffrir autrui.

Un fait-diversier ne devrait éprouver d'empathie pour personne et se borner à bien mener son enquête. Elle a fait du bon travail et elle le sait. Mais sa conscience la tourmente. Le sort de Dafne l'attriste, celui de ceux qu'elle a tués, pas vraiment. C'est ainsi, elle n'y peut rien.

Dehors, la neige s'est finalement épaissie. Au cours de sa prochaine enquête, peut-être tombera-t-elle sur des victimes plus convenables, qui sait. Cette pensée lui fait aussitôt honte. Certes, il est plus gratifiant de rendre justice à des personnes qui le méritent. Comme il est plus satisfaisant de capturer des monstres. Or, Dafne n'était pas un monstre. Pas plus que Vittoria et Brunella. Victimes et assassins n'ont pas toujours le profil qu'on préférerait qu'ils aient.

Ilaria vient de découvrir une frustration nouvelle. Pas celle que l'on éprouve quand la vérité nous échappe, mais celle que provoque la vérité elle-même chez celui qui la découvre.

24 décembre

Chère Vittoria,

Je croyais avoir tout vu, au terme d'une si longue carrière. J'avais tort. Ce qui me surprend, cette fois-ci, c'est tout ce que je n'ai pas vu. Ou que je n'ai pas voulu voir.

J'ai consacré trente-cinq ans de ma vie aux assassins et je pensais bien les connaître. Il faut croire que non, puisque je suis tombé amoureux de toi. Oui, à mon tour de passer aux aveux, même si ça me coûte.

La faute au hasard, ou au destin, qui sait. À quoi bon se torturer. On s'est tous les deux trouvés au mauvais endroit au mauvais moment. On aurait pu se rencontrer avant, et notre histoire se serait terminée autrement. On se serait peut-être quittés pour d'autres incompatibilités, plus naturelles, plus normales. Si j'avais été à tes côtés, tout ceci ne serait jamais arrivé. Mais les choses se sont passées différemment.

Quand nous avons fait connaissance, tu avais déjà commis l'irréparable, et tu ne pouvais que le cacher, je le comprends. Mais mon métier est de raconter le crime et ça aussi, c'est irrémédiable. Je ne sais pas si je te rendrai visite. J'aimerais tant te revoir, mais tu es ma pire défaite. C'est la première fois que je résous une affaire sans ressentir un profond soulagement. Ce sentiment ravigotant qui t'allège d'un poids et te rend à nouveau vaillant, prêt à démarrer une nouvelle enquête. Là, je songerais plutôt à prendre ma retraite pour de bon. Je suis triste et éreinté. Heureusement qu'Ilaria est là.

Elle me forcera sans doute à m'embarquer avec elle. D'une certaine manière, j'y compte bien. Elle m'appellera, surexcitée, en me disant qu'elle tient la piste du siècle et qu'on doit y aller. Le pluriel est bien plus motivant que le singulier. Quand ça marche, naturellement.

Ça n'a pas marché entre toi et moi. Je crois qu'il nous faut l'accepter. Tu es une meurtrière et c'est une des rares choses, dans la vie, qui ne s'effacent pas : tu as choisi l'autre bord. Tu sortiras de prison pour bonne, pour excellente conduite. Et tu en sortiras changée. Ne serait-ce que parce que tu te seras enfin frottée à un tout autre monde. Tu me ressembleras davantage. Mais cela ne suffira pas. Il y a désormais entre nous un gouffre infranchissable. Je te pardonne tes mensonges, tellement humains. J'arrive même à les apprécier autant que je t'ai aimée. Le problème, c'est que tu as tué, et moi non. Jamais nous ne pourrons nous comprendre. Cette frontière que tu as franchie, c'est la même qui sépare les vivants des mourants. On ne tue qu'en solitude comme on ne meurt qu'en solitude. Peu importe qui t'entoure. Personne ne peut plus te comprendre. Je te serre fort, avec beaucoup de chagrin. C'était si bon de te tenir dans mes bras. Je savais bien que tu n'étais pas sans défense, je n'imaginais pas à quel point.

Ton Marco – car je reste tien, malgré moi.

Marco pose son stylo, incapable de signer. Bloqué. Il a perdu l'habitude d'écrire à la main et sa lettre est illisible. Qui sait ce qu'en dirait une étude graphologique. Il la regarde puis, brusquement, la déchire.

24 décembre

Le restaurant est comble, rempli de grandes tablées familiales. Ils sont le seul couple de la salle.

« Et voilà : une fois de plus, on passe le réveillon en tête à tête, dit Besana en examinant la carte des vins.

– Non, cette fois-ci, nous sommes trois, avec Beck's », lui répond Ilaria.

Le Beck's en question grogne après deux marmots antipathiques qui cherchent à lui accrocher une guirlande autour du cou.

« Je vous préviens : il mord, leur lance Marco. C'est un chien policier dressé à l'attaque. »

Les deux enfants s'enfuient en piaillant et Beck's gratifie son maître d'un regard plein de reconnaissance.

La serveuse leur apporte deux coupes de champagne et ils trinquent.

« Drôles de circonstances pour une fête, dit Ilaria.

– J'ai appris que tu allais recevoir un prix. Ça se fête ! Bravo, tu le mérites.

– J'aurais préféré être embauchée, mais bon.

– C'est la crise. Le contrat de solidarité prend fin en janvier. Ils ont vendu le siège historique. Ils ne peuvent engager personne, même pas un crack dans ton genre.

– Il ne me reste plus qu'à épouser un type riche et à l'empoisonner. »

Besana rigole.

« Tu arrives toujours à me mettre de bonne humeur, Morpion. »

Ilaria se rembrunit.

« Je pense toujours à Dafne, tu sais. Je ne m'en remets pas. On avait tellement ri de ce titre de *life coach*, et franchement, il n'y avait pas de quoi. C'était une *death coach*, en fait.

– Qu'est-ce que je devrais dire ? Je couchais avec l'assassin qu'on cherchait.

– Comment a-t-on pu être aussi aveugles ?

– Tu le sais mieux que moi, Piatti. Tu as continué à aimer ton père, malgré tout.

– Ce n'est pas vrai. À un moment donné, c'est devenu impossible.

– Je comprends. C'est une fracture irréparable.

– Irréparable, c'est le mot.

– C'est vraiment dommage pour lui. Être père, c'est quelque chose, tu sais. Hier, Jacopo m'a appelé. C'est fini, avec sa copine. On est restés plus d'une heure au téléphone, il avait vraiment besoin de se confier. Pour la première fois, il a admis qu'il avait besoin de moi.

– Je peux te confier un truc, moi aussi ?

– Bien sûr.

– Tu sais ce qui m'angoisse, en vérité ? C'est d'avoir en partie l'ADN d'un assassin. »

Un hurlement, suivi de pleurs désespérés, les interrompt. Beck's vient de mordre un enfant. Pendant qu'ils discutaient, les marmots harceleurs sont revenus, et le chien a perdu patience.

« Je vais porter plainte, crie sa mère. Cette bête est dangereuse ! »

Indignée, elle tourne les talons, son fils sous le bras.

« Le gosse n'a même pas une marque, commente Marco, il a seulement eu peur. »

Content de lui, Beck's les regarde, la langue pendante.

« Beck's, je te rappelle que tu n'es pas un ours. » Ilaria lui pose un doigt sur la truffe. « Et nous, on en a marre d'héberger des assassins. »

NOTE DE L'AUTEUR

L'histoire du procès de Giovanna Bonanno est tirée de l'ouvrage de Giovanna Fiume, *La vecchia dell'aceto. Un processo per veneficio nella Palermo di fine Settecento* (Gelka editori, Palerme, 1990). Nombre des informations sur les ours sont tirées du livre de Matteo Zeni, *In nome dell'orso. Il declino e il ritorno dell'orso bruno sulle Alpi. Storia, cronaca, conflitti e sfide* (Edizioni Il Pivere, Gavi, 2016).

DU MÊME AUTEUR

Aux éditions Albin Michel

LA NOSTALGIE DU SANG, 2019

Composition Nord Compo
Impression CPI Firmin-Didot en mai 2022
Éditions Albin Michel
22, rue Huyghens, 75014 Paris
www.albin-michel.fr
ISBN : 978-2-226-45201-6
N° d'édition : 24064/01 – N° d'impression : 168602
Dépôt légal : juin 2022
Imprimé en France